当代小说印象

白草　著

黄河出版传媒集团
宁夏人民出版社

图书在版编目（CIP）数据

当代小说印象 / 白草著 .-- 银川：宁夏人民出版社，2022.9

ISBN 978-7-227-07657-5

Ⅰ . ①当… Ⅱ . ①白… Ⅲ . ①小说评论 - 中国 - 当代 - 文集 Ⅳ . ① I207.42-53

中国版本图书馆 CIP 数据核字（2022）第 160506 号

当代小说印象 白草 著

责任编辑 陈 浪
责任校对 康景堂
封面设计 王敬忠 施 娜
责任印制 马 丽

黄河出版传媒集团
宁夏人民出版社 出版发行

出 版 人 薛文斌
地 址 宁夏银川市北京东路 139 号出版大厦（750001）
网 址 http://www.yrpubm.com
网上书店 http://www.hh-book.com
电子信箱 nxrmcbs@126.com
邮购电话 0951-5052104 5052106
经 销 全国新华书店
印刷装订 宁夏银报智能印刷科技有限公司
印刷委托书号 （宁）0024421

开本 720 mm × 980 mm 1/16
印张 22.75
字数 243 千字
版次 2022 年 9 月第 1 版
印次 2022 年 9 月第 1 次印刷
书号 ISBN 978-7-227-07657-5
定价 56.00 元

目　录

第一辑

主题类型

第二辑

文本批评

第三辑
风格细绎

第四辑
理论边缘

第一辑

主题类型

张贤亮小说中的外国文学因素

一

张贤亮的文学创作特别是他的小说作品，深受外国文学影响，这一点迄今未能引起足够注意，因而研究方面亦相应显得滞后。已故学者、文学批评家高嵩在他的《张贤亮小说论》（这是国内第一部研究张贤亮早期文学创作的专著）一书中说道，1957 年发表的诗歌《大风歌》，“实际上是他酌取了欧洲浪漫派文学家们的才情”，用以表达个人的热情和理想。[①] 高嵩曾是张贤亮的下属、友人，他了解张贤亮的生活、创作情况，对《大风歌》所受影响的描述是准确的，追溯出了其源头。

张贤亮在少年和青年时期，大量阅读外国文学经典，于开始文学创作之前，已经充分完成了对外国文学的接受、储备。故他在具体的文学创作中能够随意驱遣并化用外国文学意象、情节及精神等，妥帖合度，横生新意，增加了作品的形象性和说服力。张贤亮本人也从不讳言他在创作中所受到的外国文学影响，显在层面上，不仅

① 高嵩《张贤亮小说论》，四川人民出版社 1986 年版，第 202 页。

在文学作品中大量引用，于理论性文章中亦随时选择、取舍，以证明和强化自己的观点。张贤亮说，自己“一开始受俄罗斯文学影响比较深”[①]，“俄罗斯传统现实主义手法与中国记叙手法相结合，我特别欣赏俄罗斯十九世纪的现实主义文学。这是个很好的传统”[②]。在《心灵和肉体的变化——关于短篇〈灵与肉〉的通讯》中，张贤亮谈到了另一个源头，“我文学修养的根基开始是扎根在西欧古典文学和北美近代文学上的”[③]。这是就其大者而言之。事实上，张贤亮对外国文学的阅读以及由此受到的影响，要更其宽泛、更其广博，并不限于俄罗斯及西欧、北美等国家的作家作品。倘依国别为标准划分，尝试将这些作家作品从张贤亮小说文本中梳理、罗列出来，便是一幅只有文学大家才拥有的私人文学史“地图”：

古希腊、罗马：《希腊古代神话传说》、荷马史诗、维吉尔、贺拉斯。

俄罗斯及苏联：普希金《叶甫根尼·奥涅金》《诗人》，莱蒙托夫《帆》，果戈理《死魂灵》《钦差大臣》，列夫·托尔斯泰《复活》《安娜·卡列尼娜》《战争与和平》，陀思妥耶夫斯基《白夜》，屠格涅夫《贵族之家》，涅克拉索夫《俄罗斯妇女》，蒲宁《中暑》《三个卢布》《在巴黎》，高尔基，肖洛霍夫《静静的顿河》，《伊萨柯夫斯基诗选》，奥斯特洛夫斯基《钢铁是怎样炼成的》，阿·托

① 张贤亮《写小说的辩证法》，上海文艺出版社 1987 年版，第 61 页。

② 李镜如、田美琳《张贤亮谈创作》，宁夏大学学报编辑部印（内部），1985 年，第 187 页。

③ 张贤亮《写小说的辩证法》，上海文艺出版社 1987 年版，第 152 页。

尔斯泰《苦难的历程》，维列姆博芙斯卡娅《甜蜜的女人》，拉甫列涅夫《第四十一个》，巴乌斯托夫斯基《金蔷薇》。

德国：歌德《浮士德》《少年维特之烦恼》《亲和力》《玛丽温泉的哀歌》，海涅《诗歌集》，席勒，托马斯·曼，《格林童话》。

法国：莫里哀《悭吝人》，巴尔扎克《高老头》，雨果《巴黎圣母院》《悲剧世界》，小仲马《茶花女》，大仲马《侠隐记》《基督山伯爵》，让·雅克·卢梭，伏尔泰，莫泊桑《项链》及《莫泊桑选集》（英文版），都德《最后一课》，司汤达《红与黑》，梅里美《卡门》，乔治·桑。

意大利：但丁《神曲》，薄伽丘《十日谈》。

英国：拜伦《雅典的少女》《唐璜》，莎士比亚《哈姆莱特》《奥赛罗》《威尼斯商人》《罗密欧与朱丽叶》，弥尔顿《失乐园》，雪莱《西风颂》，狄更斯《穷人的专利》，夏洛蒂·勃朗特《简·爱》，简·奥斯丁《傲慢与偏见》，乔伊斯《一个青年艺术家的肖像》。

美国：惠特曼，霍桑《红字》，爱默生。

日本：川端康成《伊豆的舞女》《雪国》，志贺直哉《到网走去》，《人的证明》，《砂器》。

西班牙：塞万提斯《堂吉诃德》。

丹麦：安徒生《海的女儿》《丑小鸭》。

挪威：易卜生《玩偶之家》。

印度：《梨俱吠陀》，《泰戈尔诗选》。

智利：聂鲁达《伐木者》。

阿拉伯：《一千零一夜》。

《圣经》系宗教经典，也是欧洲文学源头之一，对这部作品，张贤亮也相当熟悉，其中有一个著名典故“埃及的肉锅”，张贤亮在小说和理论文章中数次引用。

这些梳理和排列，仅仅是从小说中摘取出来的一部分，皆为文学作品。在随笔、创作谈等文章中，张贤亮除了引用小说、诗歌、散文等文体的文字外，同时也大量直接和间接地引用、运用外国文学理论、美学理论，以表达自己的文学观念。

在上世纪 80 年代的一次讲演中，张贤亮在回答听众“对您创作影响最大的外国小说家是谁”的提问时，说道：

> 这我要谈谈怎样汲取外国有益的东西。我非常喜欢蒲宁，他要比陀思妥耶夫斯基对我影响大得多，要说崇拜，我只崇拜两位作家：一位是蒲宁，一位是托尔斯泰。所以我的作品中，都可看出他们两位作家对我的影响。汲取、借鉴是很自然的过程，你读多了的时候，由于你个人的气质，会使你不知不觉地非常偏爱一位作家，如果在这个时候，你不要改变你个人的爱好，你就顺应你的气质学习某位作家。[①]

张贤亮在小说作品中对外国文学的引用、化用，大致表现为：根据作品情节、场景、人物心理变化等需要，起到比附、比喻的作用；对相当喜爱的作品，大胆搬用其结构、技巧，如羚羊挂角，无

① 张贤亮《写小说的辩证法》，上海文艺出版社 1987 年版，第 95 页。

迹可求，假使作家本人不在创作随笔中加以说明，读者很难发现这种借用；偶尔也会有限度地尝试运用现代派手法、技巧，使得小说文本新鲜且具深度。

二

张贤亮引用外国文学最多的一种情况，往往带有比附性特征，目的在于或凸显一种情景，或强化人物形象，或表现人物内心活动等等。试分别举例论述。

（一）起到比附性作用，有时在比喻意义上引用，以增饰一种情景，人物性格轨迹亦因之而具备内在逻辑性，渐次达致丰满、坚定性特征

短篇小说《吉普赛人》的细节描写即为一例。这个文本以回忆方式，描写了一个来自宁夏的大学生，因悼念周恩来总理，在清明节那天晚上被民兵逮捕，押回原籍。大学生的“罪名”是不轻的，将被戴上“现行反革命”的帽子送进公安局，也有可能直接交到厂里管制。于是年轻人在返回家乡的火车上乘机逃脱了，开始了逃亡之路。这并不容易，离开集体，东躲西藏，风餐露宿，“深深地感到孤独和恐惧”，年轻人动摇了。小说描写这个细节时，采用了加法，以第一人称自叙法，从思乡、饥饿、恐惧等多个角度，不断运用不同形容词来累积并突出那种孤苦无依的心境体验。比如，小说叙述道，“当然，小说家写到我那时的境地，可以用很美丽的辞藻把我形容为‘急剧转动的车轮上甩出的一颗小小的沙砾’，或是‘随风飘荡而偶然落在此处的一粒草籽’，其实这都是废话。沙砾可以不吃不喝，

草籽甚至还能从泥土中吸取营养，而我这样大的人，每天至少需要三千大卡的热量和八小时睡眠。这个极其简单的低能量物理问题，对于我这个毫无独立生活经验的人来说是完全无法解决的”[①]。小说写到这里，似乎到了一种极致，无可再写了。不过，张贤亮不会止步于此、满足于此，上引文字中人物不满足于一般小说家的辞藻，何尝不也是作家本人的意见。在接下来的描写中，张贤亮突然引了《圣经》中的一个典故，使小说人物所陷入的情境为之一变，也将人物置于了一个两难的、且不得不认真选择的境地：“我说过，我并不是英雄，只有在集体中才有一点英雄气概，在那时，坦率地说，我甚至还像马克思引用《圣经》上传说的那些从埃及逃出来的犹太人一样，惋惜起埃及的肉锅来。”“埃及的肉锅”本义为不愿忍受饥饿和路途之苦，怀念、怜惜做奴隶的日子，典出《圣经·出埃及记》：

> 以色列全会众从以琳起行，在出埃及后第二个月十五日，到了以琳和西奈中间、汛的旷野。以色列全会众在旷野向摩西、亚伦发怨言，说：“巴不得我们早死在埃及地耶和华的手下！那时我们坐在肉锅旁边，吃得饱足。你们将我们领出来，到这旷野，是要叫这全会众都饿死啊！”

张贤亮引用此典故，自然而又巧妙，一方面取其显层意——不想吃苦，怀恋过去温暖却平庸的生活；另一方面又得其精义——回

① 本文所引用张贤亮小说作品文字均出自《张贤亮选集》一至四卷，百花文艺出版社 1995 年版，后不再一一注明。

到“肉锅”旁边，则会失去自由，要付出代价。大学生在孤苦境地中摇摆不定的心理状态，于细节描写上得到充分表现。写大学生，是为了引出主要人物卡门。显然，“卡门”也是张贤亮套用了外国文学中一个著名女性形象、梅里美同名小说中的波希米亚姑娘。与真卡门有点区别的是，这个假卡门其实挺可怜，成分高，十五岁时便被人在脖子上挂了“坚持反动立场”的牌子，游街示众，晚上大队部的头头又要欲行不轨，她打了那坏蛋一个嘴巴，逃出来四处流浪。从刻画功能角度观察，正是卡门的出现和她随后引开追捕者的行为，保护了大学生，令其最终摆脱摇摆、犹疑状态，性格、形象变得坚定、鲜明，具有了正义和自由的内涵。

套用“卡门”一名，表面上看，有些随意甚至取巧，细加体察、深味，实则不然。梅里美笔下的卡门，天性崇尚自由，带着点蛮性，为了爱情可以不管、不顾；当她的情人想控制并将她限定在一种有限的生活圈子里，对卡门来说，相当于受辱，这是她万难从命的。生命可以丢掉，爱情也可以忍痛割舍，人身自由决不能拱手让人、受人掌控。两相比较，《吉普赛人》里的卡门，就不甘受辱、宁可漂泊一点，她与梅里美的卡门是一致的，具有相同的气质和品格。张贤亮如此自然、贴切地选取外国文学作品的人物、情节等，颇费了一番心思，是尽了斟酌之功夫的。

这方面还可举出一例。长篇小说《男人的风格》第十六章“甜蜜的女人”，诗人石一士在早餐后顺手拿起一本《苏联文艺》，上面登载着“一部很有趣的小说”，名为《甜蜜的女人》。石一士还没有开始读小说，便立刻联想到罗海南，将她定义为一个“甜蜜的女人”——当她来到自己所居住又黑又湿的小破屋，“仿佛空气中都洋溢着一种蜜糖的芳香”。这部小说今天很少被提起，而在当时的苏联文坛曾引起过热烈争论和较大反响，被誉为“时代的艺术文献”。作者维列姆博芙斯卡娅是当时活跃于苏联文坛的女作家群中的老一代作家，作品多写妇女命运以及人与人之间的伦理道德关系。[①]小说主人公安尼娅是一个美丽、健壮的女人，可命运一次次对她施以打击：早年恋爱、婚姻不幸，工作勤谨卖力，后来，才想到要“努力向生活索取自己所需要的东西”，把自己收拾一新，“看中别人，或陪别人玩玩”。作者认为，女人应追求幸福，不能依靠美色和“对男人的‘甜蜜’”。安尼娅的悲剧即在于缺乏“自立”“自爱”精神，少文化教养，心灵空虚，生活庸俗。张贤亮引用《甜蜜的女人》，以安尼娅来比附罗海南，二人性格抑或有异，她们的经历和面临选择方面，倒多多少少有相似之处，如安尼娅第一次与一个大学生恋爱，未婚先孕，育有一子，后来又和另一青年约会，最后找了一个大自己十岁的丈夫，丈夫心好，可平庸；罗海南也是先后和两个男性接触，见一个喜欢一个，与安尼娅颇相类。

（二）引用外国文学细节，用以凸显人物个性，使人物形象显出一种挡不住的生猛之气

这里可以《绿化树》中的海喜喜为例。海喜喜为次要形象，整部小说中，他与主人公章永璘以反对关系并存——两个人说不到一起，做不到一起，行为方式截然相反，一见面便找对方的麻烦。二

① 维列姆博芙斯卡娅《甜蜜的女人》，刘克永、李毓榛译，百花文艺出版社 1985 年版，第 209–210 页。

者互为映衬，各自性格对比分明。章永璘、马缨花、海喜喜三人，构成了一个典型的三角恋爱结构，只因张贤亮叙事、描写上高明，令读者不觉其为三角感情类型。海喜喜苦苦追求马缨花，马缨花却轻视他，视之为“没起色的货”——有手艺，能吃苦，但粗鲁，易暴躁，有一次竟然趴在窗户外面偷看她洗澡，大大降低了他的人格质地。章永璘作为一个右派知识分子，有文化，有教养，正合马缨花热爱读书人的心意。小说第二十节正面描写了章永璘与海喜喜之间的较量、冲突。小说描写道，马缨花与别的农工不同，喜欢与现实生活无关的幻想，喜欢听神话和童话。讲故事，则恰为章永璘所擅长，尽管他自谦没有讲故事的才能。饭后，章永璘便充当“说书人”角色，他讲起了《丑小鸭》《灰姑娘》《海的女儿》，马缨花一听即心有灵犀，很容易就与这些童话世界里的幻想“相呼应”。有些故事，章永璘只能讲个大概，情节上丢三落四，细节上欠丰赡。此时，马缨花便凭自己的想象补充出来，提出疑问并谈到她的想法，那个隐含的叙述者以赞赏的口吻说道，马缨花的解释常常和安徒生、格林兄弟的本意相吻合。二人一唱一和、兴味渐浓时，蹲在屋子墙角的海喜喜一直注意地听着，像狼似的蹲在地上，又如狐狸一样支起耳朵，兴奋地舔着嘴唇，只待章永璘一停止，便立刻加以反驳、冲击：

> “熊！野鸭子给你孵天鹅蛋哩！”他鄙夷地说。他说话从来不看我，而是仰面看着马缨花。好像我的故事不过是广播喇叭里的声音，我的话他听见了，而人实际上并不在这房里。“野鸭子可灵性了。天鹅蛋比野鸭蛋大好几圈哩！鸭窝窝里要有个

天鹅蛋，你看它趴不趴？！它早他妈飞跑了！……”

“球！用金子打马车哩！”听完了《灰姑娘》，他发表这样的评论，“谁要用金子打马车，那就倒了八辈子灶了！这事儿唬不住我，用金子打的马车，啥牲口能拉动？！嗯？啥牲口能拉动？！那么一点点金子，”他用两根手指头比划着，“就有百十斤重咧！”

对《海的女儿》，他的评论更加荒唐了。他忿忿地说：“人能长鱼尾巴哩！人长了鱼尾巴，那玩意儿长在哪达？哪能分得出公母来？那咋生娃娃？熊！尽他妈胡卷舌头！”

小说叙述者对此评论道，海喜喜用的是现实的、物理的逻辑，拿它作为工具，毫不留情地击碎了“心灵的种种幻想”，令充满了奇思妙想的童话世界顷刻间坍塌一地。海喜喜的反击，把“说书人”章永璘比照得那么怯懦、萎靡、满心委屈，气得直淌眼泪，感觉自己简直就“像个干瘪的臭虫”。

张贤亮在此处引用几个外国童话故事，安排、设置海喜喜对章永璘大加反驳，属于正引反说。《绿化树》中有好几个叙述者，作家当然是其中之一，章永璘亦属其中之一，还有那个时时出来评论一番的“隐含叙述者”，对海喜喜的另类解释，均表示出了相同的赞赏态度。章永璘有一句不经意说出的话，提升了小说的内涵及主旨，这可能也是作家本人都没有意识到的：章永璘讨厌海喜喜，又感觉对方身上有一些东西吸引着自己，“这些东西和我现在的生活环境是那么一致，那么和谐，因而它显得更有光彩。这就是他的粗野、剽悍和对劳动的无畏……”。换句话说，海喜喜的“生活环境”所需要的东西即“粗野、剽悍和对劳动的无畏”，是他本身所具备的，在此环境中，其人显得如鱼在水，运用现实和物理逻辑时得心应手，横扫而过，打得对手通红着脸，眼里只好涨满委屈的泪水，而海喜喜此时浑身便显出“光环”来。这表明了，充满着物质的或力的世界是不需要童话的。童话生长、生存的条件即天性充盈、人性丰裕，没有这两项因素，童话就会消失。马缨花之所以光彩照人，正在于她时时游离于现实之外，沉浸在幻想中，她和海喜喜尽管处于同一物质世界，却不在同一心灵世界，他们的悲剧源于精神的不相投合，根本不可能走到一起。章永璘被迫进入海喜喜的世界，也曾想着做一个农工，以后靠体力劳动生存，也能安身立命，然而他脑袋里装的尽是安徒生、普希金、莱蒙托夫、歌德、海涅之类，两个世界方凿圆枘，无怪乎他在海喜喜面前只会是一个失败者。

章永璘是小说的主要人物，形象塑造得复杂、饱满。第十二至十四节写章永璘到镇南堡赶集，哄骗老乡，以三斤土豆换了五斤胡萝卜（土豆一斤两元，黄萝卜一斤一元六角），多占了两元便宜。描写这一事件时，张贤亮引用了但丁的诗句，以加强章永璘的忏悔效果。返回路途中，章永璘得意地编写了一首诗，以抒写心中愚弄老乡、得了好处的快意：“美丽的蔷薇脱落了花朵，/和多刺的荆棘也差不多。/……阴间即使派来牛头马面，/我还有五斤大黄萝卜。”惩罚也来得快，就在章永璘跨过一条两米宽、刚刚结冰的排水沟之际，连人带背篓仰天摔进了沟中，五斤黄萝卜全部淹进水沟里，只剩下两三根。章永璘还没有回到厂部，即已感受到一种“自谴自责的折磨”，晚上又发了高烧，“口渴得像嘴里含着一团火”，他知道这种折磨是对自己行为的“惩罚”。于是，章永璘默念起了但丁《神曲》中的诗句：

从我，是进入悲惨之城的道路；
从我，是进入永恒的痛苦的道路；
从我，是进入永劫的人群的道路。

或许有人会心生疑问，占了两元钱的便宜，何至于痛苦、自谴到要下地狱的地步？引了这一节诗后，作者写章永璘半夜无眠、心理撕裂的状态：“我不下地狱谁下地狱？”著名美学家高尔泰就在一篇文章中严厉批评了《绿化树》，指出章永璘的忏悔不真实，是虚假的。[①]其实，这里无须过多阐释，章永璘欺负老实巴交的农民，问题可能并不在于他多占了便宜，而是有文化、有教养的知识分子利用农民的朴实反过来哄骗农民，这等于否定了自身的价值观。而且，就在事情发生的当下时刻，他的悔恨、忏悔完全是可信的，引用但丁的诗句，进一步强化了自我谴责的烈度，使人物性格愈加鲜明了。

（三）引用外国文学作品中的描写，用以形象地书写出人物内心剧烈搏斗的或充满矛盾的变化状态

仍以章永璘为例。当章永璘在马缨花的喂养下，身体逐渐变得强壮起来，心思却一点点地想着要离开农村，且越来越感觉到自己

---

① 高尔泰《只有一枝梧叶　不知多少秋声——读〈绿化树〉有感》，《当代作家评论》1985 年第 5 期。

与马缨花之间的差距，难以消除。他要超越自己，以追求人格的完善和人生的完整。小说第二十九节，在马缨花温暖的小屋中，章永璘神思远游，遐思无限，小说写这个状态时，连续引用了但丁、拜伦、歌德的作品。在舒适温暖与渴求超越之间，章永璘是矛盾的：比起过去吃不饱饭、饿得头晕眼花的日子，现在的生活安定了，身边又有女伴陪护，这里便引用了但丁说过的一句话：“一件事物愈是完整，它所感到的欢乐和痛苦也愈多。”这是《神曲》第六篇中的诗句，描写第三圈犯了饕餮罪的灵魂所受苦刑，结尾但丁和他的引路人、诗人维吉尔从雨淋着的幽灵队伍里慢步走过，讨论了未来的生命：

> 于是我说：“夫子，在伟大的‘审判’后，
> 这些刑罚还是要加重呢，还是减轻，
> 还是仍旧像现在这样残酷？”
> 他对我说：“重温一下你的典籍，
> 那上面说：一件事物愈是完整，
> 它所感到的欢乐和痛苦也愈多。”[①]

章永璘引用但丁的诗句，据译本注释，为亚里士多德所说。章永璘借以表达他对当时自身所处现实的认识：生活中本来充满着痛苦和欢乐，随时、到处可以转换，倘若一个人具备了“自觉性”，那么，环境越是艰苦，释放出来的能力也可能越大。这和但丁原诗

① 但丁《神曲》，朱维基译，上海译文出版社 2011 年版，第 43 页。

句大致无违。此时的章永璘，想法很多，结果一思想便沉入了思维的快乐中，他又联想到了《浮士德》中的句子：

要每天每日去开拓生活和自由，
然后才能够作自由与生活的享受。

思维游移至歌德的诗里，章永璘就像浮士德临终时认识到“智慧的最后结论”那般，差点大声喊叫出来：“你真美呀，请停留一下！”有的译本，如杨武能译本为：“你真美啊，请停一停！”[①]现实与思维快感之间的矛盾依然存在，渐次加剧，这时的章永璘毕竟还沉浸在马缨花对他的关爱中，所以，当马缨花悄悄地从背后靠近他，把一只手放在他的头上——那是一只刚刚在碱水中浸泡过、茧子发白的粗糙的劳动者之手，在章永璘眼中显得“厚实、有力、温暖而有光泽”，他紧握住这只手，心头立刻产生出一股爱的柔情，想起拜伦的诗句：

我要凭那松开的卷发，
每阵爱琴海的风都追逐它，
我要凭那长睫毛的眼睛，
睫毛直吻着你桃红的面颊，
我要凭那野鹿似的眼睛誓语，

① 歌德《浮士德》，杨武能译，河北教育出版社 2015 年版，第 580 页。

你是我的生命，我爱你。

这是拜伦名诗《雅典的少女》中的一节，章永璘拿它来表达对马缨花充满了感激的爱意。这种感情不会持续太久，章永璘身上知识分子的理性，时时出来干预，并“开始清醒地意识到了这种差距”。章永璘又引用了《浮士德》里的一句诗，表达他此时极为矛盾的心情，“我开始‘超越自己’了，然而对她的感情也开始变化了。这时，如歌德在《浮士德》里说的：‘两个灵魂，唉，寓于我的胸中。’”他终于无所顾忌地说出了“我在精神境界上要比他（她）们优越，属于一个较高的层次”。

这类引用，在张贤亮小说里随处可见，信手拈来。比如，《我的菩提树》主人公与另一个人物王三育，在暴雨过后的田野上，两人谈起了各自读过的文学作品。王三育说到自己喜爱苏联诗人伊萨柯夫斯基的诗，大半原因是这个诗人的作品多半被谱成曲子，然后就哼起了“一条小路弯弯曲曲细又长，一直通向迷蒙的远方……”。王三育和主人公都错了，这首著名的歌曲名为《小路》，作者为弗·格·查哈罗夫。接着王三育又唱起了《喀秋莎》：“正当梨花开遍了天涯，河上飘着柔曼的轻纱……”这才是伊氏的诗。小说就此评论道，诗人“多么具有想象力”，诗中所歌咏的战士原来“也有温柔的情怀”，由此反观处于逆境中的自己，产生出既惭愧也感奋的混杂情绪。

三

有些小说作品中，张贤亮会整体搬用外国文学作品结构以及人物关系，这方面，长篇小说《男人的风格》就是一个典型的样本。不是生搬硬套，而是巧妙、自然地移用，融化为自己作品的一部分。具体来说，《男人的风格》让它所营造的生活世界中的人物形象，学习、模仿列夫·托尔斯泰长篇小说《安娜·卡列尼娜》的人物，这不是偶然地、零星地涉及，基本上贯穿了前半部分情节。

小说第一章“命运的弹指声”，一开篇，市委书记陈抱帖和夫人罗海南出场。罗海南在客厅灯下捧着一本厚书，一本她最喜欢、百读不厌的小说《安娜·卡列尼娜》，对着进屋的新婚丈夫没头没脑地说你“纯粹是个卡列宁”。这是小说的线头，顺此线索，两人的关系便依照这本名著分派、定位了；接着罗海南的话头，陈抱帖带着一丝嘲讽的笑意也回应道：“那么你就是安娜啰，我祝愿你找到一个沃伦斯基。”

这段描写具有嵌入或叠合的特点，将人物之间关系以及各自不同的性格、爱好、偏向等，无须说明性的文字，通过二人对话，便显示出来了。

陈抱帖和卡列宁在个性、情感以及事业追求上具有高度相似性特征。作为一个“强有力的政治家”，卡列宁一辈子一直在官府里工作，处理各种问题，所以当他第一次发现妻子爱上别人时，害怕极了，他从来不会想象或体验妻子的内心世界，“在思想感情上替别人设身处地地着想，这对卡列宁来说是一种不习惯的精神活动。他认为这种精神活动是一种有害的危险的胡思乱想”；而且，就在他事业快要成功、特别需要安静的时候，妻子却爱上了别人，这种“无聊的烦恼”令他厌烦。[1]陈抱帖，这个刚刚走马上任的市委书记，改革开放的弄潮儿，和卡列宁对妻子的厌倦一样，他对罗海南亦颇有不满，在自己的改革事业起步阶段，正需要一个贤内助从精神上助推自己，现实却是妻子不仅没能成为精神上的动力，相反，她甚至不尊重他的自尊心。一个不理解丈夫事业的妻子，有时比敌人更令人烦恼，想到这里，陈抱帖心里没来由地闪出“卡列宁”这三个字。

安娜不爱她的丈夫，当卡列宁偶然言及“爱”字时，她的内心是极度反感的：“他会爱吗？难道他也会爱吗？要不是他听人家说到‘爱’，他恐怕一辈子也不会使用这个字吧。他根本不懂得什么叫爱。”[2]罗海南也不满丈夫，在她眼里，丈夫“倒像尊铁炮一样”，时时对准了她发射。所不同者，安娜因此而近乎疯狂地爱上情夫，而罗海南则在虚构的文学世界中抚平自己无尽的渴想。在这一重要道德原则的分野上，罗海南毫无犹疑地离开了她的样板安娜，向小说另一对人物——列文和吉提——求教。第二章“原来这里没有一点罗曼蒂克”，罗海南读到列文向吉提求婚一节“她的眼睛闪烁着柔和的光辉……”，忍不住泪流满面，浮想联翩：

> 这是列文向吉提求婚的一场。老托尔斯泰把恋人的心理描写得那么准确，那么细致入微，那么传神，简直令人不能相信这是人写的，而是缪斯本人——不，是本神——的手笔。她记

①② 列夫·托尔斯泰《安娜·卡列尼娜》（上册），草婴译，上海译文出版社 1982 年版，第 184、188 页。

得还是在那个县“插队”的时候，她第一次读到这里时，她的心也不禁像吉提一样战颤起来，像吉提一样，全身充溢着、荡漾着那么一种使整个肉体完全融化的幸福感。读到这里，她像吃妈妈从北京给她寄来的好吃的东西一样，甚至都不舍得一次把它读完，一个字一个字地往下看，如同用牙齿尖一点一点地在那美食上磨啃。

读罢列文与吉提一节，仿佛意犹未尽，罗海南又读了拜伦的《唐璜》，其中“女人在她初次的热情中爱她的情人，/在一切其他热情中她爱的只是爱情……”，有整整三节之多，借此传达出罗海南内心“对爱情的热爱”。

张贤亮于人物的形象刻画是有节制的，她只让罗海南沉入文学创造的虚构世界中，即使与诗人石一士时相过从，晤谈甚欢，那也是一种共同爱好所促成，与恋情无涉。列文向吉提求婚一节之后，小说的前半部分结束了对《安娜·卡列尼娜》的引用，转向了另一部俄罗斯名作——涅克拉索夫的长诗《俄罗斯女人》。小说第二章末尾，罗海南表面上对丈夫极表不满，内心却盼望他从书房里走出来，哪怕吵上一架。此处以倒叙方式描写了当初他送她回家的情景，动情时，她曾表示自己一定会支持他，“像图鲁别茨卡雅公爵夫人和伏尔龚斯卡雅公爵夫人那样，随他去西伯利亚”，这一叙述为后面情节的发展打下了一个伏笔：小说结尾部分，罗海南最终理解、谅解了丈夫。图鲁别茨卡雅公爵夫人和伏尔龚斯卡雅公爵夫人是长诗《俄罗斯女人》里的主人公，“十二月党人”的妻子，后者经过千难险阻到了丈夫服苦役的地方，跪下来吻着他脚上的铁链：

> 当我看见丈夫身上的镣铐，
> 他的痛苦，我全明白了，
> 他苦受得很多，他也真会受苦！……
> 我就情不自禁地在他面前
> 跪下去，——首先我把镣铐送上自己的嘴唇，
> 然后便和丈夫拥抱亲吻！[①]

罗海南选择了学习伏尔龚斯卡雅公爵夫人，也要吻丈夫的脚：

> ……正如涅克拉索夫所写的：她要向全家人表示，她要去找孤苦无依的丈夫，把最好的爱情在荒僻的农村献给他！她要像伏尔龚斯卡雅公爵夫人一样，在她丈夫面前跪下，吻一下他的镣铐，然后和丈夫紧紧地拥抱，从今以后做他的好妻子！

张贤亮熟悉俄罗斯文学，对作品的精神、意境体察入微，整块、大段地移用，为人物形象加添光彩，亦令情节新鲜丰盈。对苏联文学，张贤亮同样精熟，前引《甜蜜的女人》即为一例。中篇小说《土牢情话》也受到了苏联著名作家拉甫列涅夫的中篇小说《第四十一个》的影响。《第四十一个》描写苏联国内战争期间红军女战士玛琉特卡与被俘白

① 涅克拉索夫《俄罗斯女人》，林念松译，新文艺出版社 1957 年版，第 141 页。

军中尉在一座荒岛上的恋爱故事。在创作谈《关于〈土牢情话〉》中，张贤亮写道，早在观看影片和阅读原作之前，他就曾拟以个人经历创作一部小说，情节与《第四十一个》几乎相同，后来完成的这部中篇，某种程度上也可说是从拉甫列涅夫的小说中“变化”成的。[①]两部小说的故事不尽相同，人物命运亦因性格差异而不同。不过，两相比照，影响的痕迹仍然存在。人物关系方面，都是看守与囚徒模式；细部描写上，角度、层次不一，突出点是一致的。比如，玛特琉卡相貌上有一个显著特征，那就是她的眼睛：“一对猫眼在暴风雪灰黄色的迷雾中熠熠闪光”，“在她那苍白如雪的脸上，只有在那对塌陷得大大的眼眶里依然闪烁着猫眼似的黄色光泽”等等。[②]描写的对象是眼睛，着重号却在“闪光”这个意象上。乔安萍身上的特征也是“光辉”：“我从来没有见过，一个有血有肉的躯体会放射出这样美的光辉。金色的阳光照在她脸上，甚至可以看到她红润的皮肤上茸茸的毫毛。”于最深层次上，两部著名的、颇具吸引力的小说，均以人物曲折起伏的命运变化证明了人性的光辉。

四

张贤亮小说创作对外国文学的借鉴、择取、吸收是全面的、无偏见的，大到文学流派、方法，小到一个字、一个句子，凡于己有利、有益、有用的，则大胆拿来，为我所用，胎化为新的机体。大体而

① 张贤亮《写小说的辩证法》，上海文艺出版社 1987 年版，第 75 页。

② 拉甫列涅夫《第四十一个》，王庚年译，《世界中篇名作选》（第一集），漓江出版社 1982 年版，第 288、300 页。

言，张贤亮惯用的、拿手的方法和技巧，不出现实主义范畴。同时，他对现代主义技巧和方法亦兴味十足，且有会于心，借鉴和运用起来，得心应手。张贤亮说：“我的创作手法比较传统，是现实主义的，但不是中国古代的传统手法，而是‘五四’以来的现实主义手法。因为我接触外面（特别是现代）的东西少，如美国的一些作家和作品，尤其是七八十年代这一批。像荒诞派、黑色幽默、印象派，我也喜欢。”①长篇小说《习惯死亡》就是他自认为的一部运用了现代派手法的“得意之作”②。比如，小说中多处用了“多年以后……”这样的句式，这是拉美魔幻现实主义作品常用的一种手法。张贤亮在使用现代派手法时，会设定一个边界，不像纯粹现代派作家那样有时晦涩难解。《习惯死亡》在叙述过程中，有两处地方借主人公之口调侃道，“请你千万别以为我是在模仿什么鬼乔伊斯或福克纳，故意写那种谁都读不懂的长句子”，“我最怕人家说我在模仿什么乔伊斯和福克纳”。张贤亮后来回应对这部小说的批评时又说道，《习惯死亡》是用了一点现代派技法，“并非刻意模仿”，“全书都是按主人公感情线和意识流程自然表述的”。③此前发表的长篇小说《男人的一半是女人》，其中多处运用了现代派手法，如小说开篇写章永璘做的梦：猫走失了，四只小鸭悄悄游着，把主人公引向记忆深处，然后它们一起歪着小脑袋看着主人公，弯曲的小黄嘴上“表现出一种嘲讽的笑容”；第一部第二章，主人公晚上独自留在小屋中，从房梁上慢慢飘落下一个女鬼；另一处，章永璘提出离婚且去意已决，

---

① 李镜如、田美琳《张贤亮谈创作》，宁夏大学学报编辑部印（内部），1985 年，第 186 页。

②③ 张贤亮《小说编余》，宁夏人民出版社 1996 年版，第 156、4 页。

黄香久的叹息化成一缕游丝，接着又变成蛇一样蓝幽幽的光环，光环又幻化为灰猫在灶台上跳舞等等。这些细节看似变化无定，实则依循着人物心理、意识流动，随物赋形，自有法度。

小而言之，外国文学作品中的一些字、词、句子等，都会给予张贤亮某种激发或触动，从而使他克服创作过程中的障碍。比如，写作中篇小说《绿化树》时，人物、情节等俱已如成竹在胸，呼之欲出，可小说的第一句话就是不知怎么写才好。张贤亮在整整半个月时间内构想这句话，直到有一天顺手翻开川端康成的《雪国》，上面第一句话："穿过界县漫长的隧道，便是雪国了。"这句话点醒了张贤亮，他写下了小说开头的句子："大车艰难地翻过嘎嘎作响的拱形木桥，就到了我们前来就业的农场了。"以下十二万字很快写成了。

借鉴、吸收外国文学作品，目的在于创作出具有中国特色的小说作品，这是张贤亮的基本观念。他说：

> 至于说借鉴，恐怕直到我死以前都是不可缺少的。比如《绿化树》很明显地借鉴了现代派的东西。比如章永璘的那场梦，从现在来看，这样的借鉴，效果还是可以的。所以，我要说，千万不能故步自封，就是到了胡子一大把、白发苍苍的时候，还要不断地从比较优秀的作品当中汲取营养。但是，任何时候，都不能忘掉自己。我的《四封信》，就是借鉴了外国小说的写作手法，但是，那里面的内容，全部是我们中国人特有的生活和特有的思想感情。[①]

---

① 张贤亮《论小说创作》，见《系列文学讲座集》，山东省出版总社烟台分社1985年版，第134-135页。

曹乃谦小说中的外国文学因素

曹乃谦的小说多用方言俗语，看似土气，实则别致。汪曾祺读了《到黑夜想你没办法》，脱口说好，写了一篇评论。文中有两处评语，评价甚高，其中有一处专门说到了小说的形式和美：

> 小说的形式已经不是一般意义上的朴素、一般意义上的单纯，简直就是简单，像北方过年夜会上卖的泥人一样的简单。形体不成比例，着色不均匀，但在似乎草草率率地勾画出的眉眼间自有一种天真的意趣，比无锡的制作得过于精致的泥人要强，比塑料制成的花仙子更要强得多。我想这不是作者有意追求一种稚拙的美，他只是照生活那样写生活。作品的形式就是生活的形式。天生浑成，并非“返朴”。……
>
> 语言很好。好处在用老百姓的话说老百姓的事。这才是善于学习群众语言。学习群众语言不在吸收一些词汇，首先在学会群众的“叙述方式”。群众的叙述方式是很有意思的，和知识分子绝对不一样。他们的叙述方式本身是精致的，有感情色

彩，有幽默感的。[1]

汪曾祺是小说大家，他的评价自会影响到不少读者和评论者，或许很长一段时间内，会被视为是不证自明的、权威的看法和观点。实际上现在一些评论文章在谈到曹乃谦小说时，土气的、方言俗语的、本色的等等似乎可顺手拈来的一些词语，已难出汪曾祺评语范围。

汪曾祺的观点本身也不是不可议论的，从理论上讲，存在不少问题。第一，小说就是“做”出来，小说的形式就是作家选择的结果，不管哪种形式的小说，无论单纯、朴素或简单，皆为作家“做”出来的风格。“稚拙的美”即人工、人为追求的结果；称道某部小说“天生浑成”，等于说这个小说还需修改、修饰、雕琢，未成形。第二，群众的语言从来就不是精致的，相反，只有知识分子才会追求精致。至于说到群众的“叙述方式”，或许群众在生活中形成特殊的话语方式，可如果一个作家把此种方式直接移植到自己的小说里，这样的小说不会有人要看的。其实，拿群众说事，尤其拿群众说文学之事、说创作之事，还是过去时代集体主义的余绪。

曹乃谦的小说创作，力道很足；缺点在于用力过猛，结果便成了汪曾祺所说的“稚拙的美”。一个小儿，成长过程中言行显得稚拙，童趣十足，看上去令人喜悦；一个成年人稚拙，那不就是装吗？文学上、艺术上是同样的道理。曹乃谦的小说，凡显稚拙的地方，大体上稚拙有之，美则一点儿也无。有些作品表面上显得平实、老

① 汪曾祺《〈到黑夜想你没办法〉读后》，见《汪曾祺散文全编》（三），人民文学出版社 2019 年版，第 935–936 页。

实，或者质朴、朴素，其实力气使得大，青筋暴露，不好看。包括词语、句子，看似村言土语，细察则不无修饰，刻意为之，还是作家本人的话语。比如《黑女和她的二尾》，二尾是只鸡，公母一体，既能下蛋又能打鸣，打起鸣来不仅全村的公鸡跟着叫，草鸡（母鸡）们也跟着叫，“二尾子就是这么的领着全村所有的鸡子叫来叫去，不让人们睡觉不让人们犯迷糊，要叫人们清清醒醒地活”。一只不公不母、既公又母的鸡，半夜瞎叫，竟然是为了让全村的人“清清醒醒地活”，此物的觉悟有点太高了吧。这种对人和物的描写背后，半隐半显着一个比小说人物高出许多的叙述者，径直说，某些时候就是作家本人，于叙事进程中忍不住探出头来，对事件及人物行为做了几句点评，或具象，或抽象，指示其中意义，以强化读者的印象。这已经成了曹乃谦小说的一个基本模式。试再举一例。短篇小说《贼》的主人公，名板女，于三年困难时期偷来粮食，送给自己的相好，却因此而被丈夫打断了腿。这不仅没有吓倒了她，反而促生了一种力量，那就是只要有吃的，她便深更半夜也要送去。小说结尾写道：

> 真黑。
>
> 黑得啥也看不见啥。可板女就是能看见路。
>
> 路在发光呢。
>
> 她拐起了腿，一颠一颠地加快了步。
>
> 路的那头，她的奶哥哥在等着她。

“路在发光呢”，这句带有诗意的描述，显然是叙述者从外加上的句子，一心想着要把食物送给情夫的农村妇人，不大可能说出这种话的。

曹乃谦的小说是用力写出来的，不是什么无意求之、浑然天成的。外国文学中的一些形象、细节以及某种寓意等等也是构成其小说的较为重要因素。

曹乃谦在不少访谈中说道，他有四千多册藏书，其中四分之三为外国文学作品。曹乃谦是诚实的，他专门写有一篇文章《我的外国文学之最和我究竟模仿了谁》，历数了他喜欢的外国作家和作品。他说，在他拥有的外国文学作品中，看过两遍的大约有一百多本，看过三遍四遍的一本也没有，看过五遍则只有斯坦贝克的《人与鼠》，这也是他读过的次数最多的一本小说。对他产生了较大影响的作品还有《羊脂球》《修理椅子靠垫的女人》《莫兰那头公猪》《一个儿子》等。相比较起来，曹乃谦对现代主义文学作品不能很好地接受，比如，对《尤利西斯》读了三次，均中途放弃，读不下去。对自己喜欢的作品，有时到了痴迷的程度。曹乃谦说，有一次结识了一个同样喜爱外国文学的年轻人，藏书多，让他眼红到了痛苦的地步，“他的那些书，是在两个半揭盖儿的木头衣箱里码着，都用浅蓝色的晒图纸包着皮子，书皮上没有写书名。打开一本，司汤达的《红与黑》，我有。再打开一本，又是他的《巴马修道院》，我没有。又打开两本，狄更斯的《大卫·科波菲尔》，我有。《远大前程》，我没有。雨果的《巴黎圣母院》和《笑面人》，这我也没有。又取出的是亨利·詹姆斯的《一位女士的画像》和萨克雷的《名利场》。这我都没有。别了。别取了。我好羡慕哟，我好嫉妒哟。长这么大，我是头一次真正地体味到了羡慕和嫉妒的滋味。让人心痒难挠还又有点痛苦的那种滋味”。[①]结果是，他把自己没有的那些书，从年轻人手里全买来了，变成自己的收藏物。

在曹乃谦喜爱的外国文学作品中，正如上文所引，他读的次数最多的因而也是最为喜爱的，就是《人与鼠》(又译为《人鼠之间》)，这是美国作家斯坦贝克的中篇小说。其中人物之一的莱尼，个头奇高，容貌丑陋，眼大而无神，宽肩膀往下溜，走路时脚步沉重，像狗熊一样两脚拖地；外形魁梧，智力欠缺，喜欢玩小动物如老鼠、兔子等，手劲大，往往一玩就玩死。他还有一个不能自我控制的喜好，那就是见着喜欢的东西总想着要去摸上一摸，一摸便坏事。乔治，这个莱尼唯一信任的且跟定了的人物，知道他的这一近似于秘密的喜好：

> 是这样，他看见了一个穿红衣裳的女人。这个傻子，凡是他喜欢的东西他都想摸，其实就想摸一下。那天他就伸手去摸那件红衣裳，那个女人尖声叫起来。她这一叫，把莱尼吓糊涂了，除了死扯住衣裳不放他不知道怎么办才好了。那个女人就一声接一声地嚎叫。我正好离得不远，听见叫喊就赶紧跑过去。可是那时候莱尼已经吓蒙了，只知道一个劲儿地抓住衣裳不放。我用一根木棍子打他脑袋他才放了的。就因为他太害怕了，所以才忘了松手，而他妈的他又那么有劲。[②]

① 曹乃谦《你变成狐子我变成狼》，湖南文艺出版社 2012 年版，第 236–239 页。
②《斯坦培克选集·中短篇小说选》(一)，人民文学出版社 1983 年版，第 299–300 页。

莱尼离开乔治肯定会出事，这一点乔治太清楚了，果然不久莱尼就把柯莱的老婆捏死了。尽管乔治不断向众人求情说莱尼是个精神病，但没人听他的。为了不让莱尼被抓住受罪，乔治在一个山冈上用手枪打死了这个总干坏事却非出于坏心的傻子。

曹乃谦小说人物之一福牛身上明显有着莱尼的影子：

> 可是，剧团的乡还没下完。狗日的福牛就让人家给撵回来了。连工钱也没给，就让人家给撵回来了。
>
> 那是因为他有次让戏子们给灌醉酒后，他给出了大洋相，就叫给撵回来了。
>
> 福牛有个毛病。那就是一喝醉了就管不了自个儿。那次他硬要追着摸人家喜儿的手，还追铁梅。说别的不做那个啥，就闻闻袄袖。吓得那些女戏子们看见他就像见了黄耗子的小母鸡，尖声叫着四处逃命。
>
> 黄世仁叫着大春，李玉和叫着鸠山。四个人一齐下手，把福牛按在地下打了个灰。
>
> 狗日的福牛回了村就给疯了。[1]

试比较一下：莱尼有个喜好，喜欢摸女人，吓得女人尖叫起来，让乔治一顿乱棍打去才得放手，后来捏死另一个女人，被乔治枪击

① 曹乃谦《到黑夜想你没办法——温家窑风景》，长江文艺出版社 2007 年版，第 51 页。

身亡；福牛有个毛病，一喝醉酒便追着摸女演员，吓得她们尖声叫着四处逃命，福牛被众男演员打个半死，最后发疯。莱尼和福牛，两个人物之间的影响关系，不是很明显吗？而且从智力上说，这两个人物也具有共同特点：智商不高，都有一些缺陷，在欲望和自控之间，常常出现空当，做出的事情自然就伤害到了他人。

曹乃谦小说里，有些细节描写整体移用了外国文学作品，可能是因为作者太熟悉这些情节，把它们当成自己的东西了，在写作过程中直接搬用过来，并不知道这些情节、人物等，其实是有主人的。如写黑女死后与二尾鸡升天一节，借用了安徒生童话《卖火柴的小女孩》结尾文字：

> 在熊熊的大火中，黑女一下子看见了她的二尾子。二尾子张开巨大的翅膀，从天空中飞下来，落在黑女的跟前，等黑女坐在它的背上，二尾子翅膀一扇，腾空飞起。越飞越高。越飞越远。把温家窑留在了下面。[①]

再看安徒生的描写：

> 于是她把整束火柴中剩下的火柴都擦亮了，因为她非常想把祖母留住。这些火柴发出强烈的光芒，照得比大白天还要明朗。祖母从来没有像现在这样显得美丽和高大。她把小姑娘抱起来，

---

① 曹乃谦《到黑夜想你没办法——温家窑风景》，长江文艺出版社 2007 年版，第 86 页。

搂到怀里。她们两人在光明和快乐中飞走了，越飞越高，飞到既没有寒冷，也没有饥饿，也没有忧愁的那块地方——她们是跟上帝在一起。[①]

虽然把祖母换成了二尾子鸡，可在“大火”和光明中“越飞越高”的细节，显系从安徒生经典借用而来。

《到黑夜想你没办法》中，有一个从未被正面描写过的人物，但他是整个文本的核心人物，很多生活场景里都会出现。这个人物就是“下等兵”，早年在傅作义部队里当过伙头军，是村子里唯一一个见多识广的人，村里人称其为“日能”人。“打平花”（合伙吃饭）时有他，喝酒（酒精勾兑）时有他，耍笑时有他；如果没有下等兵，村子里一切活动就显得无聊、无趣。下等兵教会了光棍们如何“跑马”，解决了性饥渴，村人们啧啧称赞他实在是光棍们的“大救星”。凡事去问下等兵，他知道得太多，没有什么能够难住他的；他会讲古事今事，荤的素的一应俱有。他会讲武则天一夜御一男，次日再杀掉，一连杀掉成百上千人，直到玉皇大帝派下“驴肾太子”，她才得满足。下等兵就是这样一个趣味十足的人，他让贫穷无聊的生活变得有点生气，有点亮色。从做人一面说，下等兵“平素是个从来都占便宜，永也不会挨拐的人”，他太聪明了，当然没人会占得了他的便宜；但他偶尔也有马失前蹄的时候，有一次输给了玉茭一顿莜面窝窝。

① 安徒生《童话选》，叶君健译，人民文学出版社 1956 年版，第 156 页。

下等兵是小说中写得很好、给人留下最深印象的一个人物形象。没有这个人物，《到黑夜想你没办法》整体上要减色不少。这个形象除了作家从生活中撷取的部分外，大半是有出处的，他的身上有着两个人物形象的影子——斯坦贝克中篇小说《煎饼坪》里的丹尼，尤其是另一个中篇《罐头厂街》中的主要人物马克。丹尼是一个退伍兵，他在自己的房子里招待着失业的朋友们，他是维系一群流浪汉们的纽带；而马克，正如小说所描写的，是一个小团伙的兄长、导师，是一个"占点小便宜的剥削者"，"这伙人的共同特点是：无家无钱，除了尽情满足醉饱之乐以外，别无奢想"。马克及其朋友们身上的一些特点，同样出现在温家窑下等兵和他周围那一群光棍们身上。从影响角度说，显然是下等兵和他的朋友圈学习着丹尼尤其马克及其朋友圈的做事风格。当然，二者毕竟所处环境不同，作家所赋予的观念以及所寄寓的情感有别。下等兵们身处极端情境，表现出生命残缺的悲哀。马克们则不同，正如另一小说人物多克所评价的，这些小伙子们在特定的乱七八糟的世界上比其他任何人都活得好，当别人被野心、胆怯和贪婪搞得焦头烂额的时候，他们活得安宁无事。一些所谓有成就的人个个都是病人，消化不良，灵魂肮脏，相比而言，马克们的生活则更健康，且出奇的干净。一句话，多克总结道，他们"才是真正的哲学家"[①]。

除了这些具有线索可循的形象、细节甚至字句，外国文学作品中的情调、氛围、精神、气质等，对曹乃谦小说同样产生了较大影响。

①《斯坦培克选集·中短篇小说选》（二），人民文学出版社 1984 年版，第 225 页。

比如黑女，丈夫死后有过不少相好，她和他们都“做过那个啥的”。真正让她产生献身村里所有男性的想法，始于看见一个光棍追着母羊兽奸，作为一个女人，总不能看着他们活得连鸡狗都不如——如此大慈大悲心肠的观念，如此要度尽村中受苦处、忍熬煎的男性的悲壮情怀，只能是作家所赋予人物的。传统宗教文化中有“金沙滩头马郎妇”形象，传说为观音化身，与一切人淫，以止一切淫，[①]大约也影响了黑女形象的塑造，而莫泊桑笔下的羊脂球等人物形象，应为更重要的影响因子。特别明显的一个例子是板女形象（《到黑夜想你没办法·贼》），其精神谱系可追溯至莫泊桑短篇小说《修软垫椅的女人》。板女从小爱着她的“奶哥哥”，后来被迫嫁给一个半傻不傻的男人，让男人打断了腿也不能阻止她约会。只要有机会，她会把能吃的——莜面窝窝、山药饽饽、苦菜馍馍、玉茭棒乃至山药蛋，带上送给她的“奶哥哥”。在那个艰难的时代里，浓深的黑夜里，一个瘸着腿的女人，带着食物一颠一颠地加快步子走路，去会她的相好，这个形象着实太感人了。她明显就是法国那个修软垫椅女人的“中国版”。莫泊桑塑造了一个执着于爱情的流浪女子，她用以表达爱情的方式就是给钱：第一次，她给了他七个苏，这是她全部的积蓄；第二次两个法郎，对她来说是一大笔钱；第三次三法郎二十生丁；第四次五法郎。当得知那个男人结婚的消息，她跳进了池塘，幸而被人救起。此后，她一边修椅子，一边想念，有机会便远远地望一眼他，最后在临死前，请人把一生的积蓄送给那个

① 钱锺书《管锥编》（二），生活·读书·新知三联书店 2007 年版，第 1064 页。

自己单恋的男人。[1]修椅子的法国痴情女送钱，温家窑的瘸腿女性送食物，这是她们表达爱情的最好方式。她们有着太多相似的地方。

曹乃谦的小说别致、特殊，风格独异，特点明显，在当代文学中似是不可复制的。这种特点并非来源于生活，并非来源于山西雁北地区独特的风物景致、土俗民情。千里不同风，百里不同俗。比曹乃谦生活地区有独特风习的地方多的是。这不是文学的决定性因素。曹乃谦自述他的写作始于一场打赌——半年之内写一篇作品并公开发表，否则请客，而那种不能已于言的表现冲动，以及异于常人尤其异于其他作家的内在感觉，才是他个人文学的真正推力。其次，那四分之三的外国文学书籍更是他赖以创作的凭资。这会使人立刻想到鲁迅的著名表述，鲁迅说，他开始写作时，所仰仗的全是先前所读过的百来篇外国小说，再加一点医学常识。文学，它是一个公开的、共享的精神资源，一个作家想要形成个人的风格，都会从这一资源中寻取适合自己性情、精神的部分。弱水三千，我只取一瓢饮，就看作家能否找到、找对属于他的那一瓢。

文学是有继承关系的，作家需要寻找文学上的“爸爸”。海涅说过，文学史就像一座硕大无朋的“停尸场”，后来的作家们都会去那里找他们的“亲友”。海涅说，当他一眼看见莱辛和赫尔德的崇高容颜时，禁不住心怦怦直跳，忍不住跑上前吻一下他们“苍白的嘴唇”[2]。中国当代作家和诗人中，木心坦诚地说过，他一直寻找自己的“精神父亲”，一生中寻找到了很多：模仿塞尚十年，与纪德交往二十年，

①《莫泊桑中短篇小说选》（上），人民文学出版社 1981 年版，第 221-229 页。

② 张玉书《海涅选集》，人民文学出版社 1983 年版，第 27 页。

信服尼采三十年，爱陀思妥耶夫斯基四十年；有一些在后来抛弃了，如罗曼·罗兰、高尔基、纪德等。木心还说，他早年有两个文学上的“舅舅”：“大舅舅”胖胖的，热气腾腾、神经病，这是巴尔扎克；“二舅舅”斯斯文文，要言不烦，言必中的，这是福楼拜。在寻找、学习过程中，木心慢慢建立了自己的风格。木心不仅自己这样做，也劝说其他作家用心寻找，因为这是一个作家安身立命、成功成就的依托。如果一个作家一辈子都找不到一个这样的依托，那么这人便“不知自己的来历”，一生茫然，不会有多少文学成就。[①]

曹乃谦找到了他在文学上的“精神血统”：契诃夫、莫泊桑、斯坦贝克、海明威等等。在这一文学谱系上，还可以添加一些同样如雷贯耳的大师的名字：狄更斯、雨果、司汤达、马克·吐温、高尔基、霍桑等等。在具体的写法上，曹乃谦一点儿也不避讳他对上述作家作品的模仿，在《我的外国文学之最和我究竟模仿了谁》一文中，曹乃谦说，在写作《温家窑风景五题》时，语言方面，他首先想到的是斯坦贝克。斯坦贝克用的是其熟悉的美国南方的乡土语言，而自己最熟悉的就是应县的家乡话，如此则语言问题解决了。形式上，他刚刚读了《外国文艺》登载的一个短篇小说，五千多字，分成了七八个小的章节，独立成篇，又相互关联，形式很是新颖，这个作者的名字叫博尔赫斯，如此则结构、章节问题解决了。剩下的便是每一小节的命名问题：

① 木心《文学回忆录》（上），广西师范大学出版社 2013 年版，第 474 页。

至于每一小篇的题目，那我照契诃夫的办。我最佩服契诃夫给小说取名儿了，写农民就是《农民》，写妓女就是《妓女》，从来不绕绕弯弯。我给我的这六篇定下的题目是，《亲家》《莜麦秸窝里》《女人》《愣二疯了》《锅扣大爷》《男人》。

如何才能做到每一篇的字数不超出一千呢？冰山理论发明者海明威大师早已经告诉我了：把八分之七留在海下。好，简约，简约，再简约。

可当我把六篇都写出来后，加起一算，字数超出了七千。不行，按既定方针办，于是，把《男人》取掉，留下五篇。

就这么复杂，也就这么简单。

短短的不到六千文字，我模仿了斯坦贝克、博尔赫斯、契诃夫、海明威四位大师。[①]

曹乃谦文学上的独特性，正源于他所接受的外国文学影响。他那些艺术性不是很高的作品，如短篇小说集《最后的村庄》以及中篇小说集《佛的孤独》《换梅》中收录的作品，节奏急促，意态直露，人物形象有如被操纵的木偶，文本整体上缺乏必要的含蓄蕴藉，原因即在于少了外国文学的影响。是外国文学成就了曹乃谦的文学；没有外国文学影响，就没有曹乃谦的小说艺术。

曹乃谦小说中的批判意识，也直接源自外国文学影响，这一点尤值得注意。

---

① 曹乃谦《你变成狐子我变成狼》，湖南文艺出版社 2012 年版，第 243–244 页。

贾平凹小说中的“引用”

贾平凹小说创作中有一个突出的现象，迄今似乎还没有引起足够的重视。这个现象就是，他的小说不仅大量引用笑话、口歌、段子（亦可称为情色笑话）等，也引用古代文献中的故事以及文学作品中的句子、情节、结构、描写方法等，更将媒体报道过的社会事件写入小说中。更值得注意的是，贾平凹在引用这些材料的过程中，是引而不注明出处，用而不理睬原主人，总是要经过一定程度的改头换面、加工锻炼，最终好像变成了个人的独创、发明，归在自己名下，一般读者很难看得出来。这可说是一种暗用或袭用，用得妥帖、适当，使情节多了一点谐趣幽默，多了一些喜剧色彩；用得不好，则显得夹生、别扭，就好像崭新衣服上的一块补丁。

一、笑话

古代笑话尤其明、清笑话，为贾平凹小说所常引，有的笑话甚至被多次引用，即此亦可见作家的喜爱程度；在引用时，并没有以人物讲故事的方式，尽可能将原笑话保留，使其所包含的幽默讽刺意味与小说意图相谐调，而是把原笑话中的人物以及时间、地名等背景因素全部改换成当下，引用后的笑话完全成了小说本身的一个组成部分。以下试举数例。

1. 中篇小说《美穴地》中，风水先生柳子言为女主人诊脉，面对多情的美妇人，柳子言情绪紧张，心跳不已，好不容易才让自己稍稍安定下来，伸出手去把脉：

> 这时候，一只小鼠从屋角的什么地方溜出来，作了一个静伏欲扑的姿势，遂钻过门槛不见了，柳子言不知怎么说出了一句："有猫吗？"
>
> "毛？"女人轻轻地惊了一下，明显地平放在那里凭脉的手在骤然间发胀了。柳子言抬起头，看见女人一脸羞红地说："不多……稀稀几根。"

这段情节本于《笑林广记·卷四·形体部》中的"问有猫"，仅略做改动，把原笑话中的"鱼"换成了"小鼠"。全文如下：

> 一妇患病，卧于楼上，延医治之。医适买鱼归，途遇邀之而去，遂置鱼于楼下。登楼诊脉，忽想起楼下之鱼，恐被猫儿偷食，因问："下面有猫（音同毛）否？"母在傍曰："我儿要病好，先生问你，可老实说了罢。"妇答曰："多是不多，略略有几根儿。"[①]

---

① 陈维礼、郭俊峰《中国历代笑话集成》（第四卷），时代文艺出版社 1996 年版，第 74 页。

原笑话中“鱼”本是一个含有性暗示的词，是文学中常见意象，小说换成“鼠”则意味全失。按常理，一般人见着老鼠，本能反应是惊叫“有老鼠”，所谓老鼠过街人人喊打，很少有人会情急之下去找猫的，此为小说情节破绽，殆无可疑。

2. 长篇小说《老生》“第一个故事”里，写后来当了司令的匡三，小时候却是专和其父对着干，父说白，他偏说黑，父说月亮圆，他偏说扁：

> 到了十三岁，爹死了，临死前担心死后儿子会把他埋在河边省事，但知道儿子和他对着干，就反话正说：儿呀，爹这气一咽，你把爹不要葬到高山上去，卷张席就埋在河边吧。爹一死，匡三却称，十多年了，从未顺听爹的话，这一次就听爹的吧。匡三把爹用席卷了埋在河边。秋末河里发大水，坟被冲得一干二净。

这个细节亦属套用，出处为冯梦龙《古今谭概》(一名《古今笑》)“谬误部第五”中的一则笑话，名为《不误反误》：

> 有一狠子，生平多逆父旨。父临死，嘱曰：“必葬我水中！”冀其逆命得葬土中，至是狠子曰：“生平逆父命，今死，不敢

违旨也。”乃筑沙潭水心以葬。[1]

3. 长篇小说《高老庄》里有一细节，子路与西夏回到村庄，某一日自黄昏时下雨，至夜不停，子路半夜起来小解，就立在门口，迷迷瞪瞪地连眼睛也不睁：

西夏在炕上等了好久不见子路回来，以为出了事，跑出来，子路还立在那里，说：“你尿长江哩？！”子路说：“尿不完嘛！”他耳朵里满是屋檐的流水声，以为了是他的尿声，西夏拍了他一把，他才清醒。

此细节出自冯梦龙《笑府》中“恍忽”：

三人同卧……第三人起溺，而隔壁乃酒家，榨酒声滴沥不止，以为己溺未完，竟站至天明。[2]

原笑话中关键词是“滴沥不止”，表面上说小解之人睡眼蒙眬、迷离恍惚，实则含有讥刺酒家吝啬之意。而子路雨中小解，雨水冰凉，早激醒了睡意；迷迷瞪瞪中，却又听着满耳朵的流水声，是为明显的破绽、失真。

4.《秦腔》中两次写到“挠痒”的细节，老支书夏天义趴在炕

① 冯梦龙《古今谭概》，栾保群点校，中华书局 2007 年版，第 69 页。
② 冯梦龙《冯梦龙笑话集》，河北人民出版社 1987 年版，第 116 页。

上让老伴给挠痒痒：

夏天义年纪大了，入夏以来脊背老是痒，趴在炕沿上让二婶给他用指甲挠……他说："往上，再往上，左边，左边！"二婶挠不到地方，他就火了："你能干了个啥？"翻起身从门里出去了。

另一处是夏天智逮住儿子给自己挠背：

夏天智说："来给我挠挠背。"夏雨说："桌上不是有竹挠手吗？"夏天智说："我要你挠挠背！"夏雨就在夏天智的背上挠。夏天智说："往上。再往上。往左。叫你往左你不知道哪儿是左？"夏雨说："爹难伺候得很！"

"挠痒"的典故出自明人刘元卿《应谐录》：

昔人有痒，令其子索之，三索而三弗中。令其妻索之，五索而五弗中也。其人怒曰："妻子内我者，而胡难我？"乃自引手，一搔而痒绝。[①]

《应谐录》的这则笑话，其笑点乃是"一搔而痒绝"，这也是

① 陈维礼、郭俊峰《中国历代笑话集成》（第一卷），时代文艺出版社 1996 年版，第 210 页。

日常生活中人所多有的经验，此不待言；小说引用时，却恰恰把此笑点遗漏了。

二、古代文献（史书、子书等）

贾平凹有时也从古代文献著作中撷取一些材料，主要还是一些有趣的、有意味的故事，经过加工，成为小说中的形象或细节。以下试举数例。

1. 长篇小说《秦腔》中有一个人物赵宏声说：“男人都身上带着 ×，难道能说是有强奸嫌疑吗？”这个句子出现在贾平凹的不少作品中，比如长篇小说《病相报告》第 23 节“景川”，一警察跑过来要没收景川手里的刀子，理由是上街带刀便有作案嫌疑，景川气愤地说：“我也是带着强奸工具的，难道也是有强奸的嫌疑吗？”

这里化用了三国时期蜀主刘备与其手下简雍的一个对话，据《三国志·蜀书》卷三十八《许麋孙简伊秦传》载：

> 时天旱禁酒，酿者有刑。吏于人家索得酿具，论者欲令与作酒者同罚。雍与先主游观，见一男子行道，谓先主曰：“彼人欲行淫，何以不缚？”先主曰：“卿何以知之？”雍对曰：“彼有其具，与欲酿者同。”先主大笑，而原欲酿者。雍之滑稽，皆此类也。[①]

---

①《三国志·蜀书·卷三十八　许麋孙简伊秦传》，中华书局 1982 年版，第 963 页。

2. 长篇小说《带灯》中部“带灯给竹子转发一条段子”，其内容为：“一只兔子在前边跑，后边有百人追逐，不是一只兔子可以分成百只，因名分未定。”《老生》“第三个故事”中再度引用相同内容，并做了形象化叙述：

你见过冬季里村人用细狗撵兔吗？一只兔子在前边跑，后边成百条细狗在撵，不是一只兔子可以分成百只，因名分未定。有了名分，统治就要有秩序……

这可不是什么“段子”，而是非常有名的《商君书》中的一节内容，“定分第二十六”开篇，秦孝公问公孙鞅如何才能使法令实施起来“如一而无私”，也即一致奉行，没有奸私，公孙鞅有一段很长的答复，内中有以下数句：

一兔走，百人逐之，非以兔（可分以百也，由名分之未定）也。夫卖（兔）者满市，而盗不敢取，由名分已定也。[1]

众人逐兔的故事在这两部小说中，外附痕迹极明显，与整个情节无内在关联，只能说是一种闲笔。但是，它的版权归属是商鞅，而不应归于小说作者。

3.《病相报告》第9节“景川”中，胡方先是把戒指藏在狗腿里面，

① 高亨《商君书注译》（第三册），中华书局1974年版，第541页。

后来又不放心，取出来，拿刀片划开自己的大腿，“将那枚戒指塞进了伤口”，因这是另一个女人所赠，为防妻子发现，才用此极端手段。其实，剖腿藏宝，本于《太平广记》中一条文字“青泥珠”，谓武则天时西国献青泥珠一枚，则天不知其贵，赐给了某寺僧。后有一胡人前来听讲，意不在僧讲而在宝珠，后挑明要与僧人做一笔买卖：

> 僧初索千贯，渐至万贯。胡悉不酬，遂定至十万贯，卖之。胡得珠，纳腿肉中，还西国。僧寻奏闻，则天敕求此胡，数日得之。使者问珠所在。胡云：“已吞入腹。”使者欲刳其腹。胡不得已，于腿中取出。[①]

胡人剖身藏珠事早在《资治通鉴》中就有记载，唐太宗评论胡人得到美珠便剖身藏之一事，认为爱珠不爱身。后来就成了一个人所熟知的成语。小说以戒指代替了宝珠，先是藏在狗腿里面，则殊不合情理。之所以剖身以藏之，以其珍贵也，藏在狗腿里，无意之中就贱视了此信物；之所以剖身以藏之，恐其丢失也，藏在狗腿里，就不怕狗会跑丢吗？小说中有一细节：划开狗腿，鲜血淋漓，狗卧在地上呼哧呼哧喘息，桌上一枚戒指沾满血迹。本段文字缺少美感，亦属一种比较秽污的描写。

4. 长篇小说《废都》中，庄之蝶夫妇晚间在床上时，庄故意显得急躁，欲制造一点催情气息，便对妻子讲了一个关于急躁的故事：

---

① 冯梦龙《太平广记钞》（下册），中州书画社 1982 年版，第 1665 页。

给你说个故事吧。有个急性子人吃饭，菜盘里是菠菜烩鹌鹑蛋儿。他用筷子一夹，鹌鹑蛋滚到一边；再一夹，鹌鹑蛋又滚到那一边。夹了五六筷子夹不上，他急性子就犯了。把鹌鹑蛋一拨拨到地上，上去一脚就踩烂了！

庄之蝶的故事仿自《世说新语》（“忿狷第三十一”）中的王蓝田事：

王蓝田性急。尝食鸡子，以箸刺之，不得，便大怒，举以掷地。鸡子于地圆转未止，仍下地以屐齿蹍之，又不得，瞋甚，复于地取纳口中，啮破即吐之。[①]

两个故事完全一致，仅是把鸡蛋换成了鹌鹑蛋而已。据史书载，王述（字怀祖，袭爵蓝田侯）性格沉静，安贫守约，不求闻达，但他的另一面却是性子急躁，吃一个鸡蛋闹出如此大的动静，也是一累。贾平凹替换成另一个急性子人，未免有些破绽，鹌鹑蛋从桌子上扫下来都不碎，莫非是石子，用得着再去补上一脚吗？

三、文学作品

贾平凹还引用各类文学作品中的语言、故事，也借用其中的描

① 刘义庆著，刘孝标注，余嘉锡笺疏《世说新语笺疏》，中华书局 2011 年版，第 763 页。

写手法、结构。这类借用相当隐蔽、巧妙，有些地方可以说“化”得甚好，臻于化境；但有的地方，则颇显勉强、生硬。以下试举数例。

1. 长篇小说《白夜》中，夜郎有一次走进市民俗博物馆，遭到了几个女人的调侃，取笑他的脸太长；一个胖女人又调笑说“饮食男女的能说什么天下大事”，另一女性人物虞白接着说道：“对，孔圣人说‘饮食男，女性之大欲存焉！’”胖女人听了这句话后，又笑得没死没活的。

“饮食男，女性之大欲存焉”，这是上世纪 40 年代女作家苏青的一个著名点断，流传至今。王一心《苏青传》中也说及此事：

> 还在《谈女人》中，谈到心理变态的老处女，苏青将《礼记·礼运》中的一句“饮食男女，人之大欲存焉”重新点过，变成“饮食男，女人之大欲存焉”，本意未变，而有了幽默意味。[①]

张爱玲《天才梦》中有一个名句：“生命是一袭华美的袍，爬满了蚤子。”贾平凹散文和小说中多次引用，只是将“蚤子”换成了“虱子”，而且都注明引自张爱玲。“饮食男女，人之大欲存焉”这句话为孔子所说，但点读成“饮食男，女人之大欲存焉”，则始自苏青，引用时亦应注明归属权。如此有名的点读，不是《白夜》中一个小说人物所轻易能够做到的。

2.《废都》中至少有两处地方暗引并化用了国外著名小说中的

① 王一心《苏青传》，学林出版社 1999 年版，第 233 页。

情节和结构。第一处，庄之蝶与唐宛儿行了苟且之事后，又在她身上写了几个字：

> 庄之蝶说："快穿了，柳月怕要回来了！"妇人方穿了，梳头擦汗，问口红还红不红？口红当然没有了，全让庄之蝶吃了。庄之蝶便拿了唇膏给她涂。末了，一揭裙子，竟要在妇人腿根写字，妇人也不理他，任他写了，只在上边拿了镜子用粉饼抹脸。待庄之蝶写完，妇人低头去看了，见上边果真写了字，念出了声：无忧堂。便说道："这是书斋名嘛！"庄之蝶说："那我几时用毛笔写了，贴到你的房子去！"

这个细节显然模仿了加西亚·马尔克斯的长篇小说《霍乱时期的爱情》第四章一细节，阿里沙这个"隐秘的猎手"将养鸽女郎诱骗到手，一番亲热后，又忍不住在女人的下部画画、写字：

> 第一次见面后六个月过去了。他们终于在一艘停在码头上修理上漆的船舱里幽会了。那是个美妙神奇的下午。奥林比娅·苏莱达的爱是欢快、嬉闹的爱。她喜欢在慢慢恢复的几个小时内一直赤裸着身子。就像她喜欢爱一样，她喜欢这样待着。客舱已经拆除，油漆了一半，松节油的味道对记住这个幸福的下午是非常有益的。突然，弗洛伦蒂诺·阿里沙受一种不可思议的灵感驱使，把靠近双人床边的一罐子红漆打开，把食指伸进里面，蘸上漆，在漂亮的养鸽女郎的阴阜上方画了一个向下的箭头，

并在她的肚皮上写下一行字：这是我的。当天晚上，奥林比娅·苏莱达在丈夫面前脱衣服的时候，把这行字忘了。她的丈夫一语不发，甚至连表情也没有变化，不动声色。但是在她换睡衣时，他走进了卫生间，拿起一把刮脸用的刀片，一下子把她杀了。[①]

另一处写龚小乙，此人当年亦是一表人才，聪明伶俐，自从吸毒之后，人人贱看。这一天龚小乙急急上楼过瘾，躺在床上“在麻醉中去觅寻自己的幸福，去报复这个世界了”，如此一想，眼前果然一片灿烂：

他便有一个绝妙的念头，让墙上那挂钟的时针和分针突然停止，让时间突然停止，让他生出翅膀巡看这个城市的每一户人家在同一个时候里在干什么。果然，挂钟的时针和分针都咔的一声停住了，那一直在房子里飞来飞去的一只苍蝇也停止在空中。他就有翅膀从胳膊下生出，开始从城墙西门口一家一家往过看，直到东门口。又从北门口一家一家往南看到南门口。他看清了，在这同一瞬间里，几乎所有人家的床上，都赤裸裸地有男女在交媾，动作千姿百态。……

这一段情节描写，是整体借用法国作家勒萨日的长篇小说《瘸腿魔鬼》的结构。大学生唐克列法斯从魔瓶里救出了瘸腿魔鬼阿斯

① 加西亚·马尔克斯《霍乱时期的爱情》，徐鹤林、魏民译，漓江出版社 1987 年版，第 230 页。

摩德，作为答谢，魔鬼带着大学生飞临马德里上空，挨家挨户揭开屋顶，让他看到了许许多多稀奇古怪的事情：这边一家，一个财产继承人正在询问算命先生，老家伙几时会死掉；那边一家，一个风骚的老女人入睡了，桌子上放着她的假牙、假发、假眉毛；还有一家，发了横财的老官吏盘算着建造一处修道院，以赎清自己的罪孽；旁边一家，正有一个侯爵想着要翻进一个少女的屋子……

《瘸腿魔鬼》的结构符合它要表现的广阔生活的目的和要求，而《废都》却过于拘泥，主题、描写上极狭隘，为性而写性。如果略做比较，勒萨日的空中巡看，叙述文字上充满了幽默、风趣，调动着又不断满足着读者的好奇心；相比之下，《废都》的此段描写，则一味激起读者生理上的厌恶感，是一种向下的想象力。有评论者曾就此类描写批评贾平凹有“恋污癖”，信然。

3. 长篇小说《古炉》“冬部”第11节，以狗尿苔的眼光，看霸槽披着被单“从巷口呼地飞了过去”：

> 霸槽长了翅膀？狗尿苔惊得简直要晕了，跑到巷口再看，原来霸槽又披着了他那条被子。被面染得灰不溜秋，两个角被风鼓起，如乌云在浮飞，而被面又几处都烂了露出棉花，棉花忽低忽高地扑闪着，像乌云里翻动了白色的老鹳。

此细节描写模仿了《百年孤独》第十二章俏姑娘雷梅苔丝手抓床单升天情节：

就在这时，俏姑娘雷梅苔丝开始向上飞升。乌苏拉的眼睛几乎全瞎了，此时却只有她还能镇静地辨别出这阵无可挽回的闪着光的微风是什么东西。她松开手，让床单随光远去，只见俏姑娘雷梅苔丝在朝她挥手告别。床单令人目眩地扑扇着和她一起飞升，同她一起渐渐离开了布满金龟子和大丽花的天空，穿过了刚过下午四点钟的空间，同她一起永远地消失在太空之中，连人们记忆所及的、飞得最高的鸟儿也赶不上。[①]

俏姑娘纯洁得不能让凡人一碰，谁敢被吸引到她的身边，一定会遭到横祸，且必死无疑。比如，俏姑娘正在洗澡时，有一个外乡客趴在屋顶上偷看，激动得喘不过气来，俏姑娘只是充满怜悯地请他离开，否则他会死的，说话间瓦片瞬间坍塌，外乡客还未来得及叫出声便脑浆迸裂。临到升天之时，俏姑娘的面孔“白得透明”，完全一副仙女容貌，令人心疼不已。但“模仿者”霸槽却是一个欲望挠心、野心不得满足的村野鄙夫，他抻开床单在村巷里一跳一跳地飞跃着，看上去委实滑稽可笑。

4.《带灯》上部“一身的樱花瓣都是眼珠子”一节，综治办主任带灯和竹子进入樱镇地界，经过几个村寨时，惊动了所有的狗，有几只还跟在摩托车后面边飞跑边吠叫；二人很是得意，因为村民也出来观看了：

① 加西亚·马尔克斯《百年孤独》，黄锦炎等译，浙江文艺出版社 1991 年版，第 189 页。

村寨里的人都从屋里出来，或在地里正干活就拄了镢头和锨，至她们一出现就盯着，一直盯着她们身影消失。有人在村口的泉里用勺往桶里舀水，只顾看了带灯和竹子，桶里水已经满了还在舀，水就溢出来湿了鞋，他媳妇一手帕摔在他头上，说：看啥哩看啥哩？！

不直接写主要人物的相貌，尤其是美貌的女性人物形象，而是通过旁观者的眼光及神态变化，反映人物的美丽程度，以衬托出一种效果，这是小说刻画人物时常见的一种手法。不过，写带灯的这段文字，让人一下会想到汉乐府《陌上桑》对美女秦罗敷的描写：

日出东南隅，照我秦氏楼。秦氏有好女，自名为罗敷。……行者见罗敷，下担捋髭须。少年见罗敷，脱帽著帩头。耕者忘其犁，锄者忘其锄。来归相怨怒，但坐观罗敷。

一个“忘”字，一个“怨”字，可证小说的模仿痕迹特别明显：村民见了带灯和竹子，镢头拄在下巴上，“忘”了耕作，这就是《陌上桑》中的“耕者忘其犁，锄者忘其锄”；男人看得发呆了，水溢出来都不觉得，以致头上挨了妻子一手帕，这便是《陌上桑》里“来归相怨怒，但坐观罗敷”，夫妻吵闹，互相抱怨、指责，只因秦罗敷的美搅扰了他们原本平静、庸常的生活。

5.《秦腔》有一个细节，写张引生百无聊赖地坐在土地庙门前，突然想出了一个恶作剧：

我们都是穷光蛋，又都是光棍，我每到晚上就觉得没意思，我想武林也肯定觉得没意思才坐在这里，坐到别人家里人家不欢迎，土地公土地婆是两块石头，它们不嫌弃。我就想出了一个坏主意，寻了一条长线把那一元钱拴了，放在街上，我们就拉着线头蹴在庙门口，来瞧别人来捡钱的笑话。这时候，一男一女从街那边过来，女的头上裹着头巾，男的穿着大衣，还未认清是谁，那女的就看见了钱，弯腰去捡，我赶忙就拉线，一元钱在街面上滑动，女的也就随着钱小跑，跑到庙门前了，钱又上了台阶，她有些好奇，抬起头了，我才看清是黑娥。黑娥不好意思了，我也不好意思。

这个细节基本上照搬了汪曾祺短篇小说《钓人的孩子》，一个形制短小然而几成经典的小说，现照录全文，便于两相比照：

抗日战争时期。昆明大西门外。

米市，菜市，肉市。柴驮子，炭驮子。马粪。粗细瓷碗，砂锅铁锅。焖鸡米线，烧饵块。金钱片腿，牛干巴。炒菜的油烟，炸辣子的呛人的气味。红黄蓝白黑，酸甜苦辣咸。

每个人带着一生的历史，半个月的哀乐，在街上走。恓恓惶惶，忙忙碌碌。谁都希望意外地发一笔小财，在路上捡到一笔钱。

一张对折着的钞票躺在人行道上。

用这张钞票可以量五升米，割三斤肉，或扯六尺细白布，——够做一件汗褂，或到大西门里牛肉馆要一盘冷片、一碗汤片、一大碗饭、四两酒，美美地吃一顿。

一个人弯腰去捡钞票。

噌——，钞票飞进了一家店铺的门里。

一个胖胖的孩子坐在门背后。他把钞票丢在人行道上，钞票上拴了一根黑线，线头捏在他的手里。他偷眼看着钞票，只等有人弯腰来拾，他就猛地一抽线头。

他玩着这种捉弄人的游戏，已经玩了半天。上当的已经有好几个人了。

胖孩子满脸是狡猾的笑容。

这是一个小魔鬼。

这孩子长大了，将会变成一个什么人呢？日后如果有人提起他的恶作剧，他多半会否认。——也许他真的已经忘了。[①]

6. 长篇小说《高兴》第十九节，刘高兴到一家饭馆收破烂，有一老汉可能是老板的父亲，请刘高兴吃面。二人谈起了面汤喝法，刘高兴称自己口味重，要喝二锅面汤，老汉夸奖起来：

老头说，这就显得你贵呀！从前有个公主战乱中走失了，十几年后战争结束，好多人冒充公主来宫里，测试真假公主就

① 汪曾祺《汪曾祺作品自选集》，漓江出版社 1996 年版，第 380-381 页。

是在十几层褥子下放一颗豌豆，是真公主那就垫得睡不着，而能睡得着的便是假公主，公主的身子骨贵呀！我说，哈，老伯，你是夸我还是骂我，我还贵呀，贵了还拾破烂？

这段情节照搬了安徒生童话《豌豆上的公主》：

有位王子想找一个真正的公主做妻子，暴风雨夜来了一位自称是公主的姑娘，老皇后有的是检验法，她命人取来二十床垫子，把它们压在一粒豌豆上，随后又在垫子上放置二十床鸭绒被。第二天，公主醒来后抱怨整晚都没有睡好，她说自己感到有一颗很硬的东西硌得全身发青发紫。结果，她是当然的真公主了，而那颗豌豆也被送进了博物馆，现在还在那儿呢。[①]

《高兴》引用这则童话，实际上完全用反了：重口味，要喝二锅面汤，为取其浓重，不重则无味；一粒豌豆则考验身体感觉，到了极细敏的程度，这两种感觉恰处在两极。以对一个公主精细感觉的描写，来形容一个捡拾破烂者的粗重口味，实则冰炭不相容。

7.《老生》“第一个故事”里，李得胜与老黑到山沟一户人家去吃饭（糍粑），谈话间说到拉杆子的事：

正说着，屋门吱呀响了，两人回头看，跛子老汉出了门踉

①《安徒生童话集》，叶君健译，北京燕山出版社 2003 年版，第 8 页。

跟跄跄往屋后跑。李得胜唰地变了脸，说：他听见了？老黑说：就是他听见了能咋？李得胜说：这不行！起身就撵过屋后，老汉已经到了屋后半坡的一棵花椒树下，李得胜一枪就把他打得滚了下来。老黑跑近一看，那人昏过去了，背上一个枪眼咕嘟咕嘟往外冒血，手里还攥着一把花椒叶。老黑说：错了，错了，他是来摘花椒叶往糍粑里放的。李得胜半会没言语，却看着老黑，说：他没让我相信他是要摘花椒叶的。老黑也明白了李得胜的话，就在老汉的头上也打了一枪，脑浆流出来，身子还动，接着再打一枪。说：该咱们拉杆子呀，他让咱们断后路哩！

这一段描写，是对《三国演义》第四回结尾曹操杀吕伯奢的模仿性改写：陈宫弃官，追随曹操起义兵攻董卓，李得胜与老黑准备拉杆子；曹操已知伯奢无辜，却还要忍心杀之，李得胜二人亦知老汉无罪，仍乱枪打死；杀戮地点均在后院。唯一不同之处是，陈宫看清了阿瞒乃“狼心之徒”，而李得胜二人则为恶到底，没有丝毫的怜悯之心。这种改写是成功的，把人性中的恶纤细无遗地表露出来，与原作相比，更具冲击人心的效果。

另外，贾平凹小说中也直接取用新闻报道，尤其是产生过较大影响的社会事件。以《老生》为例，其中就用过两则新闻报道。“第二个故事”结尾部分，玉镯追随白土上了首阳山，为了能让玉镯上下山方便，白土用了三年时间，在石崖上凿出一百五十个台阶。这一细节显然袭用了“爱情天梯”主人公的内容，据一家媒体的报道文字：

56年前，重庆江津区中山古镇高滩村，村民刘国江和比他大10岁的寡妇徐朝清相爱，为躲避闲言碎语，两人携手私奔到深山，相守几十年。为了让她出行安全，刘国江在悬崖峭壁上凿石梯，终于凿出6000多级“爱情天梯”。虽然他们的孩子已经下山工作成家，夫妻俩还生活在这个地方。她喊他“小伙子”，他喊她“老妈子”。

2007年，刘国江病逝。如今，徐朝清追随而去。两个老人的故事曾引起强烈反响，被评为2006年首届感动重庆十大人物，同年被评为“中国十大经典爱情故事”。①

“第四个故事”中，老余指使戏生伪造照片，证明回龙湾镇发现了老虎，从而向上级要政策、资金，设立保护区。“秦岭里发现了老虎”，此消息一传出，天南海北的记者来当归村采访，大大地热闹了一番。最后却被专家论证、推断“秦岭里寻找到老虎是一场骗局”。在小说中，这是一个用大幅笔墨描写了的情节，但它全部照搬了“虎照门”或“华南虎事件”的内容。2007年，陕西宣称发现华南虎，由此在全国引起广泛关注及质疑，后经网友揭发，所谓华南虎照片其实就是拍摄自一张年画，事件的主角亦因“诈骗罪”被判处徒刑，参与此事的官员亦分别受到惩处。

小说是一种包容性极强的体裁，没有什么不能被小说消化的，

①《京华时报》2012年11月1日。

新闻报道也不例外。当新闻事件进入小说之中，此事件经由作家想象力的扩充，并且经过一个充分文学化的表现之后，会提供出更多的信息。新闻事件具有单一性，文学则具备丰富性。而《老生》在借用并描述两个新闻事件时，则显得拘谨、规矩，被束缚住了手脚，几乎是照猫画虎，反不如事件本身动人、有趣。这说明新闻事件具有强大的影响力，其强大程度超过了作家的想象力。试问，现在有谁不知"爱情天梯"并为之感动？有谁不知"华南虎事件"并因其荒诞性而莞尔一笑？具有如此广泛影响的事件，对作家来说，本就是一个挑战。如果白土和玉镯二人的爱情故事压过了"爱情天梯"的主人公，如果戏生伪造老虎相片一事的喜剧性超过了"周老虎"给社会带来的喜感；要而言之，假如读者只知道前者而不知后者，那么小说毫无疑问就是成功的。倘若不是，小说套取新闻即为败笔。

钱锺书《谈艺录》中说王安石"每遇他人佳句，必巧取豪夺，脱胎换骨，百计临摹，以为己有；或袭其句，或改其字，或反其意。集中作贼，唐宋大家无如公之明目张胆者"[①]。当然，此贼非彼贼，荆公实为风雅之"贼"。此例也表明了，看到一个好的句子，一则有意味的故事，一种新颖的结构，忍不住拿过来放在自己的作品中，偶尔一用，无论明用还是暗引，这在文学史上是常有之事。但是，大量地用，且用得好像成了自己的东西，久借而不还，忘了原主人，则似乎颇成问题。

① 钱锺书《谈艺录》，中华书局 1984 年版，第 245 页。

《人生》表现的爱情悲剧与户籍管理制度

路遥发表于1982年的中篇小说《人生》以及两年后由吴天明导演的同名电影，在当时社会上，尤其在普通读者和观众中引起了强烈反响。据作家本人讲，小说发表后，他“得到了读者的热情支持，收到了上千封来信”；许多读者建议写他出《人生》续集，有人甚至自己写了续集寄给作家看，对此路遥回应说：

> 我没有这个打算。……《人生》电影公映后，更多的人向我提出了这种要求，而且许多人正在自己写续集。我也看到了报纸上报道“万元户”要续写《人生》的报道。对我来说，《人生》现在就是完整的。[1]

1984年电影《人生》公映后，激发了更多读者和观众参与讨论。同年由《中国青年》杂志社、《大众电影》杂志社等六家单位联合

①《路遥文集》（第2卷），陕西人民出版社1993年版，第397页。

举办的“全国首届青年电影评论征文奖”活动，共收到应征文章一万三千四百多篇，其中百分之七十的文章是讨论《人生》的。[①] 经遴选后结集出版的获奖文章共有五十四篇，评论《人生》的文章就占了将近一半，有二十四篇之多。这些文章讨论了影片的形象、主题、音乐等内容，且多赞扬女主人公刘巧珍的“心灵之美”以及在她身上体现出来的传统美德，比如题为《浅谈电影〈人生〉的双线结构》一文即可见出一斑，文章称颂女主人公是一个“集民族传统美德于一身的理想化人物”，具有“中国劳动妇女善良、勤劳、温柔的美好品质”，观众对她深表同情，“反映了人们对这种传统美德的崇拜和怀念”。[②] 从观众的喜好中也可约略见出时代风向：经历过十年的日常生活暴力化的“文革”之后，人们在一个理想化的农村女性身上再度感受到了人性的善良与美好。

路遥写作这部中篇小说，是有抱负和雄心的，要表达广阔、丰富、复杂的社会内容。他在为小说法文版所作序言中说，作品的故事发生在中国“一个特殊的历史时期”，那时“四人帮”刚刚覆亡，“一个噩梦般的时代结束了，而新的生活还处于酝酿和探索之中；长期积累起来的各种矛盾在中国社会生活中已经处于最复杂最深刻的状态。悲剧的主人公就是中国这个时期的产儿——他们的悲剧当然有着明显的社会和时代的特征”[③]。导演吴天明阅读小说之后，敏感地

① 郑蔚帆《“一步登天”的吴玉芳》，见《南方周末》编辑部编《群星璀璨》，广东高等教育出版社 1988 年版，第 17 页。

②《全国首届青年影评征文获奖作品选》，中国电影出版社 1987 年版，第 110 页。

③《路遥文集》（第 2 卷），陕西人民出版社 1993 年版，第 421-422 页。

意识到了，小说引起强烈反响的主因，是整个中国社会处在了一个将要变化的关键时刻，年轻人已经觉醒了，他们终于明白自己的命运须由自己来掌握，“如果把它拍成电影，将会更轰动”[①]；电影表现的是一对农村年轻人的凄凉爱情故事，其目的则意在“改革”，这是影片最终告诉给观众的“弦外之音”：

> 要想使这类爱情悲剧不再发生，必须改变现状，必须改变现实生活中的一切不合理因素，而最根本的是要消灭三大差别。[②]

作家已经有所意识，然而终未能完全做到的写作中“避免人物的简单和主题的浅露”，以及电影中赞美农村、嘲讽城市的倾向，这些因素一定影响了读者和观众的判断，使他们一开始即聚焦于道德领域，并且将关注点放在小说主人公高加林身上，以道德标准来评价人物的行为、心灵、品质等。一家专业影视刊物发表了一篇综述文章，将各报刊所发文章和“群众来稿”中的观点综合、归纳起来，多数视点集中在比如主人公是否为个人奋斗者、是否为负心汉等等，道德色彩殊为明显。[③]

与普通读者的感性体认大体相近，批评界也多未脱道德视域，比如有一种代表性观点，批评主人公“不是一个先进的青年”，一

① 张卫《下潜创作之源——吴天明访谈录》，《当代电影》2003 年第 1 期。

② 吴祥锦《小说“人生”与电影“人生”——访〈人生〉导演吴天明》，《当代文坛》1984 年第 12 期。

③《众说纷纭的〈人生〉》，《电影艺术》1985 年第 1 期。

心想离开土地，抛弃心爱的人，到城里出人头地，正是受了“资产阶级思想意识的侵蚀”，虽然他渴求知识、向往现代文明值得肯定。[①]还有一种借自小说中的比附性说法，在当时流行一时，即男主人公像保尔·柯察金和于连·索黑尔，“……如果从此摒除了于连式的极端利己主义的思想，而将他的保尔·柯察金式的钢铁意志睿智才华，用于哺育他的土地上，他将会变成农村大变革中的风流人物。”[②]

说高加林像于连·索黑尔，这是国内批评家和读者的一般看法，欧洲人并不认同。1984 年 8 月，在一次为部分驻京外国使馆官员和外国记者举行的电影招待会上放映了《人生》，一位英国官员看完影片后表示，这是他本年度“看到的中国电影里最好的一部”，巧珍演得很好，但是，“高加林这个人物比较可怜，在西方没有与他情况相同的人”。[③]

今天回过头来重读这些评价，无论是出自普通读者还是专业批评家，其中术语多具有二元对立的特征，如：个人与社会、个人利益与国家利益、传统生活与现代文明等等；个人利益不能超越社会之上，个人奋斗必须以社会利益为重等等，所有这些评论都回避了或者说根本未意识到小说主人公高加林的苦恼：农村太苦了，他不愿像他父亲那样毫无幸福感地辛劳一生，做一辈子土地的“奴隶”；他是农民的儿子，太清楚“他们那全部伟大的艰辛”。他要离开，

---

① 陈骏涛《谈高加林形象的现实主义深度——读〈人生〉札记》，《作品与争鸣》1983 年第 2 期。

②《新时期文学六年》，中国社会科学出版社 1985 年版，第 238 页。

③《部分驻京外国使馆官员和外国记者对影片〈人生〉的反映》，《电影》1984 年第 11 期。

进入城市，而且还想带上自己的恋人。小说第十一章有一节简短、然而又是非常关键的文字，这是迄今为止几乎被所有的读者和评论者所忽略了的：

过去那些向往和追求的意念，又逐渐在他心中复活。他现在又强烈地产生了要离开高家村，到外面去当个工人或者干部的想法——最好把巧珍也能带出去。

当年一家较有影响的影视刊物曾组织过一次关于影片《人生》的座谈会，其中有评论者偶然提及了限制"农业户口"进城的政策，"有人说巧珍还赶不上《创业史》中的徐改霞，改霞还有进取、自我奋斗的精神，进城当了工人。当然两者的条件不同，改霞有文化，当时经济大发展，农业人口可以进城，现在，农村户口就卡死了"[①]，可并没有当作一个问题来讨论。日本学者安本实将高加林个人奋斗失败溯源至户籍管理制度，可谓眼光高出牛背上，尽管只是点到为止，没有展开论述。他写过一篇名为《路遥文学中的关键词：交叉地带》，其中第二部分写道：

基于《中华人民共和国户口登记条例》（1958年）而制定的户籍管理制度，限定了农村和城市间的人口流动。特别是农村户口和城市户口迥然有别，严格执行户籍管理制度，限定农

①《〈人生〉得失六人谈》，《电影艺术》1984年第11期。

村人口流入城市是实现农村“支配结构”的重要环节。执行这一制度的最终结果是广大农民长期地被禁锢在得不到发展的、贫穷落后的农村。从这个意义上来说，中国农村之所以落后，是由于在经济、文化等所有领域，始终处在与城市有着巨大差别的状态之下。坦率地说，是因为农村长久以来一直是城市发展祭坛上的牺牲品。对于上述社会现象，路遥并没有采取大声疾呼的方式表达自己的想法。他的作品多以城乡差别为背景，描写那些农村青年在这条无法逾越的鸿沟面前，徘徊、跳跃、遭受挫折等等现象。①

准确地说，限制农村人口进入城市，并非起于1958年，实际上在此之前已实施了一系列禁令。1956年至1958年，为阻止灾区和非灾区农民“盲目外流”、进入城市，中央政府连续发布过三个文件，即《国务院关于防止农村人口盲目外流的指示》(1956年12月30日)、《国务院关于防止农村人口盲目外流的补充指示》(1957年3月2日)和《国务院关于制止农村人口盲目外流的指示的补充通知》(1958年2月25日)。1958年1月9日以立法形式正式发布了《中华人民共和国户口登记条例》(全国人民代表大会常务委员会第九十一次会议通过)，其中第十条第二款规定：

公民由农村迁往城市，必须持有城市劳动部门的录用证明，

① 安本实《路遥文学中的关键词：交叉地带》，刘静译，《小说评论》1999年第1期。

学校的录取证明，或者城市户口登记机关的准予迁入的证明，向常住地户口登记机关申请办理迁出手续。

对此条款的相应解释如下：

为什么要这样办呢？就当前情况来说，因为近几年来，农村人口盲目流入城市的现象比较严重，而有些机关、企业单位，也没有认真执行紧缩城市人口的方针，甚至私自招工，随便写信向农村索要户口证明；有些单位对于从农村盲目流入城市没有户口的人员，不仅不积极协助政府动员还乡，反而利用机关、企业的某些便利，让其长期居住。这样就更加助长了这种混乱情形的严重性，给城市的各项建设计划和正常的生活秩序带来了许多困难，使得有些城市的交通、住房、供应、就业、上学等等问题，都出现了一定的紧张局面。同时，由于农村劳动力的大量外流，也影响农业生产建设的开展，对于发展农业生产不利，也就对整个社会主义建设不利。①

这种限制后来继续得到强化和完善。据一本研究户籍管理和改革的专著介绍：1962年公安部发布《关于加强户口管理工作的意见》，“对农村迁往城市的，必须严格控制”；1975年修正后的《宪法》取消了关于公民迁移自由的条文；1977年国务院批转《公安部关于

① 《中华人民共和国法规汇编（1958年1月—6月）》，法律出版社1958年版，第212-213页。

处理户口迁移的规定》，其中规定要“严格控制”“由农业人口转为非农业人口”。著者据此说，“至此，城镇户口与农村户口、‘非农业户口’与‘农业户口’的二元户籍管理结构完全形成”。[①]

这个户籍制度实行三十多年，已高度成熟，犹如铜墙铁壁一般，高家沟年轻代课教师的离乡要求，在它面前，显得何其渺茫、可怜！高加林并非像当时的读者或评论者所谴责的那样是“负心汉”“当代陈世美”，更不是什么有野心的于连·索黑尔或者勇敢的保尔·柯察金，他的要求可谓简单至极，不过是想改变一下自己的生活而已。他真爱女友，也设想过出路，到外面当一个工人或干部，“最好把巧珍也能带出去”——可问题也恰出在这里，看似简单，实则复杂，即使在外面如城市里当了工人，如果没有户口，其前路可以预见：是恋人，必须分离；是家庭，只能分居。对农村青年来说，外出即意味着没有出路或死路一条。高加林当了一回“国营干部”，他未能实现自己的夙诺，反而抛弃了恋人，原因并非无爱，而是无奈。小说第二十章，马栓得知刘巧珍被抛弃后，再次向她求婚，说“你也甭怨高老师，人家现在成了国营干部”。“国营干部”是一个庞大的既得利益阶层，享受着农民难以想象的多种福利和生活保障。上世纪70年代末至80年代初，随着高考制度恢复等有限开放，农村青年、知青等拥入城市，当了“国营干部”，吃上了“商品粮”，抛弃恋人或妻子成为一种普遍社会现象（人民文学出版社2006年版“九元丛书”《人生》中，将“国营干部”擅改为“国家干部”，一字之差，使作品的历史语境全失）。路遥还有一个短篇小说《姐姐》

① 殷志静、郁奇虹《中国户籍制度改革》，中国政法大学出版社1996年版，第7页。

（1981 年）描写的就是这一社会现象，一知青回城后与农村恋人断绝关系，理由为：

> 你是个农民，我们将来无法在一起共同生活。……从感情上说，我是爱你的。……从长远看，咱们若要结合，不光相隔两地，就是工作和职业、商品粮和农村粮之间存在的现实差距，也会给我们之间的生活带来巨大的困难。

还有一个更为严峻的、因分居而产生的子女落户问题。《人生》的女主人公曾设想过夫在城市、妻在农村的生活图景，即上世纪 80 年代大量存在的十二分之一型家庭——夫妻分居，一年十二个月中仅有一两个月在一起生活[①]，这在当时是一个普遍的社会现象：

> 只要有门道，我支持你出去工作！……将来你要是出去了，我就在家里给咱种自留地、抚养娃娃；你有空了就回来看我；我农闲了，就和娃娃一搭里来和你住在一起……

1958 年的《户口登记条例》规定婴儿在父母“常住地”申报出生登记，在实际办理过程中却形成了“随母原则”；由此带来的问题便是，农村妇女与城镇职工（由被城市工厂招工的农民身份转变）所生子女，有些地方不仅不予登记，甚至将户口也注销了，据 1982

① 郭书田、刘纯彬等《失衡的中国——城市化的过去、现在与未来》（第一部），河北人民出版社 1990 年版，第 74 页。

年的一项调查统计，被注销人数已有一百多万，占无户人口的百分之四十三。直至 1998 年颁布《国务院批转公安部关于解决当前户口管理工作中几个突出问题的意见的通知》，子女落户“随母原则”始放宽为“随父随母自愿原则”。[①]

这样一些世界罕见的政策、规定，将城、乡隔离为两个对照分明的区域，也阻挠了城乡婚姻，有情人难成眷属，成眷属者难以团聚。无怪乎当刘巧珍提出自己的设想后，高加林哀叹着这是“瞎盘算”。他们的悲剧是注定了的。安本实说路遥“没有采取大声疾呼的方式表达自己的想法”，即公开批评城乡不平等原因即在于户籍管理制度。外国学者并不知道，路遥不是不敢或不愿“表达自己的想法”，而是对产生不合理现实的内核缺少敏感性的“想法”，或者说没有“想法”。在回应对《人生》结尾主人公“回归土地”的责难时，路遥说，“是生活的历史原因和现实原因”，让一个农村年轻人受尽磨难后重回起点，“高加林当时的生活出路，不仅我无法回答，恐怕政治家也未见得有高明的回答”；紧接着又发挥一通道理，诸如要改变落后生产方式、填平城乡之间的鸿沟云云，“我们今天为之奋斗的正是这样一个伟大的目标。这也是全人类的目标”[②]。此种表述，明显带有当时那个时代因不明真相而显得亢奋、空洞的风气。

根本原因在于，在路遥的意识或观念中，从未怀疑过户籍管理制度本身的缺陷，他仅仅看到并批判了由此一制度缺陷造成的现实弊端，导致《人生》中高、刘爱情悲剧的直接根源，在小说中本来就是一个盲区，

① 王新华《中国户籍法律制度研究》，中国人民公安大学出版社 2001 年版，第 18 页。
②《路遥文集》（第 2 卷），陕西人民出版社 1993 年版，第 64–65 页。

作家、读者和评论家们仅仅专注于道德、个性、命运等抽象命题，将人物的性格或个性与其命运联系起来，于二者间建立了一种直接的因果关系，即如路遥所说，小说中几个人物都是“好人”，“但性格中都不同程度潜含着悲剧性和庸俗性的因素”，“人物性格的复杂性，反映了生活的真实”，“他们的遭遇，不完全是他们自己所能决定的”。这种说法虽非“性格决定论”，但也包含着一层意思：人物性格因素尤其某种程度的缺陷，多少会造成他们的悲剧性命运。① 此中透露出的信息则是，既然性格中悲剧因素或庸俗因素往往决定了个人在社会生活中的命运遭际、变化，而他们又不能完全掌握自己的命运，因此而招致的挫折或悲剧则为咎由自取、自食其果。实际上当时已经出现了一种颇具代表性的观点——即便个人受到了重大伤害，只要时代前进了、社会进步了，个人所付出的代价可以在所不计。有一篇影评中的观点：女主人公被遗弃，她所经受的“悲苦”和“深切伤害”值得人们同情，“然而，以历史的美学眼光看来，时代的发展是会引起许多人遭受痛苦的，但只要社会在总体上能有所进步，只要最后人们幸福的总和增加了，这种代价就是必然要付出的”②。这种令人难以容忍的观点，即为了社会可以牺牲个人，在今天同样有着普遍的社会基础。

---

①《路遥文集》（第 2 卷），陕西人民出版社 1993 年版，第 563 页。

② 胡小钉《透过红纱巾的沉思——略评影片〈人生〉美学追求的得与失》，见《全国首届青年影评征文获奖作品选》，中国电影出版社 1987 年版，第 9 页。

当代小说中的基督教因素

一

当代小说中的基督教书写自一开始就出现了模式化现象，一个主要的表现是，那些皈依基督教的国人形象，或者坏事做绝，或者孤苦无助，最后于偶然间听到了一个威严且具安抚性的声音，投向主的怀抱，真心忏悔、赎罪，完成新生过程后一变而为虔诚的教徒。比如北村长篇小说《施洗的河》（1993 年）中，主人公刘浪干尽了一切坏事，他周围的环境如药铺、茶楼、妓院甚至祠堂和寺庙里也纷纷发现有死尸，无理性导致人们莫名其妙地杀人和被杀，“这时，他听到了一个声音”，然后跟着一传道人去痛说前事，洗净罪恶。如此的自我认识和忏悔，太多理性说教，是一种概念化的描写和呈示，连主人公的姓名都是预先的设计，如刘浪谐音“流浪”，刘浪的弟弟刘荡谐音“流荡”。再如范稳长篇小说《水乳大地》（2004 年），峡谷地区最先入教的两个受洗者，一为快要病死的流浪儿，一为被仇家追杀的杀人者；作者另一部长篇《大地雅歌》（2010 年）中，最先受洗的是一对私奔的情人——一个说唱艺人和他所服务的主人家小姨妹。小说中还有个概念化人物：一个强盗，原为土司的私生子，在神父感化之下入教，后又叛教，成了坚定的革命者，宣称体内流淌着“革命的红色血脉”，而最后在妻子的前男友再度出现时，径自割断缆绳坠入澜沧江中。范稳的小说表面上看描写了宗教题材，其实却以故事情节的离奇曲折取胜，充满了传奇色彩，宗教似乎只是调味品，由入教而至叛教，对宗教性群体而言，关系甚大，至有重于生命者，可在作家笔下，其间转变过程，毫无转折难度和痛苦省思。

还有一个较为普遍的现象，那就是对《圣经》经文以及基督教仪式和教义的随意曲解，或者生搬硬套、凑泊比附。以下试举几例。李佩甫长篇小说《羊的门》（1999年）开首引用了《新约圣经·约翰福音》第10章第2节“主是羊的门”：“所以耶稣又对他们说：‘我实实在在地告诉你们，我就是羊的门……’”此节经文的含义至为明确，据《圣经导读》一书的解释，其义为“他自己就是伟大的牧人弥赛亚，就是先知预言的那一位”[①]。小说刻画的却是一个地方头人，或者类近于土豪、酋长式的人物，其人以农民的狡狯、商人的精明和政客的邪恶，构建了一个复杂的权力关系网络。比较所引经文与小说主旨，一为向善，以臻光明的境界，一为作恶，无所不用其极，二者间实则冰炭难容。当年有评论说作品颇具宗教悲悯情怀，真是不知所云。将世俗宗法社会里的头人，比附为宗教世界里的牧人，拟于不伦，此为明显的失误。类似的失误也出现在作者另一部长篇

① 戈登·菲、道格拉斯·斯图尔特《圣经导读》（下册），李瑞萍译，北京大学出版社2005年版，第289页。

小说《生命册》（2012年）中，小说题目显取自于《新约圣经·启示录》第20章第4节“末日的审判”：“案卷展开了，并且另有一卷展开，就是生命册。死了的人都凭着这些案卷所记载的，照他们所行的受审判。……若有人名字没记在生命册上，他就被扔在火湖里”，以及第21章第5节“神和羔羊为城的殿”里“只有名字写在羔羊生命册上的才得进去”。小说叙述了一个出生在农村的年轻人于社会上的打拼经历，其间所身经的挫折、所目睹的苦难，自是在所难免，给人印象较深的细节确也不少，如一个老上访户的辛酸人生，为讨回一间绝无可能复原的房屋，赔尽了一生。文本寓含着对当下的批判性，自不待言，可是将艰难度日的世俗众生暗比为“羔羊生命册上”的信众，毫不搭界地贴上一个宗教性的标签，只会减少而不能增加批判的力度。比这种随意贴标签走得更远的，是那种明显的知识性错误，比如李锐长篇小说《张马丁的第八天》（2011年），全部作品构建在错误的知识框架上：结构方面，设置了西方天主教与中国本土民间宗教（女娲教）的冲突，场面描写颇为激烈，由冲突至于械斗，暴力血腥。其实则不然，即以近代史而言，对抗西方宗教最坚决的恰是正统的儒家文化，而民间的普通百姓反倒能和传教士及教民“和谐相处，相安无事”，并非处于你死我活的状态，老百姓的观念是含混的，只要对自己有实际好处，则无所不可，双方甚至会产生互助关系。[①] 情节方面，洋牧师张马丁不愿屈从于高主教的阴谋，即不愿意为诬陷村民而说谎话，严格遵守第八戒律“不

① 张鸣《重说中国近代史》，中国致公出版社2012年版，第182页。

可作假证陷害别人”，被主教逐出了教堂，流落在外，差一点冻死；至“第八天”时幸得村妇张王氏救助，于彼氏热烘烘的怀中突然勃起，不能把持，遂与之行了苟合之事，全然不顾此种行为已经严重触犯了第六戒律“不可行淫”和第九戒律“不可图他人之妻”，遵一违二，避谷陷坑。再如余华长篇小说《第七天》（2013年），于卷首引用了《旧约圣经·创世纪》第二章第一节“到第七日，神造物的工已经完毕，就在第七日歇了他一切的工，安息了”，并径以“第七天”作为小说题目，其意大约取“安息”之意，却是望文生义，完全错解了此术语特殊内涵“圣日”“可喜乐”“祝福”等，依字面意思直等同于死亡、下葬、葬礼，把安息当成死亡，此为俗不可耐的解释。小说末章“第七天”内容除鬼父子终得相聚之外，又写一女子的葬礼，该女收男友山寨礼物后感到羞辱，愤而自杀，以大幅笔墨铺陈葬礼场面，并用“死无葬身之地”一语来加强效果，意在卒章显志，却是写得轻巧、错得离奇。更为离谱的是马原长篇小说《牛鬼蛇神》（2012年），第一卷第一章最后一节，用了五页篇幅来议论《旧约圣经·创世纪》第1章第1节中“神的灵运行在水面上”一句，率尔断言道，既然水非上帝所造，那么，“此上帝仅仅是有限上帝”，并非全知全能，并进而断定撰写《创世纪》的圣贤“出现了常识性错误”。作者自以为这一发现将“可能引起基督教世界很大的震动”，却不知宗教学者早就注意到了这个问题。公元400年左右，基督教神学大师奥古斯丁在其《忏悔录》中解释道，尽管《圣经》中未写明这水是什么时候以及如何形成的，“但健全的信仰和正确的理智对此不会有所怀疑的”，也不会因此“便说这些水是和天主一样永恒”。《圣经》中有“空虚的地”和“黑暗的深渊”，均为无形物质，虽然对它们的创造缺而不载，但根据真理的教训，可以肯定包括水在内的物质都是天主从“空虚”中创造的，殆无可疑。[1]到了21世纪，在一本被称为“近数十年来问世的科学文明文中最具有划时代意义的专题性作品”《水晶太阳之谜——现代人失落的宇宙奥义》一书中，作者从光学角度阐释了这一令很多人“诧异”的有名句子，认为那可能是一种“光学现象”，并大胆地假设此“水”是装在空心玻璃球里，“来自神的光碰到装水的球形容器的表面，于是就有了聚焦的光”。[2]——虚构性文学作品亦须跟上知识的整体发展步伐，否则，一涉及相应的知识，尤其是那种需要精确性知识的领域，即会出现低级错误。

就上述作品而言，无论是生硬比附，还是随意曲解，一涉及宗教因素，那种现成的、无须多加论证的救赎观念，遂束缚了文学想象力，体现在文本中，一定会是一些有问题的人物形象，成为主角，比如流浪汉、小偷、骗子、强盗、妓女、杀人犯等，这些形象，其原型皆可曲曲折折地追溯到《圣经》。不论何种缺陷、污点、罪恶等，只要皈依宗教，经过清洗，诸种污点便转化为道德上的优势，其勇气、品质等往往高于平常人。这是当代文学中基督教题材写作的一般模式，简单归纳起来，突出地体现在以下几个方面：

第一，将基督教等同于单一的救赎观念，而救赎总是与苦难、

---

① 奥古斯丁《忏悔录》，周士良译，商务印书馆1963年版，第277页。

② 罗伯特·坦普尔《水晶太阳之谜——现代人失落的宇宙奥义》，徐俊培译，上海科技教育出版社2006年版，第109页。

罪恶、忏悔等联系在一起，再循此而去，塑造若干弱者、恶徒作为小说人物，场景毫无例外地设置在近代、现代，从时间上说，多是在19世纪以降、1949年之前；从社会背景上看，人物生活在极度混乱和暴力的环境中，如《施洗的河》中的樟坂，呈大乱之象，四处充满了凄厉和惊恐的风暴；再如《水乳大地》，多半写了打打杀杀情景等。这是非常之有意味的现象，基督教题材的当代小说多与历史相关、与罪恶和暴力相伴，而唯独与日常生活无关、与平和的社会状态无关。

第二，这类小说多写民间社会或底层社会，但不是一个稳定的、常态的底层，而是畸形的、反常的底层，其中人物不论是因自身原因还是为外在情势所迫，大多处在社会秩序之外，游离于边缘地带。就表层而言，有如上文所说，多受到了《圣经》中关注底层人物的观念影响。或许还可以说，此类文本暗合了实际的历史情景，亦即自近代以来基督教多与民间社会亲善的事实，绝非《张马丁的第八天》中想当然地所设想的与民间女娲教处于时相冲突状态。

第三，在作品开端或正文中，都会引用《圣经》里的一节或几节经文，位置相当显眼，这已经成了此类文本的一个基本标识，只要看它所征引的经文，即可判断出文本内容一定与宗教相关；而且这些经文不单是一种可有可无的点缀，它们还具备相当的功能，预先界定了文本的主旨、精神、情调、氛围等等。

二

这是一个好像根本用不着怀疑的当然模式。凡写到基督教题材以及与之相关的人物、生活等，都会不自觉地进入此套路中，不论是长篇小说、中篇小说还是短篇小说，几乎没有例外。再随手举一个例子，张惠雯的短篇小说《路》（2012年），开首引用了《圣经·马太福音》第3章“施洗约翰传道”：“在旷野有人声喊着说，预备主的道，修直他的路”，小说写了一个信教的老妇人于寒冬腊月去看望另外两个信众：一个老女人，因媳妇反对，不能上教堂祈祷，孙女看到有人来看望奶奶，竟做出“恶媳女的表情”“恶毒的样子”打断她们的谈话；另一个男性老人瘫痪在床，缺少照顾，屋子里臭气熏天、昏暗阴冷。寒冬中送去温暖，这是一个浅薄的象征，却是对《圣经》原型的忠实演绎，可忠实到了有违情理的程度。为了衬托出信教的必要和坚定，叙述者不惜将一个七八岁的女孩子刻画得像成年而且成熟的泼妇那样，作为信仰的对立面，在对比中显示一种信念，越是有反对，越是要信教。这个短篇可算是一个典型了。而徐则臣的长篇小说《耶路撒冷》（2013年），则可说是一个更为典型的例子。

这是一部以其冗长情节和繁琐描写来考验读者耐心的小说，以故乡（花街）为圆心，向四面延伸，写了四五个少年人的友谊和他们成年后离乡闯世界的经历：有做记者的，有开公司的，有当教师的，有开电梯的，还有做假证件的，工作、事业虽十之八九不如意，相互间却一直保持着难得的联系，可谓是一曲青春哀歌。其中一个女性人物名叫福小，也是小说主要人物之一，作家似乎把所有的灾难分配给了这一家人：福小的弟弟于一次偶然的闪电惊吓之后，行为变得奇奇怪怪，体温也忽高忽低，时不时还对着镜子喊叫“我找不到自己了”，后割腕自杀；福小本人受不了家庭的阴郁氛围，那是一种“铅灰色的静寂的悲哀”，离家出走，到北京一家物业公司开电梯；最主要的是她的祖母，曾经做过妓女，“文革”期间受尽了侮辱——半边头发被剃掉，脖子上挂着破鞋，时时接受革命群众的批斗，是本地最先入教的信徒，后来“在一个大雨之夜抱着十字架死在石板路上”。将灾难集中于一人、一家的写法，无非起到强化效果，与情节上的过于散漫和描写上的繁琐相比，这是一种内部主题上的拘谨，受制于由苦难到救赎的观念，叙述上表现出一个特点，即为主观情绪推动之下的概念化演绎，代替了人物自身的内部精神发展。描写越突出，情绪越强烈，越像是教化和宣传，在所有人物形象中，福小一家均呈概念化特点，缺少生气，没有血肉，比如乃弟遭到闪电惊吓后高喊“我找不到自己了”，就是一种陈旧、过时的抽象化表现。试再以福小祖孙二人为例，略做分析。

从出场到死亡，祖母都是一个典型的符号化人物，她用个人经历验证了最终的救赎观念：年轻时当过妓女，“文革”时遭受羞辱打骂，最后归向天主获得内心安宁，一个高度模式化的三部曲。小说还为这个人物附加了一种她自身不可能拥有的意义：“她一个人的宗教在花街人看来，也许就是一个人与整个世界的战争，但她毫无喧嚣和敌意，只有沉默和虔敬。她侍奉自己的主。她的所有信仰仅仅源于一种忠诚和淡出生活的信念，归于平常，归于平静。”

人物缺乏内在生命力，其本身不能拥有而作家又想给予一些太多、太沉重的东西，只能从外部附加、堆砌，具体手法即为解释、证明、比较等，这是一定之理，凡概念化写作的小说，几无例外。

祖母的意义被无限度地拔高，这还不够，还要再度强化，由其孙女向世人证明其纯洁和高贵。在小说中，这个年轻女性仅承担了证明功能，自身因而没有生命，而且行为描写上多不合情理，如她拒绝了物业公司副总的追求，收养了一个长相颇像弟弟的小男孩，踏上了回乡的路途，如果说这里多少还有一点情理可言，那么以后的心理、行为则匪夷所思，姑举二例：第一，把《圣经》捧在手上时，“突然觉得她跟祖母之间有了隐秘的，甚至超越了血缘的契约，而教堂则向她提供了祖母幽深的内心旅程”；第二，从墓地回来后，突然生出了一种从未有过的“胆量”、勇气，敢于冲进当地正在举行的“妓女研讨会”现场，公开承认自己的祖母曾做过妓女。可是之前文本已设定的结构关系中，此人物与其祖母几乎没有什么交流，更不用说心灵的感触了，在其眼中，祖母无非是一个可有可无的存在，表情空洞，毫无意趣。这表明祖孙二人的关系乃为空白，空白即障碍，她怎么能够越过一个明显的、巨大的障碍，一下子便进入一个与自己原本毫无关系的人的内心世界呢？

手持一本书，再走一趟坟地，另外做几个越来越清晰的梦，梦见祖母诵念经文，就令一个人发生绝大变化，前后判若两人，心智亦猛然间变得成熟，深透地体察到冷暖人情，由此认识了整个人生……这种显得太过仓促的、跳跃式的写法，是为了直奔一个目的：“从墓地回来，我有了这个胆量。我甚至都不觉得自己动用了胆量。我站出来理所当然，不是为我奶奶漂白身份，而是想什么就说什么。我现在一点都不觉得耻辱，我甚至因为我奶奶曾有这样的身份感到自豪——没有那个身份，我奶奶就不会成为后来那个样子。”

把一件事物、一种行为抬得太高，反而会走向另一极，产生不可信效果。即以此节文字而言，其祖母曾做过妓女（不管强迫还是自愿），正视则可，“感到自豪”则大可不必；经历苦难之人可能会投向某种宗教，寻求安慰，而在“那个身份”（妓女）和“后来那个样子”（皈依天主）之间，建立必然关系，亦大可不必，虽然《圣经》上早有记载，可那是宗教经典而非小说，况且“妓女”一词已是类型、象征或比喻，坐实或演绎，对宗教经典而言，是诚实和忠实；可对小说而言，牺牲形象而证实某种观念，则是末路或穷途。

严格地说，《耶路撒冷》不仅是一部受观念控制的小说，而且又进一步将这种救赎观念狭隘化了，它传达出了一个强烈信息，即只有那些身上存在问题的人或有缺陷的人，才有资格近主，才会去信仰基督教。受此影响，即便一些非宗教性的人物，他们身上的不足、毛病、缺点竟也会成为一种优势。小说中有一个专做假证的年轻人，赚了不少钱，后被拘捕，于事发前为几个少年玩伴每人办理了一张银行卡，送给他们，以备“应急”。就像祖母入教被视之为“一个人与整个世界的战争”，这个曾经的小伙伴同样被当成了一个“英雄”：“……他从号子里出来后，他会转身在正道上走得比我们都远都激进。正道上的先锋从来都是英雄。”假设了一个远未必能够走得上的“正道”，再转而坐实其人已经成了一个“英雄”，这是一种非常成问题的逻辑。一个年轻人在其成长过程中，因家庭、教育等因素的缺失，不得已而走上了歪门邪道，实际上是一件极为悲哀的事情，哪怕他此后一夜之间成了百万富翁，把赚来的钱分给好友们，也没什么值得夸耀的。

小说总体结构上还存在着一个大问题，即，以有缺陷的人生状况，来衬托出宗教抚慰人心的特征。小说中的主要人物，没有一个是事业顺心、生活如意的，福小一家个个倒霉，这不用说；办假证的伙伴最后进了监狱，也不用说。其他几个人，无论从事何种职业，出于何种原因，生活中皆存在着大缺憾，比如开公司的两口子，生意兴隆，颇为可观，但他们不能生育，没有自己的孩子，此亦人生一大缺憾；还有一个伙伴执教师业，婚姻不顺，受打击后变得神经兮兮，自说自话。一个似乎在小说中起联络功能的人物名叫初平阳，是所有人物里面学历最高的，获得过博士学位，他个人的生活也不是很顺心，同居了几年的女友受不了居无定所的苦头，选择了离开。与此种成年后不完满的人生景况相对照，小说凸现了几个伙伴的童年记忆——没有例外，他们小时候都听到过那个老祖母恭读《圣经》，沉淀于记忆中的原初情景，终于被激活了、被放大了，小说中引用的几段经文，证明几个人能够清晰、准确地记得出自哪一章哪一节，一字不落。这一结构性的对比，绝不是可有可无的，对比的目的，就是要突出一种效果。似乎担心读者不能集中注意力于此点，小说又强调性地描写了初平阳与基督教的关系：童年时听过祖母诵读经文，入大学后自己读过《圣经》，后来又与耶路撒冷城的犹太教授通信，表达了对耶城的向往之情，且有前往一访的动议。为增加人物的深度，小说采用了一种看上去属于循环往复式的描写：初平阳只要想到“耶路撒冷”一词，即感到不能自已地神往，而这里又关联着初平阳内心深处的一个秘密——福小的弟弟自杀时，他未能“及时阻止正在消失的生命”，为此而感苦痛，因苦痛而想到耶路撒冷，想及该城即感心下大安。犹太教授因此高度评价初氏“有忏悔、赎罪、感恩和反思的能力”，相如之下，如今“具备这种能力的年轻人何其之少，在世界各国都如此，中国大概也不能例外”！为了拔高人物形象，作者不惜信口开河，夸张无度，将其描写成全世界少有、中国也不多见的一个人物，潜意识里其实还是那种“高大全”观念在作怪。

三

当代小说中基督教书写缘何在一开始即出现模式化现象，追溯其原因，与文化和文学上两种缺陷相关：

第一，没有一个现成的可资依赖的文化传统。基督教与中国文化的冲突和磨合，是一个远远没有得到解决的问题。上个世纪初，胡适就这两种文化之间的不同处发表过他的意见，在一篇英文文章中，他写道，中国人有自己的传统和信念，比如基督徒相信“原罪”，而中国人则相信人性是善的，谁是谁非，这不是重点，重要的是传统和信念能否化为己用，重要的是“如果基督教要在中国有任何的影响力，它必须要把基督的观念移植到儒家伦理思想的土壤里”[①]。胡适当年所思考的重点，他指出的两种文化如何接近、相互接纳等，是一个繁难的再生成、再创造作业，此作业仍处于未完成状态。

第二，没有一个现成的可以直接取法的文学传统。自五四新文学以来，虽然也有少数作家写过基督教题材，如鲁迅、老舍、冰心、

① 江勇振《舍我其谁：胡适》（第一部），新星出版社 2011 年版，第 527 页。

许地山、萧乾等，但总体而言，他们的写作并未能形成一个榜样或传统，以供后人取法和效仿。即使大师如鲁迅，他的那篇直接取材于《圣经》的描写耶稣钉上十字架的散文《复仇》（其二）（1924年），其实也是中规中矩的写作，很谨严地模仿着宗教经典的用词、造句、语调及其文风。茅盾的短篇小说《耶稣之死》（1942年）同样是一部相当规矩因而拘谨的作品，一如篇末所注明多取材于《新约》，依次描写了法利赛人拿金币陷害耶稣、犹大出卖、钉上十字架等几个重要事件。老舍的此类小说多呈讽刺风格，从一个侧面反映了其时"吃教"现象，如短篇小说《柳屯的》（1934年）刻画了一个泼妇形象，自行组织了布道会，网罗了村中偷情的、酗酒的、盗嫂的一干人，令村人侧目。而村民们对正规的教会也是"敬而远之"的。与创作并行的，亦有理论的倡扬，周作人写于1920年的《圣书与中国文学》一文，试图讲清楚《圣经》与中国文学的"特别的关系"，然而因为缺乏新文学的写作实践作为实例，他最终仅从基督教文化中拈出了一个人道主义思想[①]，这不过是一个常识而已。朱维之《基督教与文学》（1941年）一书，主旨在于梳理、介绍西方基督教文学传统，唯在最末一章简略描述了几部小说，认为这些作品仅是"中国基督教小说的先声"，而"完全表彰基督教精神的"则一本也没有。[②]可见，新文学中不乏关于基督教题材的文学作品，但从来没有形成过关于基督教书写的文学传统。

正因为缺少可以依赖的传统资源，当代小说中关于基督教题材

① 周作人《艺术与生活》，河北教育出版社2002年版，第39页。

② 朱维之《基督教与文学》，吉林出版集团有限责任公司2010年版，第274-275页。

的写作，不仅显得模式化，而且有些稀奇古怪，简言之，总是要找一些有问题的人出来，然后让他们去告解、祈祷、忏悔，这和中国文化精神相异甚至相冲突。在中国文化中，正如胡适所说，没有什么原罪一说，主要还是相信人性为善。倘若多说一句的话，对中国人而言，天行健，君子以自强不息；仰不愧于天，俯不怍于人；善有善报，恶有恶报；清白充实过完一生，不浪掷生命，凭什么非得把自己先设想成有罪之人、戴罪之身，然后去认罪，去忏悔，求得最终的宽恕？上引诸小说中，所描写的都是底层，是底层有缺陷的人，如小偷、强盗、妓女、杀人犯等等，小说把这些人写得最有资格接近天主，最有资格进入天国之门，比一般循规蹈矩、善良老实的国人还要高贵、纯洁，亦即在道德上占尽了优势，就像祖母曾经做过妓女，孙女竟然声称自己为先人的此种身份而感到自豪、感到骄傲，其自豪骄傲的理由是，祖母若没有那种妓女身份就没有后来的教徒身份及其虔敬品质，真是一种匪夷所思、不可理喻的说法。这种成问题的模式化的书写，也不见得尽能准确符合基督教本身的精神，但是却于无意之中树立起了一道围墙，也树立了对立面——与中国文化的对立。《耶路撒冷》在描写那个高学历的文化人时，为了让其与基督教产生更为紧密也更具理由的关系，必须要在他身上找出一种缺陷、挖出几条罪行来。难道罪是一个必要条件吗？是否可以设想：一个洁身自好、从无罪过的中国文化人，他从小听过祖母读经文，大学时读过《圣经》，后来又与犹太教授通信，这三个过硬的因素，够不够使之成为诚心皈依基督教的条件？缺少了过，没有了罪，他还会把音译的“耶路撒冷”四个字挂在嘴上，念兹在兹，唠唠叨叨吗？

思考、表现基督教与中国文化的冲突和磨合，正如胡适所说，是最有价值也最繁难的工作；胡适所说的寻求移植、结合，应该仍然是当代小说基督教题材书写的一个基本路径。

在有些当代小说里，恰恰是不经意写出的片断细节，某种程度上可说实现了这种移植、结合，也即“中国化”。莫言长篇小说《丰乳肥臀》（1995 年）第十一章里的瑞典牧师马洛亚，于高密地方生活了几十年，完全顺应了当地的人情习俗：不高兴时就蹲在地上，掏出旱烟袋一声不响地吸烟；两只看似笨拙的洋人大手，在案板上拉面时又抻又拽，时而如拉弓射箭，时而如洞中拨蛇，其熟练灵巧程度令人吃惊；人家给小儿起名如小猫小狗时，他便把上帝和孔夫子一起搬出来反对，连连说不合上帝旨意、也不合“名不正则言不顺”云云；当着前来抢劫的鸟枪队员时，居然忘记了连这些土匪都害怕的“洋腔洋调”，只是可怜巴巴地用一口地道的高密东北乡腔调说：“兄弟们，你们要什么？”然后鞠上一躬；当被另一人物于姑夫怀疑他如此地中国化，可能是个“假洋鬼子”时，便像受了巨大侮辱似的，满口粗话，大骂“于大巴掌这驴日的”。虽然马洛亚时不时地说总有一天要回到自己的祖国去，事实上他的根已深深扎进高密这块土地。与莫言的描写相近的，还有刘震云长篇小说《一句顶一万句》（2009 年），上部《出延津记》第 9 节也写了一个詹牧师，意大利人：“老詹来延津时二十六岁，高鼻梁，蓝眼睛，不会说中国话。转眼四十多年过去，老詹七十岁了，会说中国话，会说延津话，鼻子低了，眼睛也浑浊变黄了，背着手在街上走，从身后看过去，步伐走势，和延津一个卖葱的老汉没有区别。老詹……并不适合传教。……说着说乱了，或断了，鼻子‘吭吭’一阵，再从头说起。一段话从头说几遍，主早让他说成了另外一个人。”寥寥数语，传神入化，读后让人难以忘怀。

这里有必要提到王蒙，他的发表于1988年的短篇小说《十字架上》，从《圣经》中取材，于叙事方法上，既能入乎其内——刻画了基督形象，设身处地，进入其内部体验痛苦、省思自身，在新文学史上，直接描写十字架上基督形象，前有鲁迅《复仇》（其二）、茅盾《耶稣之死》，后有王蒙《十字架上》；同时又能出乎其外，站在一个隐蔽的高度，观察基督与那些围观基督的人众——基督俯视着纯驳不一的人众时，突然涌出一个念头，为着如此的人众而死，值得还是不值得？而那些或哀痛或嘲弄的人群里，也发出混杂多样的声音，有认基督为真实的，亦有视其为骗子的。这显然是一种人文主义的视角。小说的节奏一波三折，回环往复；肯定、否定、怀疑、质询、辩难等等，说它是复调亦无不可。2008年，王蒙出版《王蒙自传·九命七羊》（第三部），开篇第一节《十字架上》再次阐释了这个短篇所涉及的多个命题，如：人的信仰、神性概念、弥赛亚情结、神之无力、造神运动、使命感带来的必然冲突、神圣精神与大众结合之后造成的悲剧或闹剧等。[①] 这篇小说是一个当代中国作家处理基督教题材的模范文本——它所达到的深度，无人可及；它所使用的叙述手法，不无示范意义。

---

① 王蒙《王蒙自传·九命七羊》（第三部），花城出版社2008年版，第1–15页。

第二辑

文本批评

小说是不可以修订的

——读王蒙长篇小说《这边风景》

鲁迅在 1935 年编选《〈中国新文学大系〉小说二集》时，对同一篇作品，有时直接采自初次发表的期刊，而非作者自编的小说集。在鲁迅看来，那些经作者再次添削、修饰之后收入集子里面的作品，未必一定会比“质朴的原稿”好。[①] 鲁迅这里所说的“质朴”，不完全指风格而言，系更多贯注了作者生命，因而充满生气的完成形态，而添削、修改则会破坏此种状态的完满性质。鲁迅的编选方法，涉及了小说写作的一个基本原则：小说是不可以修订的。

小说是心境和语境的结合。在这方面，鲁迅也曾贡献出了“除了自己，大概没有人会觉到的”创作经验，他结合《不周山》的创作情形说道，一旦进入写作状态，一口气写下去，人物、场景逐渐活动起来，有了自身的生命，此时如“有什么分心的事情来一打岔”，中断了写作，过了许久再来写，“性格也许就变了样，情景也会和

①《鲁迅全集》（第六卷），人民文学出版社 2005 年版，第 264 页。

先前所豫想的不同起来”[①]。俞平伯于1922年作《红楼梦辨》时就写道，小说是个性的流露，也是环境、心境的体现，“如环境心境改变了”，作者无法完成他以前未完成的作品。[②]至于语境，也是一个重要因素，每个时代皆有标示其风尚的词语、概念、语汇、话语等。时代变迁了，语境也随之而变化。[③]小说摄取所处时代的语汇，提取其精粹，且加以形象化、典型化，凸显了一时代的特殊语境，当完成之后，即自成系统，作者本人便脱离了写作时的心境、语境，脱离了当时的现场，回不去了。人不能两次踏进同一条河流。同理，作家也不可能妥帖无间地返回当时的心境和语境中。无论重写、改写还是修订，都要求作者再度返回并置身现场；绝难返回的事实，则证明了重写、改写或修订之不可能。便是大师如王蒙，亦未见得动手自如、结果圆满，遑论他人。——顺带一句，当代那些自己动手或由他人代劳的小说“修订本”，基本上是在欺骗读者。试举一例。人民文学出版社2006年出版了一套“九元丛书”，其中收路遥中篇《人生》，把第二十章马栓对刘巧珍说人家高加林现在成了“国营干部”一词，擅自改为“国家干部”，一字之差，历史语境顿失。“国营干部”意味着城市户口、固定收入以及种种优惠补贴，这曾是一个农民不敢想象的事情。

王蒙有两部长篇小说的命运颇为奇特，从完成初稿到出版，时间跨度二三十年。一部即《青春万岁》，这是王蒙的第一部长篇小

---

①《鲁迅全集》（第四卷），人民文学出版社2005年版，第527页。

② 俞平伯《红楼梦辨》，人民文学出版社1973年版，第5页。

③ 旷新年《中国现代文学理论批评概念》，清华大学出版社2014年版，第5页。

说，写得最早，发表得很迟，中经两次修改：第一次在 1962 年，正值中苏交恶，计划出版时遵命删去了写苏联的部分；第二次在 1978 年，删掉了被认为感情不够健康的个别段落和词句。两次修改、修订，其实就是删节，并无增添，均受制于外力因素，非作家本人内心要求，这一点非常重要。对此，王蒙仍然心有不甘，他要的是未加增删、修饰的“原貌”，遗憾的是，除了当年发表的部分章节可用于恢复原貌，已经找不到原稿或五十年代的校样了。[①] 第二部就是《这边风景》。这次没有外力因素干扰，王蒙却主动增删、修饰，不像《青春万岁》那样一意且一力于保持原貌。方蕤（崔瑞芳）熟悉王蒙的创作情况，她在《凡生琐记：我与先生王蒙》一书中写道：“当然，王蒙也不是一切顺利。他花了很大力气写作和修改的《这边风景》却终于没有搞成。这本书写成于‘四人帮’统治时期，整个架子是按‘样板戏’的路子来的，所以怀胎时就畸形，先天不足。尽管有些段落很感人，有些章节也被报刊选载过，但总的来说不是‘优生’，很难挽救，最后只好报废。”[②] 创作于“‘四人帮’统治时期”，基本构架依照“样板戏”的路子——描写了 20 世纪 60 年代“发生在风景这边独好的伊犁河谷”一个生产大队的事情，人物划分为革命群众与地富反坏右两个阵营，以追查“反革命盗窃”案（小麦失窃）和谣言（加入苏联国籍）为主线，穿插“社教”运动、“四清”运动等政治事件，而所有矛盾又皆由一二坏人背后挑拨，语境方面基本上属于“文革”话语系统。显然，王蒙之所以数次修订，

① 王蒙《青春万岁》，人民文学出版社 1979 年版，第 324 页。

② 方蕤《凡生琐记：我与先生王蒙》，北京联合出版公司 2015 年版，第 114 页。

盖因他想“救活”这个文本。救活之法，一则为淡化阶级斗争氛围，一则增加日常生活描写。在第六章“小说人语”中，王蒙颇为自信地写道，尽管因着顺应“政治正确”而多有“政治宣扬”的文字，“生活实感则用它的活泼泼的生命挽救了一部尘封四十年的小说”。王蒙挚爱他笔下描写的民族，第二章“小说人语”中，王蒙回忆了他于 2008 年重返伊犁，当年的老农认出之后抱着他号啕大哭的情景；第五十一章“小说人语”中，王蒙说，当他读到一个做错事的老实人被女医生谴责这节文字时，自己激动得禁不住热泪盈眶、泪流如注。一个作家几十年未曾分毫稍减地热爱着另一个民族，其情深意切有如斯者！这或许也解释了作家何以主动修订文本的一个心理及情感因素。

然而，这种修订从根本上说不可成立、难以成功，因为文本的内部结构出了问题。那个以阶级意识形态随意凌辱人民、戕害人性的时代被彻底否定了，很大程度上顺服而非质疑此种时代风气的文本，无论怎样淡化或增饰，总有一种或隐或显的暴戾之气。即便如此，它也是一个完整的文本，哪怕它在文学上的价值甚微，作为一个特殊时代的见证，其意义亦不容忽视。它又有如一个机体，拒绝改动、整容，改动越大，矛盾、漏洞、相互抵触之处愈多。仔细读下去，原有文字与后加文字，昭昭在目，判然有别，而且相互妨碍。以下尝试拈出文本中一个词语、一个句子、一个细节描写，略加评析。

第九章第一段中的一个词语“终极”：

乡村里年长的、被尊称为阿科萨卡勒（银须长髯）的长者，常常告诫后辈们每天要拿出一段时间，每天要有几次来想一想死亡，想一想自己的终结和世界的末日，人人要有这样的终极关注。有了终极挂念终极敬畏也就有了警觉和自律，有了崇拜和祈求，有了郑重和虔敬，有了坚定和规范，有了依傍和归宿。

本段文字系后加，与五六十年代背景氛围格格不入，彼时宗教被定为迷信，故而宗教生活亦在扫荡之列，基本上绝迹了。此处发声的叙述者不管他站在何种角度、处于哪个时段，他所讲述的长者劝诫后辈们每天要抽出一点时间“想一想死亡”——实际上就是做一点宗教功课，这种模糊背景的修订法反而破坏了背景的统一性，也让笔下的历史变得含混不清。其中最成问题的是与宗教相关的“终极关注”一词。20 世纪五六十年代的中国，绝无可能存在产生“终极关注”或“终极关怀”这个词语的人文土壤；王蒙创作本部长篇小说的 1975—1978 年的中国，也没有这个词语，其时整体社会心理转向更紧要的政治诉求，无暇亦无余裕心情将“终极关怀”纳入关注范围。“终极关怀”一词的流行，始于 20 世纪 90 年代。莫言在 2005 年做过题为《捍卫长篇小说的尊严》的演讲，其中说道，“终极关怀”是前几年才成为“时髦话语”的[①]，当指 90 年代中期。何西来曾专门论述过“终极关怀”一词，认定这个词语流行时间大致在所谓“人文精神”讨论前后，在讨论过程中“出现频率极高”；有相当数量的学者把“终极关怀”当成了“人文精神”的基础和依据，

① 莫言《捍卫长篇小说的尊严》，《当代作家评论》2006 年第 1 期。

将之作为一种价值观念或“思想武器”，来对抗世俗社会。[①]

巴赫金在《拉伯雷研究》一书中说过，拉伯雷的长篇小说“具有深刻的百科全书的特点”，当时所有领域的知识和实际生活，都在他的小说中通过专门细节准确地表现出来。巴赫金特别指出了一个尚未被认识到的特点：拉伯雷小说中占大多数的描写均是首次出现的新事物、新名称、新词语，“拉伯雷对重要的新事物和新名称非常酷爱、非常敏感”。很难想象，拉伯雷的小说中会突然出现一个与其时代无关的词语、术语，或用错某个词语、术语。巴赫金说，有学者曾经怀疑拉伯雷小说中丰富的海洋术语的准确性，随后便有另一位学者考证，证明拉伯雷对这些词语、术语的运用是充分的、可靠的。[②] 同理，王蒙先生的小说在某种意义上可称之为当代中国社会生活的“百科全书”，而百科全书所要求的时代性和准确性，又反过来证明这种随意性较大的修订，只能导致常识、知识上的错位和错误。

第二十一章描写哈什河的句子：

渠首在伊犁的上游哈什河。……它是伊犁的美丽、富裕和欢乐的源泉。挺拔的白杨，郁郁葱葱的果园，一望无际的田野，各种人畜工农商百业，都依赖着这生命的乳汁。

而且我做的这些事，太费劲了，太吃力了，上级说，这样

① 何西来《新时期文学与道德》，山东教育出版社 1999 年版，第 358 页。

② 巴赫金《拉伯雷研究》，李兆林、夏忠宪等译，河北教育出版社 1999 年版，第 529 页。

那样是‘滑向了资本主义’，而我要做的是‘坚持社会主义’，为什么，资本主义只需要轻轻一滑，而社会主义，硬是要使出吃奶的力气、咬牙切齿地顶在那里？为什么资本主义就像哈什河顺流而下，社会主义却像是一道难以修好垒结实的大坝，随时有被冲垮的危险呢？

哈什河水，波涛滚滚，激荡轰鸣，似乎有千军万马在奔腾呼啸。

在“十七年文学”和“‘文革’文学”话语系统中，江海湖泊、雾雨雷电、草木虫鱼等自然形象、景观，基本上政治化了，成为强行植入种种政治内涵的象征，不再具有单纯的审美意义。二元对立是这些自然形象、景观共享的一个特点：革命/反革命，社会主义/资本主义，无产阶级/资产阶级，等等。在《这边风景》中，资本主义就像哈什河一样“顺流而下”，可确定系原文本中的文字——这是小说“核心人物”、爱国大队七生产队队长的一段内心独白，他与坏分子斗，与落后分子斗，与一切剥削行为斗，慨叹自己“做的斗争难道还少吗”。问题是，许多问题刚一解决，新的问题又出现了，稍不注意，种种贪图享受、眼中只有物质利益等现象便丛生出来，这当然是资本主义，它如哈什河一样滔滔而下，冲决堤坝，不费力气就占了上风。此处哈什河的象征意义、倾向性确然无疑。可令人不解的是，同一段落中哈什河又被赋予了完全相反的意涵——波涛滚滚、激荡轰鸣的哈什河，犹如千军万马一般奔向前方、奔向胜利。无法确定此处描写为原稿所有，还是后加文字；但能够判明同一章开首部分形容哈什河是“伊犁的美丽、富裕和欢乐的源泉”，“生命的乳汁”，则为后补描写无疑。同一个象征，同一个意象，在同一章节中同时拥有两种截然相反、不相兼容的意思，这种过于明显的矛盾、漏洞，这种一眼看去即知其相互抵触的硬伤，出现在王蒙的作品中，委实令人难以置信。

第三十六章描写麦素木、古海丽巴侬夫妇招待客人礼节：

> ……古海丽巴侬用双手把茶盘高举，库图库扎尔连忙伸手来取，古海丽却轻轻一闪，把茶盘伸向自己的丈夫。茶水也罢，其他食品也罢，先由丈夫取下，再由丈夫献给宾客，不知道是为了表示隆重还是以示男女授受不亲，反正这种多费一套手续的做法，正是一种老式的礼节。

第三十九章写麦、古夫妇的“色诱”计划：麦与队长“势不两立”，为了除掉这个障碍，他竟然想到让妻子引诱马车夫泰外库，令其在社教运动中站出来反对队长。

不能确定递茶水细节是否为后补，但“正是一种老式的礼节”一句则多少显出修削痕迹，意在用日常生活细节冲淡政治色彩。麦素木是一个被写得很坏的人物，是小说中的反面形象，他的妻子古海丽巴侬并不能因此亦成为一个坏人。从后加外貌描写文字，可证此女性就是一正面形象：高个儿，肤色黧黑，身材苗条，“眉毛细长，扁扁的大眼睛，鼻准端正面且高耸，她的如水的目光和微微噘起的两片小嘴唇，嘴角的两边纹路，娇媚之中又显示一种成熟甚至清醒”。这样一个美丽、娇媚而又成熟、清醒的女性，严格遵守“老式的礼节”，连异性客人的手都不敢碰触，怎么会突然间不仅同意了其夫的色诱主意，而且“宣布了她的方案”，甘愿把自己的“突他克”（下身器官）送给一个男性，且在想象中“陶醉地闭上了眼睛”？同一人物，两副面孔。后加形貌及礼仪习俗描写，与文本中原有“色诱”情节严重排异。倘要删改，该拿掉的正是“色诱”一节。这个细节并非王蒙所独创，而是“当代文学”共享的一个套路和模式。《暴风骤雨》中的地主韩老六让自己的女儿去勾引农会委员，《太阳照在桑乾河上》中的地主钱文贵让侄女去引诱农会主任，《创业史》中的地主姚士杰则把亲妹子献上，去拉拢农会小组长。曾经的县某科科长麦素木亦不甘落后，把自己的妻子当作了工具。让妻子、女儿、侄女、妹子等献上肉体，作为诱惑和“拉拢”手段，以达到所谓“破坏”目的，这是“当代文学”中最为臭名昭著的道德败坏、想象力低下的一个套路，其影响所及，连王蒙亦不能幸免，因而未能免俗。

王蒙的文字永远地具有一种吸引力，满足多种阅读期待。然而，《这边风景》中太多修改、改不胜改之处，恰如一件缀满了补丁的衣服，初看新鲜，吸引人的眼球，再看则显眼、刺目。亦如方蕤所说，怀胎时畸形、先天不足的文字，无论怎样补救，依然摆脱不了畸形儿的命运。

一个犹疑、矛盾且诚意不足的仪式

——评阿来长篇小说《云中记》

《云中记》[①]立意甚好：大震后的幸存者迁至移民村，而那些埋在废墟中的死难者，则成了孤魂野鬼，令生者不安。四年后，先前的祭师决然返回弃村，逐门挨户，遍祭冤魂：熏香，摇铃，击鼓，然后次第放置亲人所托带诸物，并向已长满了荒草的院落撒下一把把粮食。生人自当生活下去，死者亦须得到安慰，应该说体现了作家或叙述者一种良善情怀。

这也是小说的结构框架。

可问题在于，整部小说的叙事、情节、描写等等，与立意、结构、主旨却呈现着一种反对的关系，随叙事进程展开，不是丰富、强化，却是削减、弱化了小说主题。比较突出的一个问题是祭师的身份。按叙述者声明，祭师职责只管祭山，亦即祭祀山神，而安抚鬼魂亡灵之事，则无预也；因为那是他不熟悉的领域，从未关心过、涉足过，

① 阿来《云中记》，原载于《十月》2019年第1期，同年北京十月文艺出版社出版单行本。

内部程序、行礼如仪一概不知。庖人虽不治庖，尸祝不越樽俎而代之，这祭师倒也老实本分，不知为不知，不显摆出不懂装懂的样子。祭师决定返回村中，一方面出于自愿，他的想法是，活人自有活人来关心，死者由他去安抚一下子，尚在情理之中；另一方面，村民们也纷纷前来请他去“照顾”死去的亲人，祭师不去谁能去、谁愿去？这里也牵涉到了一个急需解决的社会问题：祭师的外甥，同时也是乡上的领导，前来动员他回村做些安抚鬼魂的法事，因此时四处流传着出现鬼魂的传说，致使人心不安，群情汹汹，故而安抚鬼魂其目的在于“安抚人心”，重振村民意志，以利于今后村庄的重建工作。可让一个祭山的人去祭鬼，角色转换未免有些突然，更何况祭师心中原也存在不痛快——非物质文化传承人培训班上，人类学的教授不是说过，“祭山要传承，事鬼要扬弃”吗？可见，祭师回村，虽属自愿，要去照顾鬼魂则确乎勉为其难、力不从心，心有余而力实不足，超出其个人职责、能力范围之外。非其鬼而祭之，谄也；祭鬼方式不当，也会惊吓了鬼魂。尽管小说多有弥缝，以使自圆其说，比如，祭师回忆几十年前其父夜下祭鬼情景，算是匆忙间自已给自己补了一课，毕竟行动欠爽利。

让一个只管祭山神的祭师回村祭奠鬼魂，中间又生出种种波折，读起来让人颇觉憋气。本来，怀念死难者，只要心诚意真，即刻起程，何至于预先寻出种种理由，以证明祭祀的正当性，务虚之后再行动。如果说这已经是叙事上的矛盾，那么，更大的矛盾则在于祭师的观念与行动之间，出现了严重的对立，有一条难以逾越的鸿沟——这便是，祭师已经回到村中开始安抚鬼魂了，在他心目中，对于是否存在鬼魂，却仍然存有疑问，仍然在信与不信之间犹疑不决。小说第二章写道：

阿巴已经不是以前那些相信世界上绝对有鬼魂存在的祭师了。他是生活在飞速变化的世界里的阿巴。据说，过去的时代，鬼魂是常常要出来现身的。但他没有见到过鬼魂。据说是有电以后，鬼魂就不再现身了。也是据说，鬼魂不现身的日子比这还要早，是山下峡谷里修沿江公路，整天用大量的炸药爆破的时候，鬼魂就不再现身了。不管是什么时候吧，这都说明，起码这三五十年来，云中村就没有人见到过鬼魂了。

夫子曰，祭如在，祭神如神在。至少也要装出一副相信的样子。而这个一开始那么毅然踏上归乡之途的祭师，着实让人颇为感动了一阵，此时一下子分裂了，连一点掩饰也不需要了：心里面不相信有鬼存在，和行前宣誓般的悲壮行为又构成矛盾——“我是云中村的祭师，我要回去敬奉祖先，我要回去照顾鬼魂。我不要任他们在田野里飘来飘去，却找不到一个活人给他们安慰。”让一个不信鬼的人，跑去祭什么鬼？可怜这祭师自打回村子后，信鬼与不信鬼两种念头常常交战于胸间心头，反倒把自己搞得不得安宁。小说凡十二章，情节已经发展到第十章了，快要收束结尾了，还在纠缠着有鬼无鬼的难题，还在自己的内心世界“打架”：

为此，阿巴还自己和自己争辩。

人一死就什么都没有了。

你怎么知道人一死就什么都没有了？你是祭师，你不相信有鬼魂在吗？

我当了祭师，我就只好相信有鬼魂在了。我是担心万一有鬼魂在呢？可是我真的一个都没有看见。

好吧，你承认有鬼魂了。难道鬼魂真要跟云中村一起消失吗？既然他们都是鬼魂，云中村下坠的时候，它们不能飞起来吗？

云中村都消失了，它们还能往哪里去？

万一真是有什么去处呢？所以，你才想要牢记云中村是怎么消失的。

有时，在内心发生的辩驳，甚至会发出声来。阿巴用一张嘴巴发出两个声音和自己争论。争来争去，那是两套不同的逻辑打架，产生不出新的意思。

这祭师真是老实得叫人同情，虽心存疑惑，却也宁愿相信有鬼，否则跑回村子无事可干，岂非笑话。那么，如何证明有鬼呢？从实践中来，捉住一个试试看，眼见为实，传说为虚。于是，回村半年多时间里，祭师完成表面的祭祀后，其他时间里所做唯一的事情，就是嘴里一边唠唠叨叨着有鬼无鬼的话，一边于“晚上中了邪一样寻找鬼魂，把自己弄得疲惫不堪”。

于脚下掩埋着数万有名无名的冤魂的土地上，执意要寻找出一两个鬼来，以证明世间有鬼，这已经不是轻薄可以名之的，而是堕入一种恶趣了。

现在可以做出一个基本判断了：祭师形象写得很糟，全然失败，说明这个人物形象只是叙述者手中的一个工具，叙述者（此时不可等同于作家）要在整本小说中最想表达的意旨，是在第七章：祭师请教另一个年长的祭师，究竟有无鬼魂。年长祭师答曰，人死为鬼，确然无疑；存在一段时间后会化掉，会变成泥土；然后，一切烟消云散，没了。要紧的是这段话：

> 祭师说：怎么安抚鬼魂？就是告诉他们人死了，就死了。成鬼了，鬼也要消失。变了鬼还老不消失，老是飘飘荡荡，自己辛苦，还闹得活人不得安生嘛。告诉他们不要有那么多牵挂，那么多散不开的怨气，对活人不好嘛。

领受了教诲的祭师如醍醐灌顶，多时的疑惑有如冰释，于是充分阐发了老师的哲学：

> 以前，阿巴对鬼魂的存在半信半疑。现在，他是相信世间有鬼魂存在的。而且，他也相信鬼魂存在一段时间，就应该化于无形，从这个世界上彻底消失。化入风，化入天空，化入大地，这才是一个人的与世长存。人死后，一个鬼魂长久存在，不肯消失，那是死人深怀着某种执念，尘世的记挂太多。对云中村或许还没有魂飞魄散的鬼魂来说，更可能是对猝不及防而又惨烈无状的死亡不明缘由，而游荡在生死边界。阿巴已经无数次

告诉他们，死亡已经发生，紧接而至的将是云中村的消失与死亡。如果还有鬼魂没有意识到这一点，永远带着惶惑带着惊恐与怨怼之气不肯归于大化，等到云中村消失，世上再无施食之人，他们就会成为永世的饿鬼与游魂了。那就比下了佛教宣称的饿鬼地狱的情形还要糟糕。

那样固执地要寻找鬼魂的祭师，几乎像中了邪般，白日黑夜地寻找，差不多打着灯笼寻找了，他当然找不到的。虽然找不见，在叙述者需要的时候，还是终于跨越式地轻而易举解决了一个极具难度的问题：鬼魂是存在的。祭师并非从其传统或经验中获得依据，从而顿悟，从而得出一个终极性结论，自己亦变得浑身轻盈、舒泰——“雨过天晴的某一天，阿巴刚刚摆脱关于鬼魂的执念，平静的喜悦像是小菜园里的青苗在心中滋长的时候，他听到了杜鹃鸟在森林里悠长的啼叫”；祭师运用的是逻辑推理。准确地说，是祭师背后施以操控的叙述者运用了一种逻辑推理，把先前从大祭师那里受到的点化加以知识化、理论化、系统化了：人死了，会变为鬼；鬼之存在，则有时间限制，过一段时间后，一定会化为泥土；然后，一切统归“大化”，变成了零。何谓“大化”？第八章开始部分，祭师对另一个人物说道，大化是一种“存在”，“是世界上所有的事物”，是“岩石，岩石上的苔藓；水，水中鱼和荇草；山，山上的雪和树；树，树上的鸟和巢；光，放射出来的光和暗藏着的光；人，人的身和心……都在，都不在。鬼魂寄存身于它们中间，恶的不也就变善了吗？”

这似乎是小说提供的重要精髓，否则，叙述者亦不至于用相当笔墨描写祭师终获解脱的轻快、愉悦心情。其实，这根本算不得多么新鲜的发现。小说叙述者真正可能要传达的意图，则是用这种常识来证明：既然人死如灯灭，终究化为尘土，一阵风过处，大地上一片白茫茫；那么，只要是死人——不管他是怎样死掉的，是病死的，横死的，暴死的，哪怕有惊恐、惶惑，哪怕有怨气、怒气，哪怕有着种种死不瞑目的倒霉冤屈，也应一并消失了，万勿想不开想不通不愿走因而给生者造成不便，就像老祭师所说的，“那么多散不开的怨气，对活人不好嘛”。

人死灯灭，这种常识不是不可以讲述，人人皆知却未必人人甘愿于心的道理，正须时时讲上一讲，以破迷释惑。但是，对着那些遇难者、对着那些屈死者去讲述，直接地说，去给死人讲大道理，“这个世界上，什么不好的事情都是会过去的”，则显然属不近情理、大言不惭，令人觉得这个叙述者，实在是一个忍人。

现在也可以再做出另一个判断，《云中记》描述的祭祀仪式，不是安慰，不是纪念，不是轻抚那种永远刻在生者心头的伤痛；而是劝说，而是劝解，甚至威胁——上引文字中，祭师对死人说，如果不早早化作泥土，不早早消尽怨气，不早早地化成空气，云中村迟早有一天会消失，到那时候再也无人来施食、来安慰了，你们便做了佛教地狱中的永久饿鬼了。

祭师回到云中村半年多时间里，不见得天天照顾、安抚鬼魂，三十六户人家，这是村庄的总户数，一天一家，一月多的时间足够做完事了。剩余的时间里，祭师基本上是在思考人生及死亡哲学问题，也就是叙述者借助祭师形象，传达出他自己的思考，最终给出了一个看上去近乎于完美的哲学方子。

这应是《云中记》的真正意图，它开出的药方，确实有些无情和残忍。

似乎是欲罢不能，小说中有两个细节，又强化了此意图。

一是云中村的地理位置。它位于“滑坡体”了，地震时村子后面便出现了一条宽大裂缝，震后由地质工作者实地考察，结论是不可更改的，命运是不可逆的：云中村将会在不久的某一天山体滑坡，整体落入江水中。小说以大幅笔墨描写了此情节，结尾时果然滑坡了。早已下了决心要与村子一同消亡的祭师，当感受到大地震动时，心中变得“狂喜”，差点高喊一声“飞起来了”：

> 但他没有喊，他早就告诉自己在这一刻来临的时候，要看见要记住。他确实看到了一些房子的废墟整个地跑到了他的前面。看到马像浮在水上一样漂离了他，和某家人院子里的一棵翻拂着经霜红叶的梨树一起沉了下去，脱离了他的视线。这时，他还有一个念想，要看看会不会有鬼魂出现。亲人的鬼魂，亲戚的鬼魂，乡亲的鬼魂。但是，他们都没有出现。那些房屋的废墟从眼前消失时，腾起一片淡淡的尘烟。

祭师于灭亡之际还想着看一看是不是有鬼魂出现，并且于此危急时刻提醒自己，不仅要看见，而且还要“记住”看见的情景，这种淡定的心情，这种奇怪的念头，这种超乎了常理的自我期许，其实还是叙述者的控制，再度向读者证明了，世上并无鬼魂，即使真有，也应快快消失。借助祭师这个木偶之口，叙述者念咒语般说道：

> 不要怪罪人，不要怪罪神。不要怪罪命。不要怪罪大地。大地上压了那么多东西，久了也想动下腿，伸个脚。唉，我们人天天在大地上鼓捣，从没想过大地受不受得了，大地稍稍动一下，我们就受不了了。大地没想害我们，只是想动动身子罢了。

这段咒语般的话语中，意思是显豁的：死者勿要怪罪任何人，要怪就怪自己命不好，怪自己倒霉，怪自己恰在那个时间点上被砸死了、被埋在废墟里，一切都是命运，一切都是前定，命里注定的躲不过去。村子原本就建在滑坡体上，必然要消失；大地伸了一下腰，谁让人们在它上面瞎鼓捣。大地没有什么罪过，这不是它的错；倘非要说谁错，错还是在死人。所以，死难者领受属于自己的那份死亡，与天地无干，与他人更属两无相干。

与这一点相关的，还有祭师当发电员时遭遇的一场灾难——电站位于滑坡体上，某一天山坡滑入江中，祭师于睡梦中身陷泥水和沙石中间。连叙述者都觉吃惊的是，祭师毫发无损，但也付出了代价，他成了一个傻子，而且，一傻便是十年。初读这部小说时，心中颇为作品的立意和结构点赞：一个祭师为废弃家园中的鬼魂做法事，没有多少事情可写，看似无事可写的作品，恰恰给自己立了一个高度，设了一个难度，作家有期许，读者有期待。但是，读至第二章时，已觉出作品整体框架系两条线索串联情节，把过去和当下连接起来，否则，寻找鬼魂和做法事，这点事情不足以支撑一部长篇。难度降低了，结构毕竟还算匀称——当下的废弃情景，与震前村庄的美丽、安宁、祥和，应成为一个隐形结构。叙述者提供一种想象图景，读者亦当容许有自己的阅读期待，铺陈村庄的美丽安宁，反衬灾难的程度，这是读者最低限度的想象。但是叙事进程所显示的，与一种应有的期待相反，比如，小说以较多篇幅描写祭师成了一个傻子，变傻后行为怪异，常常在雷雨天上山，藏身在一个山洞里，生上一堆火，“看天边蜿蜒的闪电”。这个细节让人不得不多想一想，在一个整体的情节发展中，细节变异当依循着其内在理路，一个傻子，傻要傻得有道理。受泥石流冲荡击打，器官损伤，精神失常，这是生理意义上的理由，用不着多说；从小说形象意义一面审视，人物之傻喻示着什么？是一种象征吗？象征什么？小说第四章浓墨重彩地描写了祭师意识回归的那一刻，“脑子里有什么声音在响，那是什么东西在崩裂”，然后，他看到屋子墙壁上的领袖像不见了，代之以一个神龛；还有母亲、妹妹以及一个从未见过的婴儿也就是其外甥的照片。傻了十年，意识正常后方知悉母亲死了，多了一个不知乃父为何人的外甥，如此而已。小说相当煽情地写了祭师的泪水，“阿巴回到火塘边坐下，泪水奔涌而出。他尽量不要让自己哭出声来。他端起茶碗，把茶水和哭声一起咽进肚子里，泪水从脸腮上滑下来，滑向嘴角，阿巴从茶水中尝到了咸咸的泪水的味道”。十年之傻，只是换来一脸腮的泪水，叙事、描写上的大方以至于奢侈，一至于此。

在一个设计过大、过宽的叙事框架内，叙述者只好填进去一些水分较多的事件，只要结构匀称，不惜形体肥胖虚肿。或许这种说法对叙述者不公平，他要表达一个更深层次的意涵，也未可知。但作为读者，在不了解此傻子形象时，必然会联想到彼傻子，即《尘埃落定》中的那个傻子。作家重复自己，往往出于无意识，因为那是他最得意的手笔。《尘埃落定》里的那个傻子、白痴，也是文本的主要叙述者，给人留下非常深刻的印象，也是颇为好玩的一个人物形象。还有《云中计》里关于罂粟的描写，亦属重复了《尘埃落定》的细节。

主题方面的单一、拘束，自然会产生一种限制。祭师之成为傻子，此情节虽不可解，将诸种因素连接起来，文本的意涵还是明确的。小说写道，曾当过发电员的祭师和水电站一同滑落入江中，这一次小灾难是不久后即将发生的大难的“预演”，“那次滑坡的发生，水电站的消失，正是即将发生的云中村大滑坡的预演。一个提醒，一个来自大地的警告”。此主题在小说中是一以贯之的，逐渐强化的——大灾难之前，自然界已经发出了种种警告，只因人们的愚钝和有欠机敏，最后陷入毁灭，委实不能怨天尤人。

二是第五章关于云中村来历的故事。据说，本村原为土著矮脚人的地盘，后来成了山神的三兄弟率领本族人马，荡平了村庄，占领了他们的土地。矮脚人捧出黄金和取火的石英石，作为活命条件，遭到了拒绝。祭师自述以往祭山时，心里满是骄傲，如今村子要消失了，由此及彼，想及此便“横生哀怜之情”。从现实经验角度看去，云中村之被难，与其历史无关，可叙述者特意将传说挑出来，或许还是在于建立一种逻辑联系：村子现在遭受的是天灾，村子原住民遭受的可是人祸；遭了人祸的被灭绝了，遭了天灾的还能躲得过吗？两相一比照，一报还一报，扯平了，还真没啥可抱怨的。

不知可否说，《云中记》的叙述者情怀出了问题，他的哲学思考否定了他的现实关怀。情怀一旦出了问题，观念上相应也出现了各种变异，因而无论写什么，说什么，处处矛盾、对立，且显出无可弥补的漏洞。第十章写到了一个喜爱舞蹈的小姑娘，在地震中失去一条腿，数年后也来到废墟上。叙述者用了一种批判性的视角，他知道，作为读者，我们也知道：小女孩与一家公司已签约，要把她包装成一个经历了大震的身残志坚的舞者。此次回家，首先了却姑娘心愿，其次亦为下次参加舞蹈大赛准备“一个绝对催人泪下的故事”。摄制组悄然隐在姑娘身后，头顶上则是一架无人机跟踪拍摄。显然，叙述者难以认可此种消费苦难的行为，语调、节奏中充满了批判意味。拿他人苦难博人眼球，获得利益，道德有亏。但同时，小说还描写了一个细节，也是通过叙述者的视角，奇怪的是，这时候叙述者似乎忘了他的这一视角，他不知道，可作为读者的我们，却知道。小姑娘此番前来，是为了完成舞蹈动作，寻找一种艺术感觉，她设置的时间开始点与时间段，正是大震发生的“那个时刻”：

当那个时间点来到的时候，姑娘并没有看放在地上的手机，她身体中一定有一个开关，在那个时间点上被触发了。她扔掉了拐杖，用一只腿支撑着身体，开始舞蹈。那不是阿巴熟悉的云中村的土风舞，每一个动作都代代相传。姑娘身体的扭动不是因为欢快，不是因为虔诚，而是愤怒、惊恐，是绝望的挣扎。身体向左，够不到什么。向右，向前，也够不到什么。手向上，上面一片虚空，也没有什么东西可供攀援。单腿起跳，再起跳，还是够不到什么。于是，身体震颤；于是，身体弯曲，以至紧紧蜷缩。双手紧抱自己，向着里面！里面是什么？温暖？里面有什么？明亮？那舞蹈也不过两分钟时间，只比当年惊天动地的毁灭长了不到一分钟时间，姑娘已经泪流满面，热汗和着泪水涔涔而下。

此细节描写虽非多么新颖别致，也足够让读者心动，尤其那几个模拟灾难情景的动作，形象，逼真，令人回味。这一个无声的舞者，那两个肃默的观看者，加上脚下依然残破的土地，即为一幅生动的图画。舞者陶醉了，叙述者也陶醉了，读者于此时亦不由得致以肃然敬意。可是，令人意想不到的是，于此时无声胜有声的悲哀氛围中，那个把自己都感动得满面泪水的女孩突然喊叫起来了，殊出人意料之外：

姑娘把嘴凑向水袋，又大喝了一口。不等把气喘匀了，举起双手喊：我升华了，我升华了！

阿巴不懂这话是什么意思。

云丹也不懂。

躺在地上的姑娘显得虚弱不堪，眼角挂着泪水，她还在说：我升华了！我找到排练厅里找不到的感觉了！

姑娘陶醉于自己的感觉中，尚属情有可原；叙述者陶醉于此情景中，倘若还没有陶醉到糊涂地步，至少可延长与读者一同分享的美感。恰是那个无处不在、时时干预的叙述者破坏了情景的内在机制，强行地将姑娘当成了一个木偶，代她喊出“升华了”一句，使一种本应肃穆的氛围显得轻薄可笑。祭师成了一木偶，因而他祭鬼时，心中不信鬼存在；姑娘成了一木偶，因而她舞蹈时，心中只有她自己。

《云中记》只有木偶活动，没有成功的艺术形象。

大体上可以判定：《云中记》试着碰触了一个巨大的创口，只能证明它具有创作上的勇气和胆量。《云中记》的叙述者是否本身体验到一种同样巨大的痛感，不得而知，亦无从得知；所可知者，他想抚平一种痛苦，却是运用了一种麻木不仁的哲学，而非艺术的方式。艺术本身存在着巨大的力量；时光终会抹平一切苦难，但艺术，它会把苦难艺术化、形象化，存留于生者的心底，以为永久的纪念。因为，抚慰死者的最好方式是纪念，是记住他们，而非一个劲地保证死了便一了百了，无须记挂，最后彻彻底底忘了他们，忘了亦非罪。在这一点上，艺术的内在力量与《云中记》所秉持的哲学，正相反对，它使这部作品中的犹疑、矛盾和那种精致的虚伪显露无遗。

“东方学”式写作

——评张翎长篇小说《睡吧，芙洛，睡吧》

晚清时期，某年，江汉平原一个名为顺阳村的地方，遭遇大旱，稻谷颗粒无收。刘旺财的女儿刘小河，决心帮助其父种田，为此她把裹了许久的脚放开，同时又做出了一个大胆举动：

> 她去阿妈的接生箱里拿出一把剪子，闷声不响地进了屋后放柴火和牛草的那个小屋。再出来，手里捏着的是一根剪断了的辫子。

刘旺财看了女儿手中“那根死蛇一样的辫子”，气得半天说不出话，脸色铁青，回屋给了妻子一记耳光，怪她把女儿宠成了“精怪”。

这是张翎长篇小说《睡吧，芙洛，睡吧》[①] 中的一个细节。作者显然不太了解清朝的风俗，想当然地以为男性头顶上拖一根辫子，女性亦当如是，并且像现代女性那样倘若觉着碍事即可剪掉。实际

---

① 原载于《人民文学》2011 年第 6 期。

上并非如此。清人初入关，曾下过一道异常残酷的“剃发令”，“留头不留发，留发不留头”，造成了一场劫难，从此以后，辫子就成了清国人显眼的身体标志。不过，据说剃发仅限于男性，“男从女不从”，女性无须像满族女人那样梳“两把头”样式，[①]免除了那份屈辱，依旧遵沿汉族习俗，儿童披发，年满十五岁时“及笄”，也即绾起头发，戴上簪子。清末汉族女性发型式样繁多，其中少女多做“双丫髻”。[②]十五六岁的少女刘小河剪掉辫子，留起短发，是一个明显的常识性错误。同样，作者也想当然地描写了缠足恶俗：刘旺财之所以成为村中“首户”，“最先就是从他女儿的脚上发的家”，大女儿的“三寸金莲”，其规格尺寸属全乡第一，被县太爷的公子娶做二房，聘礼为七大箱笼细软。清朝的几位帝王如顺治、康熙、道光、光绪等都曾下令禁止缠足陋习，无奈民间嗜痂成癖，难以根绝。其时缠足女性能嫁到富裕之家，无须劳作，则为史实；若说缠足之女使得女方家庭成为首富，成为一种生财之道，像刘旺财突然“明白了”，“通往体面日子的路，由一双小脚走起来，也许比大脚轻省便捷得多”，此种想象图景着实令人感到匪夷所思。

小说叙事时间上也存在一处明显失误。刘小河十七岁那年被贩卖到巴克维尔镇，当了街尾旺记酒馆老板吉姆（中国“土名字”阿旺）的老婆。在一次赌博中，吉姆将此时更名为芙洛拉的刘小河当作赌资，输给了苏格兰人丹尼。芙洛拉命运自此转折，搬到住着“白脸红脸黑脸人”的街头，丹尼伸以援手，开了一家饭馆，名为“芙洛的厨房”，

---

① 岑大利《中国发式习俗史》，云南教育出版社 2001 年版，第 109 页。

② 万建中、周耀明《汉族风俗史》（第五卷），学林出版社 2004 年版，第 40 页。

天天客满，生意红火。小说为突出人物身世之谜，强化描写效果，写下了浓墨重彩的一笔：“对于这个女人的身世，镇上有许多传说。”

巴克维尔镇街头与街尾的居民平素极少来往，但并不意味着信息完全阻断，比如刘小河初来镇上，无论黄脸还是白脸的人，皆聚集起来看热闹，“人群如面团似的越滚越肥”，把整条街堵住了。再如，巴镇的规矩，“若有人赖了赌债，不管是街头还是街尾的，都别想在巴克维尔做人了”，那么，赌人这样一件非常之事，早已传遍街头街尾了，赌的就是中国人吉姆的老婆。当人们向丹尼——“巴克维尔镇里的百通百晓，哪家藏在橱柜里的秘密，也逃不过他的法眼”——打听时，这个赢家竟然老实说不知道，浑然忘却了那是他自己刚刚所完成的胜事，令问者感慨不已，叹息巴镇“大了杂了”，竟有丹尼也不晓得的事。而到丹尼迎娶芙洛拉为妻的那天，镇上的人又吃了一惊：

> 镇上的人都知道丹尼和这个叫芙洛的女人有一手。这女人是丹尼从镇尾的中国佬那里赌赢过来的。赌赢过来的马当然要骑，赌赢过来的女人当然要睡。这女人这几年都在镇头住，做的是镇头人的生意，吃的是镇头人的饭食，说的是镇头人的话，人们早已把她当做了镇头的人。

作家在写作、尤其长篇小说写作中，情节上偶或出现纰漏，亦属正常之事，但像上述叙事时间及事件方面前后如此矛盾不一、顾前忘后的情形，确实少见。

常识错误、情节相背等，尚为较小瑕疵。小说表现的是早期移民海外、谋求生计的中国人的经历，然而作者并没有把这一群体在域外的万般艰辛以及复杂心路表达出来，呈现的仍然是清国子民的猥琐形象。这实际上是一种“东方学”式写作，“东方学”观念和思维依赖固化形象或类型，是一种典型的“反经验”模式，[①] 而这部小说正是在遮蔽真实历史，忽略移民自身的努力和新生；更有甚者，于遮蔽和忽略之处，把历史写歪了，让痛苦隐入盲区。巴克维尔镇上，外国人的街头整洁干净，中国人的街尾脏乱污秽，两相比对，黑白分明，体现了这种思维和观念。

小说开始部分即写街尾地方的脏污不堪：

> 中国人面街的地方，养着鸡狗，也养着猪。中国人背街的地方，种着瓜果菜蔬。面街的是一种臭，背街的是另一种臭。面街的臭，是鸡粪猪屎的臭。背街的臭，是人屎人尿的臭——那是中国人肥田的料。外人走过，掩着口鼻，便都渐渐疏远了。

脏污混乱，是中国人社区的显著标志。直到小说结束部分，这种状况仍未见丝毫改观：突起的一场大火，将全街焚毁殆尽，然后街头重建，街尾也盖起新房子，可那些中国人即使住进了新居，“过的仍旧是出娘胎起就过惯了的老日子”，脏污程度更趋严重，变成了一个“连上帝也不愿光顾的地方”：

① 爱德华·W.萨义德《东方学》，王宇根译，生活·读书·新知三联书店1999年版，第90页。

镇尾是个动物园，街面上跑着满身污泥的猪和皮毛脏得起了绺的狗，满街的鸡鸭在猪狗之间的缝隙里飞跳撒野。镇尾的耗子胆子很大，镇尾的猫管不了耗子。镇尾的猫眼睁睁地看着耗子在自己的眼皮底下穿过街道，从一个角落窜到另一个角落。镇尾蟑螂的种类，是昆虫百科全书里不曾记载过的，跟那群看上去营养不良的居民相比，它们真可谓膏满肠肥。镇尾的孩子穿开裆裤，随时可以蹲在地上，撒一泡憋不下去的尿和一坨忍了半天的稀屎。镇尾的阴沟水里漂浮着烂菜叶、馊鱼骨、鸡蛋壳，还有猫的狗的猪的鸡鸭的和人的粪便。

极少承认对象本身也存在着变化的可能性，是“东方学”思维的基本特征，而其叙事和描写手段上，则是将对象静态化处理。[①]当然不能简单地说这部小说受了“东方学”理论的影响，但它处处表现出来的两个世界（街头—西方、街尾—东方）的对立观念，比如“把巴克维尔比做一个人，那么镇头是脸，镇尾是屁股”，无一不符合此理论思路和规限。街尾之污秽状况，从始至终，一无变化，从小说技术上来讲，是为芙洛拉最后出场的“劝说”做铺垫，可描写上的极度夸张如蟑螂之多连百科全书亦无记载等等，不仅使后面期许为高潮的劝说一节描写，显出虚伪，也传达出一种强烈的信息，即中国人难改从娘胎里带来的习性，其顽固有如是者。如此脏污环

① 爱德华·W. 萨义德《东方学》，王宇根译，生活·读书·新知三联书店 1999 年版，第 385 页。

境中，其中居民形象可想而知，比如吉姆，小说主要人物之一，与体格壮健、热情似火的苏格兰人丹尼相比，吉姆其人外貌形态方面，肢体残缺，安装一条假腿；内在品性方面，猥琐下作，买来女人只为满足动物性欲望，“两千元，买匹马放家里，想什么时候骑，就什么时候骑。想怎么骑，就怎么骑”。将女人当作动物，兴起即上，抬手便打。而小说里群体中国人形象，与吉姆无有二致：到麦肯色夫妻的小商铺里来买东西的中国人，“他们三三两两地来，永远浮着一脸针也插不进去的傻笑，用碎布片一样破烂的英文，小声地问价，小心翼翼地数着找头。他们风一样地来，风一样地走，是那种小股的、连叶子也懒得动一动的轻风”。

残缺、猥琐、纵欲、脏污、傻笑、“贼一样的眼睛”等等，本为“东方学”里的陈词滥调、标签式的术语，泰半被识者所舍弃，可现在却以一种夸张、放大的方式，出现在一部表现移民生活的长篇作品里，着实令人迷惑不解。

刘小河—芙洛拉，小说主要人物或中心人物，她一生的努力，在于改变自身命运，不依傍他人，自立于世，因而每前进一步，几为破釜沉舟：国内—顺阳村，她放脚、“剪辫”，断绝了依赖男性以获得幸福的老路（嫁人）；异域—巴镇，她忍屈受辱，暗中攒钱，饭馆开张后，勤苦敬业，以图再造一个新家，因她自断了后路，“我没有爹娘，所以，我不想家”。逃离皇帝脚下，迁置于一个自由竞争的陌生环境，全靠自己一双手，从人物性格内在发展逻辑来看，其结果必然是个性的养成，与个性密切相关的自由、尊严意识等，亦并生而出；芙洛拉，一个内心强大的女性，应当是一个新生的人。

然而，奇怪而又在意料之中的是，芙洛拉骨子里还是大清国顺服的子民，她身上将有的个性光彩，被两个细节彻底否定了。

第一个细节：加拿大总督即将访问巴镇，街头居民积极准备迎接工作，搞一个独出心裁的大排场，可他们忧虑街尾的脏乱状况，那样一个上帝都不愿光顾的地方，偏偏总督大人要去看看。现在的问题是，“谁能说得通这些顽固、蛮横的大清子民，至少把门面略微收拾一番，哪怕仅仅是配合一下全镇的排场呢？”当然是芙洛拉了，她虽身为清国人，文化身份已经改变，是街头的“文明人”了，与“顽固、蛮横”的清国人不同。她悄悄来到街尾，以威胁加刺激的方式，劝说他们打扫卫生：总督“跟皇上差不多，他就是洋番国里的同治爷”，要是同治爷来了，“见到这个脏样子，县太爷是要砍头掉脑袋的”。吉姆接招了，“洋番的皇上，管不着同治爷的子民”，不过因为脏乱而被洋番“看矮”（即小看）了，则大大地有失体统，丢了“面皮”。于是，一夜之间，街尾旧貌消失、崭露新颜：空中弥漫着令人眩晕的香味，脚下的路踩上去是“一种舒适的摩擦”，巨大的牌楼比得街头的牌楼“清寡无味”，柔暖的红灯笼“把黑夜吞吃了”。芙洛拉的劝说方式，仍然为封建制下“砍头”威胁，以尊严、自由的标准审视，殊为不伦。

第二个细节：总督一行人马来到巴镇，芙洛拉从人群中观望之，心生鄙薄之意，那总督“不是皇上的福相”，“要是同治爷来了，该不知道要有多少人鸣锣开道呢，一条大街，肯定是跪成黑压压的一片。洋番的总督，那是没法和我们的同治爷比的”。一个自由人眼中的总督，他不过是一个与自己相同的人；而皇帝子民的眼中，受制于皇权意识，只看到皇帝与奴才两类。“跪成”一片，皆属奴才。

芙洛拉，在一个自由的国度里，未能变身为一个自由人、一个“新人”；相反，终其一生，她的脑子、意识中，依然满塞着帝王、皇权、下跪、砍头等等非人的观念，她没有血肉因而了无生人之气，只是一个干瘪的符号、一个被作者随意派遣的木偶。

这算不上是一部优秀的长篇小说，而是一部有问题的小说，问题并非在于艺术方面即写得好与坏的问题，而是关乎着真相：在它类型化描写的背面，那些曾经发生过的历史，那些充满了血泪的声音，那些最终创造了自由人生的清国的男女老少们，其艰辛究竟何如?

《睡吧，芙洛，睡吧》绝非孤立的个案，它本身存在的问题，正是以海外华人生活为题材的作品的一个通病。再以戴思杰长篇《巴尔扎克与中国小裁缝》为例：两个知青到偏僻的天凤山插队，村长安排他们到镇上看电影，回来之后给全村村民复述；会拉小提琴的知青，演奏了一段莫扎特奏鸣曲，令村民们陶醉其中，刚刚还坚毅、怀疑的脸上都显出温柔，“仿佛久旱的禾苗逢上了及时的甘霖”。这些想当然的有悖常情常理的情节，多隐含着一个对立结构，以此来强化对象（华人）固化特征，唯有外在的、先进的文明（西方）始可振其愚顽。这正是萨义德《东方学》中所说的，东方人自觉或不自觉地“参与了其自身的东方化”[1]。

质言之，这类作品受制于一种陈腐而又顽固的观念，因而不能提供出新的经验和新的人生。

---

① 爱德华·W. 萨义德《东方学》，王宇根译，生活·读书·新知三联书店 1999 年版，第 418 页。

悖于情理的想象

——评李锐长篇小说《张马丁的第八天》

新世纪以来的长篇小说中，关于西方传教士来华传教的书写，最好的当推刘震云长篇小说《一句顶一万句》（2009 年），其中对意大利人詹牧师的描刻，至为传神、令人难忘："老詹来延津时二十六岁，高鼻梁，蓝眼睛，不会说中国话，转眼四十多年过去，老詹七十岁了，会说中国话，会说延津话，鼻子低了，眼睛也浑浊变黄了，背着手在街上走，从身后看过去，步伐走势，和延津一个卖葱的老汉没有区别。"较次一点的，是范稳的长篇小说《水乳大地》（2004 年）、《大地雅歌》（2010 年）等，行文叙事中大量引用《圣经》以及相关文献资料，獭祭手段，已显力不从心，后一部作品主要人物之一大盗格桑多吉，叛教（佛）、改宗（基督）、投身革命，宣称体内流淌着"革命的红色血脉"，晚年从索桥上跳下自尽，性情反复无常，行为朝三暮四，描写上直如儿戏，多想当然耳。李锐的这部原创长篇《张马丁的第八天》[①]，则是自郐以下了：作为

① 李锐《张马丁的第八天》，江苏文艺出版社 2011 年版。

对历史的想象，小说设置了西方天主教与中国本土宗教的冲突，可恰恰就在这一点上，暴露了作家不仅对西方宗教（文化）缺乏基本感知，比如詹牧师的同乡莱高维诺主教（天母河人呼之为高主教），在老家时偶见一个小抄经员（乔万尼·马丁，即后来的张马丁），赤脚站在冰冷地面上，竟然感动得跪了下来，纡主教之尊，去亲吻小屁孩之臭脚丫，是多么离谱；同样对中国文化的理解也存在问题，因为19世纪末20世纪初，对抗西方宗教最激烈的是儒家文化，而非女娲教，女娲即便在民间，也被边缘化了，仅仅是娱乐性的民间故事而已，从来没有能够成为一种有力的宗教。小说当然是把女娲娘娘庙当作寓言、当作文本中一个符号，问题在于，以寓言化的宗教与实际的强力宗教（天主教）相对立，使之成为作品的基本构架，本身便显露出缺陷，试将二者对照：

高主教多年来一心要完成的事业，就是要“铲平那座异教徒的庙宇”，并于原址上盖起一座天主教堂，“让天石村的人都归顺到主的光芒之下”，他认为女娲庙“只不过是人类文明史上原始期的一个标本，充其量是幼稚和无知的遗存物，就像一截无用的盲肠”；而女娲娘娘庙是天母河两岸妇女的祭拜场所，每年三天的“迎神节”上，凡烧过香、许了愿的女人，“当晚行房必得贵子”，房事方式亦须依女人意愿而行之。其重要性相当于是她们的“性别标志”，不让信仰娘娘，等于“剥夺了她们作为女人生育的权利”。

高主教与他的天主教，强势威猛，极具进攻性和侵略性，在小说中以实有的历史面目出现，亦即具有历史原型，为实写；对抗天主教的中国本土宗教女娲教，却是以“寓言”方式或模式出现，一群乌合之众，围着一座石头庙，除了“求子”许愿，余皆莫名所以，亦不知其所以然，为虚写。小说在整体结构上出了毛病，简言之，这是一种致命的结构性缺陷，源于无深度认知的历史观念。实际上从历史角度看，当时的西方传教士已经非常清楚地认识到，他们面临的阻力不是女娲教，恐怕他们连“女娲”这个名字也没有听说过，而是来自于“三教”即儒教、道教和佛教。当年一个法国天主教传教士古伯察就准确地观察到，“整个中国民族都服膺这样一个著名的口号‘三教一教’即‘三教合一’”，社会并不固执某一种宗教的某一个信条，而是承认“理性的原则”。[①]

因此之故，小说无法提供出两种宗教（文化）在冲突中各自迸发出的张力，以及由此呈现的前所未有的历史语境，简言之，连一点文化气息也没有。那么，写不了、也不可能写好那种真正意义上的文化冲突，便只能写性，写色情意味十足的事件：借种。就小说全部情节来看，大部笔墨用来描写这一事件，以借种失败始（张王氏遵夫遗嘱，与小叔子同床受孕），以借种成功终（洋人种子）。倘若说作品主要叙述了借种留根、传宗接代的故事，也不为过，女娲娘娘庙本身作为性与生育的象征，这在小说里是其义自明的，无须多言；可接下来的问题是，借用语言学上一术语，文本于“能指”和“所指”之间，发生了严重错位：书写三千年来未有之文化危机（洋教咄咄逼人），意图方面却处处导向了留种坐胎（求女娲娘娘赐予子女），那么，这种越是起劲的描写，岂非越是南其辕而北其辙呢？

① 约·罗伯茨《十九世纪西方人眼中的中国》，时事出版社 1999 年版，第 54 页。

男犯“迎神会”会首张天赐，戴着枷锁在大牢里面与自己的女人张王氏办事，为着留下一点骨血、延续一脉香火，貌似离奇，实则算不得高级想象。或许作家在这个事件中还想进一步镶嵌进某种有关文化混合的隐喻：张王氏最终没有怀上自己丈夫的种子，也未能从小叔子那里借种成功（小年轻受惊逃窜了），却生下了黄头发、蓝眼睛的孩子，那是洋人张马丁的种。这一事件安排在一个特殊的时段内，即张马丁被高主教逐出教会之后的“第八天”，驱逐的原因是，与村民冲突中张马丁被石块击昏“假死”，高主教利用此事除掉了张天赐；张马丁不愿破坏第八戒律即“不可作假证陷害别人”，冒着风险，出面说出了真相。不可说谎，必然真诚；信服宗教，无须强制手段。这大约是作品唯一有价值的地方、一个可取的理念，惜乎也仅止于此处，因为张马丁只对着一个女人说出了真相，可这个女人偏偏神经不正常。那么，所谓真诚、所谓真相，其实无处着落，故而毫无意义。

小说脱离了情节内在逻辑或发展轨迹，完全依仗于一种偶然巧合，依此造成戏剧性高潮：张王氏之夫正是被诬以杀害张马丁罪名斩首示众的。杀夫之仇，应是不共戴天；仇人相见，理当分外眼红。然而，令人不可思议的是，作家轻巧一笔，没有任何艺术难度，就让张王氏于“幻想”中，于一种不可理喻的双重“穿越”中——不仅穿越了仇恨之门，也穿越了种族之隔，将洋人当成了她丈夫的转世之身，毫无心理障碍地认同了一个碧眼金发的人，亲昵地呼之为“转世神童”，且认定是上天派来“传种”——于是，冰雪天中冻得“手脚皆残”的张马丁，身体还未缓过劲来，二人即颠鸾倒凤；随后几天之内，张王氏又招引数名妇人与之交合。

写性倒也罢了，孰料写得那样变态，大牢里面戴着枷锁干事，旁边还有一个皂隶观看。不特此也，张天赐尸骨未寒，其妻迫不及待脱光衣服，心“一阵咚咚地狂跳”，要履行死鬼遗嘱，与小叔子苟合留下“老张家的种”。这里价值观完全倒置了，作为人的正常情感的悲痛之情，被中性的、动物般的交配行为取而代之，不是相当变态吗？变态到极致，便是残忍了，一个快要冻死的洋鬼子，于密室中，被几个壮妇以借种名义玩车轮大战，直玩得彼氏精尽而绝。于此可见，性与暴力，也是这部长篇的主要色调或内容，或曰，若无此二项内容，这部小说或许真的一无可观了。

从表面看，小说在手法、技巧上端赖偶然性因素，不合常情常理，往往将风马牛不相及的细节，并置一处，有意制造突兀效果。张王氏在女娲庙里接纳几近冻毙的张马丁时，既未追问他如何“死而复生”，也没有对他的番鬼面目感到诧异，更不疑惑一个成年人死后仅仅数月间，怎么就可能转世投胎、如此速成。作品也意识到了此一漏洞，有意弥缝之，故将张王氏的这种精神状态描述为“沉默的幻想”。何为“沉默的幻想”？是一种精神分裂症，现实与幻觉颠倒，真实与虚假互换，尽管小说并没有哪怕是暗示性的交代，仅描述了此妇人“通神”（神灵附体）时刻的异常情状，那是通常情况下巫在表演活动中皆有的状态。另外，张王氏还表现得极为偏执，即渴望有一个男孩子，这是她全部的生活希望了，她为此而生，亦将为此而死，管他是黑发黄皮肤还是白毛绿眼睛，只要是男孩子就行。如此偏执的一个妇人，谁能从她手里夺走一个孩子呢？可是小说偏要反其“道”（情节逻辑）而行之，教堂的马修医生劝说张王氏，同时怀上“神种”的妇人也多方劝说：此小儿本来是人家洋人的种，怎可忍心留在村子里，被人当成“二毛子”来欺负？妇人虽哀哀哭泣，还是表现得很理智，拱手让出了小儿。

从深层看，小说可能想用荒诞、变形手法，否则张王氏接纳洋人“转世神童”真叫见了鬼。然而再荒诞，再怪异，再耸动视听，终不可有违情理，这就是钱锺书所说的小说中“荒诞须蕴情理”：情节未妨“离奇荒诞”，然而必须“诞而成理，奇而有法”，看似无稽之谈、乱道之语，终归要做到“无稽而未尝不经，乱道亦自有道”①。概言之，对于一部“寓言”而非“实言”、并且充满“奇情幻想”的小说而言，情节方面当显出事未必有之、理不可无之。可这部作品既无情可诉——张王氏于乃夫新死未久，一边发出“惨烈的呼喊声”哭诉其夫，一边心里“咚咚地狂跳”着逗引小叔子来交合，何情之有？又无理可言——张马丁置生命于度外，严格遵行第八戒律“不可作假证陷害别人”，然而说出所谓真相后，于张王氏烘热的怀中不可救药地“勃起”，“坚硬直挺地竖立在自己的灵魂之外”，根本不管已经触犯了第六戒律“不可行淫”和第九戒律“不可图他人之妻”，遵一违二，避谷陷坑，何理之有？无情无理，仅仅止步于荒唐，用钱锺书的理论来说，是为“无稽”，是为“乱道”。

整体结构上出了毛病，细节的纰漏自不待言，最后再举一例。光绪二十五年（1899年），天母河一带遭遇大旱灾，饥荒蔓延，饿

① 钱锺书《管锥编》（第二册），生活·读书·新知三联书店2007年版，第908–909页。

殍遍地，人人知道“已经站在地狱的门口了”。高主教主持大规模赈灾活动，所到之处，成百上千饥民感激涕零地高呼“高菩萨救命！高菩萨救命！高菩萨万岁！高菩萨万万岁！”浑然不顾清国的皇帝肯定会生气于此种妄称、“僭称”，乱呼“万岁”，那可是一件掉脑袋的事。就小说情节来说，或为细事，然而细小之中已窥见其大体了。

海外学者、文评家王德威先生为本书所作序言中，称作家“像造物主，无中生有，起死回生”，“写下‘一个’人——也是一个‘人’——的创世纪”，是为过情之誉。

《床畔》的漏洞及其观念问题

严歌苓似乎特别善于抓题材，迄今为止她的大部分小说作品，存在着一种过于明显的模式，即，一个被着力刻画的女性加一系列重大历史事件或现实主题，后者甚至不能说是某种背景因素，仅仅起到调味作用。如《一个女人的史诗》与革命，《第九个寡妇》与土改运动，《陆犯焉识》与知识分子改造，《妈阁是座城》与赌城，等等。而植物人题材显然是严歌苓的又一个新“抓点”：上世纪70年代中期，年轻的护士万红被选派为一个英雄连长的特别护理，这是个真正的英雄，他在排除哑炮时为保护战友被炸成了植物人。在所有的人包括主治医生、英雄的妻子等人都不抱希望时，万红却从植物人眼皮微微闪跳上，自以为找到了一个强硬的证据，从此她用了20多年的时间，来证明那个眼皮跳动的重大意义：英雄不是植物人。这就是严歌苓最新长篇小说《床畔》要告诉我们的一个故事。

《床畔》[①]初名《护士万红》。不管有多少读者喜欢严歌苓，也

---

① 严歌苓《床畔》，初名《护士万红》，原载于《收获》2015年第2期，同年长江文艺出版社出版单行本。

不说批评者怎样急切地为一部发表时间只有数月的小说叫好，皆无法掩饰其中一处过于明显的、致命的漏洞。全书凡十八节，再加一个“尾声”，情节发展到一半即第九节时，护士万红已经被写成了一个忠实的情人。其时她给植物人张谷雨念了几封书信，然后揭开他身上的床单，寻找被蚊子叮咬过的部位以便及时排毒，否则皮肤上的疹块会溃烂：

> 她见他的身体比几年前高大伟岸，肌肉仍然棱角分明，只是上面覆盖的脂肪比过去厚实。两片扇形的胸大肌向肩膀展开。似乎这个躯体从来没有完全松弛过，筋络和肌肉始终在运动，刚刚放下肩上的一部钻孔枪，或刚刚吹完一声长长的哨子。这躯体从来不是任你摆布的，即使平展展地躺在那里，也有一种警觉。那似乎是出击前的静止，其实周身血液正在运送出击的意图。因而他的躺卧毫不消极。
>
> 她仔细检查他的每一寸皮肤。原来就暗的日光灯像风里的烛光，明一下暗一下。现在他的背朝着她。看看这个背影，多棒！似乎是一个猛烈的动作被封存在他身体里，随时随地，那动作就会弹出来，冲破皮肉的封锁。每次为他做肢体保健时，她都能感到他的配合或抵触。

这是 1979 年的 6 月份，外面下着大雨，眼见一场洪灾即将降临，护士万红或者说情人万红正给她的“谷米哥”左胯伤口涂抹药膏，此时距 1976 年初夏英雄张谷雨入住医院的时间，已经过去了整整四年。一个植物人，不言不笑，不能自主吃喝，大小便失禁，完全依赖护理才可维持生命，卧床四年之后其身体依然“高大伟岸”，肌肉“棱角分明”。如果说这种违反医学科学常识的描写让人吃惊不已，那么，更让人感到困惑不解的是，叙述者通过护士的眼睛再度见证，这个植物人不仅仅现在身体健壮、似乎完全没有松弛过，而且比四年前还要“高大伟岸”。这个情节漏洞当然是极为低级的错误，属于典型的硬伤，一望便知。王蒙先生于四十年前就指出过，一个细节上的失误会引起整个艺术世界的垮塌，他的这段话值得摘引出来：

> 如果你稍不小心，如果你在日期上、年龄上、季节上、地点上、场合上、日月星辰上、服装道具上、一个脸色或一根头发上有一点粗疏，有一点错乱，有一点任意“乱点鸳鸯谱”，有一点不郑重、不严肃、不负责，就会使乾坤逆转、日月颠倒，就会引起你的那个艺术世界的地震、雪崩、泥石流，甚至天塌地陷，使你的那个艺术世界像淋了雨的纸房子一样地垮成一摊烂泥。[①]

一个有经验的、优秀的作家，一般不会出现带有硬伤性质的情节失误，此不待言。情节上的漏洞往往与小说的主旨或作家的情怀有关，亦即小说观念或作家情怀在某些方面出了问题，才导致诸种失误或矛盾出现，而作者却浑然不觉，竟还自以为得计。《床畔》写的是植物人，它的主旨却用力证明一个结论：植物人不是植物人。

---

① 王蒙《王蒙文存》（第 21 卷），人民文学出版社 2003 年版，第 175 页。

护士万红无私地投入了自己的青春、生命，就是证明这个植物人被“冤枉”了，他不是植物人：因为他的脉搏在跳动，他的眼皮在微闪，他的血液在循环，特别是他能以外人不察的方式撞倒输液架以“报警”，这一行为便成了一个过硬的证据，“戴了这么多年的植物人的帽子，终于在今天晚上摘掉了——因为他打翻了输液架”。小说关于植物人症状的描写，不出媒体所传播或大众日常所接受的知识范围，只是以形象的方式演绎了一遍目前对植物人的一般认识或印象。汇集种种信息，足可见出小说的反科学主题，在科学与人情之间存在着一种隐性的对立关系：国内或国外的科学研究证明了，足够的人情关怀是植物人恢复正常状态的一个主导因素。而这种对立关系则限制了小说的想象空间，不可能提供哪怕高出于一般社会常识的、多少有点新意的认识。与此相对应，小说在细节层面和形象层面上，必然要把护士写成情人，除此以外，别无他途。

对 1976 年的一个中国少女来说，多年灌输的英雄崇拜观念，可以使她毫无心理障碍地接受一个仅具生物学意义而毫无情感交流能力的植物人，但是，别忘了，英雄的光环终究会褪色，所以在第五节中，英雄角色悄然地被置换为“好人”——“那么好一个人，你怎么忍心让他受那样的痛苦呢”。然而，“好人”植物人并不足以构成一种足够的说服力。还有职业信念，问题在于，一个护士的职业责任仅限于日常护理，护理一个看起来永远都无法醒过来的植物人，任何饱满的信念也会一点点地被磨损殆尽。那么，最终只剩下了情感维系，一个护士和一个植物人被描写成了情人关系。现在，我们终于知道了，《床畔》表面上描写植物人，其实是在写一个爱情故事；爱情故事被写烂了，要另辟蹊径，写得他人未曾道、此前不曾有，和植物人的曲折爱情故事，有哪个当代中国作家写过呢？

情人、恋人，至少需要二者间调动特殊的敏感、激动。一个年轻的少女，面对此前从未晤面、目前不能交流、此后更不知会出现何种前景的植物人，由于英雄崇拜观念和职业信念的驱使，将内心一种莫名的力量转化为浓烈的情意，爱上一个植物人，不是不可能的。但此种关系绝对有一个尽头和限度，不论少女的爱有多强烈，她终日面对的只是一个眼皮间或一闪、嘴角偶尔冒出小泡的植物人，他比一个玩具更其单调、乏味，他们之间没有交流，而交流才是人与人之间产生关系的基本因素；植物人，事实上是对活人耐心的严酷考验。可是，《床畔》不仅没有写出那种令人绝望的单调、乏味，也根本未触及那种对相关之人日复一日严酷的、近乎于磨折的考验，反而把少女护士的爱写得一日浓似一日。那么，我们现在也终于知道了，《床畔》不单写了一个和植物人的爱情故事，而且写的是一个畸形、变异、重口味的爱情故事。

小说最出彩的地方，当然是护士万红上演独角戏。第五节末尾，万红不能把持地叫了病人一声“哥”，从而改变了二人此前的医患关系。此后，该护士一直在轻声、柔声、曼声地呼喊着“谷米哥”，于床畔秀恩爱。或许有些读者读至此处，泪花闪闪，不能自已。深情地呼唤，这不是作家用心想出的细节；不幸有植物人的家庭，母唤子、妻唤夫的感人事迹，不时见诸报端媒体，作家不过取用了现成的社会题材。有意思的倒是植物人竟然能够回应一种呼唤，眉心抖动一下，“一层黯然神伤掠过他清澈的眼睛”。更有意思的是，护士万红发现植物人不仅有遗精，而且言之凿凿地写道，夜中勃起一二次，“性活力”更接近于一般性欲正常而无配偶的中年男性。一方轻唤，另一方若无回应，则显见没有故事；为了故事，哪怕他是一个植物人，也必得要他做出反应。据一本出版于十几年前的医学著作，植物人对有害刺激出现哼哼、呻吟等反应，看到或听到亲人的声音时也会流泪，这些症状仅表明病人开始恢复意识，但他们没有“情感反应”。[①] 以此作为参照，《床畔》把植物人的“意识”活动当作“情感反应”，差之毫厘，谬以千里。缺乏或无视基本的科学知识，以人情作为标准涉足科学所覆盖的领域，以想当然的心态和对盲目意志力量的迷信，貌似要写得更具人情味，结果却是不近情理。没有情感反应的病人，却能勃起、遗精，而且其性能力接近一个性欲正常而无配偶的中年男性，这不是反科学又是什么呢？

究竟怎样一种强大的力量，使得一个少女奉献出青春，爱了没有情感反应的植物人？《床畔》中一定会有答案，而且答案不止一个：他是英雄，是好人。还要再加一个道德上的保证，即这位英雄植物人是个被遗弃者，他的结发妻子只愿逐月领取他的工资和补助，不愿担负妻子应尽的照顾义务。更有甚者，该女性竟然和医院烧锅炉的工人偷情苟合，成为丑闻。这种写法虽颇近滥俗，却以妻子道德上的污点保证了情人角色的合法性、合理性，向周围有关的人、亦向读者显示，由护士转为了情人实属出于不得已。为了强化情人角色的合法性，获得更多道德上的支持，小说不惜以极端歪曲的情

① 张国瑾《持续性植物状态——植物人》，南京出版社 1998 年版，第 24 页。

节，将主要人物与其周围人物截然区分：在植物人张谷雨的追悼会上，只有万红一人痛哭流泪，其他人包括亲属、朋友等，均无动于衷，有的竟至于笑出声来。以贬低他人的方式来抬高主要人物，或许也是一种“三突出”的残留观念在作怪，亦未可知。

无论英雄、好人还是某种道德上的优势，对爱情而言，所有这些均为外在因素，不能代替爱情本身所需要的力量。在整部小说中，可以找出种种外在理由，却找寻不出一条内在的、本质的理由，证明护士爱上植物人是应该的、不得不爱的。实际上根本找不出这种理由，让一个护士爱上一个此前从未谋面的植物人，本身就属向下的想象力，是一个站不住脚的臆想。小说第一节末尾，作家确给出了一条看起来非常充足的理由：

> 就在万红直起身时，她看见张谷雨跟她有个刹那间的目光相遇。她心跳得咚咚响。能算数吗？人有时跟画上的人也有目光相遇的刹那。要到许多年后，当旅游者把万红叫做“最后一个嬷嬷”时，她才会肯定，最初跟张谷雨的目光相遇，是他们交流的开始。

拿一见钟情、见了即刻来电的标准，写护士与植物人的初次相遇，更加印证了我们对小说的判断，即作家从一开始就要把它写成爱情故事。然而，它在表面上、在形式上偏偏写一个植物人，也就是植物人其名，爱情其实，这种标准错位、价值错位的写法，恰如前引王蒙先生所说，是一种错乱，是一种粗疏，是“乱点鸳鸯谱”，总之，就是一种不严肃。把一些东西、一些事物人情化、爱情化，在赚取读者眼泪和同情的同时，必然会粉饰一些严酷的现实——植物人大小便失禁问题，这是其题中应有之义，而小说恰是回避了的，无一字提及，展现在读者眼前的，一概为不靠谱的护士恩爱秀。

植物人是一个越来越受到关注的社会性话题，在报纸、网络等媒体上，时常可见到相关的报道和探析。这种报道呈现出一个较为显著的特点，即，它们并无多大兴趣关注医学科学的前沿成果，以及研究趋势和走向，而把兴趣点集中在一种模式上：用亲情唤醒植物人。其实，某个家庭一旦真的有了植物人，他们的家庭结构关系、社会关系可能会产生巨大的改变，尤其在医疗保障体系远未臻于完善的环境之中，有多少人因此不得不把自己的机会、幸福、命运等等砸了进去，赔上半生或一生。一个有责任心的作家，一个有良知的作家，一个严肃自律的作家，在没有做好诸般调查、体验工作等一切准备工作之前，是不可以轻易触及此类题材的，因为一旦开始写作，他之目所见、耳所闻的，将是深深的、言语很难表达的悲伤和哀痛。从某种意义上说，植物人题材本就是一个禁忌。可是，这一禁忌对严歌苓这样的作家来说，是不存在的。严歌苓是一个高产作家，同时，也是一个以跟风、迎合为能事的作家，只要社会上出现某种风向，或某种话题引起社会关注，都会马上抓住，立即写来，并迅速给出一个答案。《床畔》即是一个显例。但是，她所给出的答案，是甜腻而有毒、舒适而有害的：一个年轻的护士，拼出一生去服侍一个实不相干的英雄，从青丝满头的少女熬成了一个白发老妪，英雄死了，她也老了。

而在小说最后一段，又一个英雄的植物人出现时，该护士主动请缨，再次参加医疗队：且看这里的失误、漏洞严重到了何种程度——护士万红刻骨铭心地爱了一个植物人，“这样的私情没有旁人的份”，可是其人尸骨未寒，转眼间又极度亢奋地去追寻另一个植物人。这算什么？无非一具木偶而已，仅仅体现了作家的观念。所以，真正值得分析的，是小说中处处流露出的观念：让一个普通护士赔尽一生还不够，还要在其老境已至时再去服侍另一个英雄，然后赠送她一顶廉价的“英雄”牌帽子。鼓动普通人把自己全部地、无私地奉献给一个英雄，骨子里正是对普通人生命价值、人生权利的蔑视，这种有害观念又借助了爱情、亲情的方式播散开来，不仅不会令人起疑，反而让人感激涕零。借尼采说过的话形容此种观念是再恰当不过了：大毒使人死，小毒则使人感到舒适得像做梦。[①]

① 尼采《尼采著作全集》（第 4 卷《查拉图斯特拉如是说》），孙周兴译，商务印书馆 2010 年版，第 18 页。

余华小说二论

一、死在模仿下的《第七天》

《第七天》是一部文学性严重缺失的长篇，它走的是非文学、反文学的写作路数。文学性的缺失，原因多种多样，具体在本部长篇，即为结构上的影视化和情节上的新闻化，而影视化和新闻化，则恰为文学写作的死敌。

一个鬼魂儿子寻找同为鬼魂的父亲，“游荡在生与死的边境线上”，以之联结幽明两界的诸多事故，此为小说基本结构。初看起来，这部长篇整体框架是在模仿胡安·鲁尔福的中篇《佩德罗·巴拉莫》，殆无可疑，因鲁尔福小说写的也是一个鬼魂儿子，前往名为科马拉的地方，寻找已经死去的父亲。鲁尔福的小说是真正的文学，译者屠孟超先生在后记中说，《佩德罗·巴拉莫》“完全用现代小说的手法写成”，即摒弃了全知视角，“代之以独白、对话、追叙、意识流、梦幻、暗示和隐喻等手法”，突破了传统小说叙事上的“时空观念”，将不同时间、不同地点发生的事件置入同一“画面”，并“取消了生死的界线”，因此之故，读起来并不轻松，唯有慢嚼细品，方觉出其“风味”。[1] 与鲁尔福小说结构上的开放和情节上的繁复相比，《第七天》则显得简单、浅显、煽情，读起来了无意味。简单，浅显，煽情，正是一般影视作品的特点。原本模仿一部具有世界性声誉的经典小说，却是画虎成狗、刻鹄类鹜，终成了影视中的鬼片那般类型，它时时处处提醒读者，那些缺胳膊少腿的行走者们皆为死鬼，鬼影幢幢，非复人间。而鲁尔福的小说中，除非作家提示，否则你根本意识不到，半月庄里的男男女女，包括负重前行的驴子们，全为冥界居民。试抽取、比较两部小说中寻找父亲的一节对话——《佩德罗·巴拉莫》通篇基本由对话以及对话中的对话组成，《第七天》也有不少对话描写，其排列形式与前者无有二致，可证其为模仿，而痕迹太露，意味过少：

这时，有人拍了拍我的肩膀。

“您在这儿干什么？”

“我是来寻找……”我欲言又止，我本来是想说出我是来找谁的：“我是来找我父亲的。”

“您为什么不进去？”

我走了进去。这是一座屋顶已坍倒了一半的房子，地上满是破砖碎瓦。在另外的半座房子里住着一男一女。

“你们不是死人吗？”我问他们。

那女人笑了笑，男人则板着脸瞪了我一眼。

---

① 胡安·鲁尔福《佩德罗·巴拉莫》，屠孟超译，译林出版社2011年版，第180-181页。

“他醉了。”男人说。

“他只是受了点惊。”女人说。

房子里放着一盏煤油灯，有一张竹床。还有一把皮椅子，上面放着女人的衣服，因为她这时是赤身露体的，正像上帝让她降临到这个世界时那样。他的情况也一样。

“刚才我们听到有人在自怨自艾，还用脑袋撞我们的门。原来是您。发生什么事了？”

“我碰到的事多着呢，眼下我最好是希望能睡一觉。”

“我们已经睡下了。”

“那我们都睡觉吧。”

（《佩德罗·巴拉莫》）

一个手臂上戴着黑纱的人注意到我寻找的眼神……他发出友好的声音。

“你在找人？”他问我，“你是找一个人，还是找几个人？”

“找一个人。”我说，“我的父亲，他可能就在这里。”

“你的父亲？”

“他叫杨金彪。”

“名字在这里没有用。”

“六十多岁……”

“这里的人看不出年龄。”

我看着在远处和近处走动的骨骼，确实看不出他们的年龄。我的眼睛只能区分高的和矮的，宽的和细的；我的耳朵只能区分男的和女的，老的和少的。

我想到父亲最后虚弱不堪的模样，我说："他身高一米七，很瘦的样子……"

"这里的人都是很瘦的样子。"

我看着那些瘦到只剩下骨骼的人，不知道如何描述我的父亲了。

他问我："你记得他是穿什么衣服过来的？"

"铁路制服，"我告诉他，"崭新的铁路制服。"

（《第七天》）

《佩德罗·巴拉莫》用的是文学语言，切合非现实境界及其氛围，用不着外在的解释；《第七天》却用了一大段话，像极了影视剧本语言，从头至尾在介绍、解释、说明，叫什么名字、多大年龄、穿何种衣服等等，一望而知是非文学性的，况且严格依照其对话逻辑，既然此中人"名字"无用、"年龄"无用，那么"衣服"也当"没有用"，"戴黑纱"更其无用，如此明显的漏洞，竟浑然不自知。二者相较，高下立见。

这绝非说《第七天》仅止步于简单的模仿，它也追求着如《佩德罗·巴拉莫》那样的多画面构成，竭力描写一些事件、营造种种场景，可是，一种无难度写作却令情节叙述变成了多个新闻事件的连缀。试将小说所描写的所有事件排序，你不得不说，这哪里是文学写作，全然是平面媒体或网络媒体所报道重要新闻事件的汇编，而且其中每个事件曾引起过极广泛、强烈的社会影响。小说在叙述这些事件时，倒是颇为老实，毫不避讳地说明，事情取自于媒体，如“电视里正在报道下午发生的示威事件”“报纸上的文字黑压压的……”“我们这里的电视和报纸配合她的寻找……电视报纸渲染了我的出生故事”“他从报纸和电视上知道我生母……”“我在电视里看到自己局促不安的模样”“第三天电视和报纸的热闹转到警方……”“晚上电视里报道了商场的火灾”“我们城市的报纸接到上面的指示……”“我们城市的报纸接连三天刊登了有关刘梅自杀的文章”等等。现将小说中连缀的新闻事件抽取出来，排列如下：

强拆事件、高官姘妇（或二奶）自杀、厕所产子、男子扮成女性卖淫、商场发生火灾、医院抛弃死婴（其父母无力救治及强制引产）、城市现“天坑”、黑市卖肾、饭馆失火后锁门不让逃生（食客未结账）、警察刑讯逼供、情侣自杀（女方不满男友送山寨手机）、交通事故等等。

《第七天》只是停留在并满足于描述新闻事件，它并未提供出多于新闻的信息，如独特的文学体验、超越于事件本身的深度观察和思考等，因而说它是新闻事件的连缀或是一种无难度写作，一点也不为过。以“第三天”所写商场失火为例，即可为证明：电视报道伤亡数字为数十人，网上说超过了五十，“网上传言四起，有的说那些被隐瞒的死亡者家属受到了威胁，有的说这些家属拿到了高额的封口费”。其实，小说还不只是满足于转述新闻事件，甚至有一点耽于其中、津津乐道的意思，如“第一天”转引了网上流传的著名说法：

“这个男子扭过头来对我说：‘他们说的话，我连标点符号都不信。’”

“第五天”套用了网上流行一时的说法“天堂里没有……”，只稍做改变而已：“这里没有公安、消防、工商、税务这些部门”，这里没有“那个离去世界里的毒大米、毒奶粉、毒馒头、假鸡蛋、皮革奶、石膏面条、化学火锅、大便臭豆腐、苏丹红、地沟油”。

正是因为影视化和新闻化的缘故，造成了小说一个突出的特点，那就是煽情。对某些影视和新闻作品而言，煽情不是佐料，而是其不可或缺的自体组织部分。然而，对文学来说，煽情则意味着不合情。实际上，《第七天》全篇充斥着不合情理的描写，经不住严格推敲。以下试析其中二例。

“第二天”主要叙述了男主角的婚恋。女方是一家公司的“明星”，阅人颇多，傲气十足，拒绝了许多追求者，尤其是“领导的儿子”即浮浪“纨绔子弟”，官二代们“是不能终身相伴的”。同一公司里不起眼的男主角，因着一句“你很孤独”便打开了女子的芳心，在女子眼中，男主角最大优点乃“善良、忠诚、可靠”。一句陈词滥调，竟能够打开一个女子的心扉，这真是十足廉价的煽情、天底下最便宜的求婚，但是此处虽不合情，按照小说逻辑，至少还算得上有一点道理可讲：女子拒绝了众多追求者，盖因其心中悬着一条至高的关于男性的标准，即“善良、忠诚、可靠”，婚姻之事，可遇不可求，如此高傲的女子终得佳偶，亦可谓三生有幸了。问题在于，随着一个留美博士的出现，美满姻缘即告结束，指顾之际，“善良、忠诚、可靠”便成垃圾。这里更存在着一个致命的漏洞：女子曾经拒绝了官员子弟的追求，而当抛弃“忠诚”的丈夫、决意与留美博士成婚且预备着大干一场事业时，她最大的资本竟然是懂得“如何和政府部门里的官员打交道”！

——这是一种典型的“辞小就大”心态，小拒绝，大接受。无独有偶，张贤亮长篇小说《一亿六》（2009 年）中，也有相同情节：一个拾破烂的老头，卖的是真正的废品，不像其他人那样总有些可疑之物，如由偷窃而来，收购站老板“破烂王”注意到了，有次便给他额外加价，以新货价格收购。老头气呼呼地把超额的钱拍在桌子上，义正词严地声明自己绝非依靠“施舍”为活的人。读到此处，令人颇为感动，普通人亦自有其尊严，不可轻易冒犯。可是，慢着，你不能当真，就是这个拍桌子拒绝小利益的老头，临死前竟然嘱咐自己的女儿主动上门，去给“破烂王”当小老婆！辞小就大，从根本上说，是一种伪善。

“第五天”末尾写男主角的养父，一个铁路扳道工，于临终之前千辛万苦地来到当年丢弃四岁养子的公园。这是小说中极不可信的一个情节。如果说养子被丢弃后再无踪影，不知死活，那么，有负罪感的养父于临死前做出徒劳的寻找行为，自当寓含赎罪和忏悔之意。可实际情况是，他当年遗弃养子后，又很快寻到养子，从此含辛茹苦，一心抚育，且为此终身未娶。如今，养子长大成人，甚有出息，有工作，有房子，对一个养父来说，他尽到了应尽之责，即便死去，亦是死而无憾、了无牵挂了。既然没有遗憾、无罪可悔，而且儿子就在身边，身患绝症的父亲为何还要固执地、吃力地远行到当年遗弃养子之地？这是一个类似骈枝的细节，荒唐且不可信，唯一的解释是它要达到煽情目的，任何煽情都需要有一个能够引起兴奋的点。这里的关键词是儿童，而且还伴随着一个抛弃的行为，于是，着意渲染，“他看见四岁的我坐在石头上……他悲哀地对我说，我去买点吃的；我快乐地说，爸爸，多买点吃的”，完全不顾此前的描写：一个已经被弥补了的过失，再度被毫无理由地放大，实属叠床架屋，以重复累赘为能事。

总之，《第七天》不是一个生气贯注、自具生命的文本，其情节由拼贴而成，缺乏内在脉络；人物如木偶一般，没有灵魂。既为拼贴，则每每抵牾，纰漏百出。全书还有一个致命的缺陷，那就是它的题目和章节安排本身存在着问题，根源在于它皮相地模仿《圣经》，却不得要领，知其然而不知其所以然。

戈登·菲、道格拉斯·斯图尔特合著《圣经导读》下卷第二章中，分析了《旧约·创世纪》关于上帝造物的来历。他们认为描述这七天的文字既“具有散文的风格，但是也有非常清晰的诗歌特点”，并令人信服地指出了结构上的独异之处：

> 作为诗歌的部分是指这里第一“周”的精妙结构，其中第一天与第四天相对应，第二天与第五天相对应，第三天和第六天相对应。注意这两组日子如何与地的“空虚混沌”相对应：第一天至第三天地有了“形”（光、天、旱地），而在第四天至第六天，有形的地有了内容。

接下来他们将七天的内容分列如下：

第一天：光；第二天：天和海；第三天：旱地／植物的生命；

第四天：太阳、月亮、星星；第五天：空中和海里的动物；第六天：地上的动物，以植物为食；第七天：神歇了他创造的工。

作者提醒读者要留意几处重点，如诸天万象借神口中的话而成，神祝福并称他创造的世界为“好”的等等，其中也说到了第七天的内容和意义，“神在第七日歇了他一切的工，安息了，并将其分别为圣”①。

上述分析中有两点可注意：

第一，第一天至第七天的造物过程，也即一周时间的内容是一个“精妙结构”，其中每一天皆为平行并列结构，同时也存在着巧妙的对应，这也意味着第七天与前六天处于同等结构中，不能包括、统摄前六天，假如用作标题，是不能径直冠以“第七天”一词的。

第二，单就第七天而言，上帝停止了一切工程，并将此日定为“圣日”，这是至关重要的一点，对宗教徒们来说，安息日是“可喜乐的”。朱维之先生《圣经文学十二讲——圣经、次经、伪经、死海古卷》中释义“上帝祝福这第七天，成为圣日”②，是为正解。

以此作为对照，小说《第七天》即存在两个突出的问题：

第一，小说正文篇章以“第一天”至“第七天”为结构，标示了各章之间为平行并列关系。作品的叙事进程也显示了此特点，鬼魂儿子终于找到了同为冥籍的父亲，是一条平行的叙事线。那么，

---

① 戈登·菲、道格拉斯·斯图尔特《圣经导读》下卷，李瑞萍译，北京大学出版社 2005 年版，第 14–15 页。

② 朱维之《圣经文学十二讲——圣经、次经、伪经、死海古卷》，人民文学出版社 1989 年版，第 75 页。

单单以“第七天”作为小说的总标题，显然是文不对题，因为“第七天”不能包括其他六天内容。

第二，小说以特有术语“第七天”为名，大约也不是没有用意的，例如取“安息”之意，却是望文生义、想当然耳，错解了此术语特殊内涵“圣日”“可喜乐”“祝福”等，依字面意思直等同于死亡、下葬、葬礼，亦即安息即是死，此为俗不可耐的解释；看似最为得意的一句“死无葬身之地”，也是袭取自西方现代派文学作品，例如萨特名剧《死无葬身之地》。其实，细读末章“第七天”，除了鬼父子终得相聚之外，浓墨重彩地描写了一个因收到山寨礼物而自杀的女子的葬礼，并无高于其他六天的地方。

当代有些作家喜欢涉足宗教题材，结果往往不成样子。不涉及宗教，不见得作品就欠缺深度；没有宗教感知却偏要去写，则一定会显出浅薄来。当然，《第七天》也不例外。

平心而论，《第七天》确也表达了对现实的不满，具有强烈的批判意味。然而，恰如李贽评价《水浒传》时所说，世间有些文学作品，“乃有真事说作假者”[①]。《第七天》正是一个把真事写得虚假的文本，它叙述了那么多真实的社会新闻事件，却让人感到极不可信，只觉其假，未见其真。究其深层原因，一言以蔽之：死在模仿下。

① 张建业《李贽全集注》第19册，社会科学文献出版社2010年版，第5页。

二、《文城》的十二个漏洞

余华的长篇小说《文城》，自开篇至终了，处处是漏洞。举其大者而言，凡十二个。

漏洞一：雨雹把屋顶砸了个大洞，毫不影响二人性事。

小说分两个部分：“文城”与“文城 补”。这是第一部分第五节内容，“入冬后的第一个夜晚”，突然下起了“雨雹”。描写上用足修饰语词，以形容雨雹威力，如“铺天盖地击打”，如“爆竹般的响声”，如“白如蚕茧的雨雹倾泻下来，如同一张摇动的帘子，让黑暗中的屋子闪闪发光”。从文城来的小美，在另一间屋子休息，吓得跑进主人林祥福屋里：

> 林祥福看见了小美，她双手抱住身体站在林祥福的炕前，雨雹的光亮显示了她脸上的惊慌。这时候一块形大如盆的雨雹击穿屋顶，砸在小美身旁的地上，小美惊叫地爬到林祥福的炕上，钻进了林祥福的被窝。刚才屋顶被砸出的洞口纷纷落下来碗大的雨雹，砸到地上后犹如花开花谢。

小说接下来有一段性描写文字，二人穿着衣服搂抱一起，其间又有一声巨响，似乎要将房屋震塌，吓了林祥福一跳，但“随即他就返回小美的体温和喘息之中”，忘了身外之事。第二天起床，林氏发现屋前横着“一块石臼一样巨大的雨雹”，“才重新记起”昨夜那声巨响来自于此。这块雨雹第二年都没有融化掉。

这会是一对什么样的男女，心理、性趣强大到如此地步？屋外风声大作，雨雹倾泻，屋顶被砸出一个“形大如盆”的洞，随后又纷纷落下“碗口大”的雨雹，一点儿也未影响二人被窝内的活动。文学有时必要反一反日常，取得陌生化效应；一旦走到极端，与常理为敌，则艺术自身的逻辑也难成立。须知北方冬天室温本就不高，雨雹冲击，屋顶洞口灌进冷风，其时情势，已非男性举不举而是要不要命的问题了。根据小说情节，林氏第二天绕村中一圈，始知夜里的雨雹砸死了一个老汉、砸死了一批牲口。倘若林氏脑量还足够多到供其想一想，当暗自庆幸自己没被打死在炕上。下文情节发展，也不出意外：林氏身为农民，压根儿没想过赶紧修补屋顶，而是白天四处游荡，至晚间看见屋顶窟窿，才感觉寒风袭来，转身走进小美屋中。

美国文学批评大师乔治·斯坦纳说，性关系是我们隐私的“堡垒”，是得到允许的“夜间栖息地”。只有在性体验中，人才能恢复某种“秩序和安宁”。斯坦纳因而不能容忍那种把两人之间“夜语”放在屋顶上“大吼”的描写，斥之为丑陋、丢人和变态。[①] 林祥福与小美走得更远：屋外铺天盖地的雨雹，都不能阻止二人干事，那风声、雨声、雨雹击穿屋顶声，反而起到一种罕见的催情功能。根据斯坦纳的批评标准，这种行为只能称之为极致变态了。

漏洞二：林母择媳标准太高，至死没能相中合意的儿媳，其子却轻易娶了一个来路不明的女子。

---

① 乔治·斯坦纳《语言与沉默》，李小均译，上海人民出版社 2013 年版，第 90 页。

小说第二节即写道，林祥福出生于一个富裕人家，其父系乡里唯一秀才，其母则是邻县一举人之女，自幼饱读诗书，心灵手巧。双亲亡故后，遗下四百七十六亩土地、六间宅院、十七根大金条和三根小金条，还有一百多册线装书。母亲“饱读诗书和勤俭持家的品行”、父亲制作小桌子小凳子的手艺俱传给了儿子，“母亲一边织布一边指点他的学业，在织布机吱呀吱呀的声响里和母亲温和的话语里，他从三字经学到了汉书史记”。

林祥福虽然没有功名，依其财产、出身、教养，亦可算得上乡绅。这从其母择媳之严一面能反映出来。林母死前一年，已是疾病缠身，每逢天气和暖时，她便骑上毛驴四处打听人家的适龄女儿，但没有一个入眼的。这符合过去乡绅择媳的要求：门当户对，品行端正，娶进门后能相夫、持家，显示着一脉相传的耕读文化认同意识。乡绅有更多选择机会，要选就选最好的，和一般穷人家不同，后者能娶上一个媳妇就好。贾平凹中篇小说《小月前本》有一人物老秦，怒骂年轻人道，你们可是没吃过没老婆的苦头，到时候揭起尾巴是个母的，都想要哩。乡绅不会瞎凑合。

根据小说内在逻辑，孝子林祥福于娶妻一事，其要求和标准，只会比母亲更严格，否则即证明先前传承父母的一切品德俱为虚假。而小说恰恰往虚假一路发展，没有任何过渡性描写。那个突然出现在家门口的小美，籍贯何处，父母何人，委实来路不明。林氏一概忽略，先睡了再说，然后领到父母坟头报告，即将完毕婚姻大事。这些细节已经大成问题了，更让人不解的是，林氏连一个媒人都没请，直接开办酒席。什么纳采、问名、请期、亲迎等等，全部省略了。

便是穷苦人家，基本仪程少不了。林氏行事，直奔主题，先睡后娶，有如嫖妓。

孤男一人，于是美女现身，实为文学史上的老套模式。鲁迅说过，像《聊斋志异》等作品中所写女鬼，颇有些奇特，晚上陪睡，白天消失，曲折地反映了中国男性内心隐秘处：想女人，召之即来，玩腻了，挥之即去，不用担责，多么便宜的事。林氏婚恋，不脱此模式。

漏洞三：喜宴当日，新郎带人进县城买酒，至黄昏时分才回到家中，一行人边走边喝，喝得大醉。

在注重婚礼习俗的乡村社会，新婚当日，新郎的职责是迎亲，其他事务，均有主事者规划、调度、安排。不论在现实中，还是文学作品里面，似乎还没有听说过某地有让新郎亲自去买酒的习俗。《文城》虚构的这个黄河北边小乡村，偏就开了先例，偏就让新郎去买酒。让人百思不得其解的是，新郎买酒，是人手不够吗？以示郑重吗？严重缺酒，怕人偷喝，故而亲自出马以示监视吗？都不是。如果说这一细节令人怀疑，接下来的描写，则属匪夷所思、超乎想象了：新郎和五个村民上午进城买酒，黄昏时分出现在大路上，醉得挤成一团，东倒西歪地走来了：

> 这六个酒鬼来到门前，每个人手里提着两个空酒瓶，林祥福摇晃着身体，喷着满嘴的酒气，对等待他们的人举起空酒瓶喊叫：
>
> “酒来啦，酒来啦。”

他摇摇晃晃走到门口，伸出手摸了一会儿门框，确定这是门以后，嘿嘿一笑走了进来。他将空酒瓶往桌子上一放，对屋里的人说：

“喝，喝吧，喝酒。”

在林祥福心中，新娘、婚仪、酒席以及相关人众，抵不上一瓶酒。喝一口酒，可以让他忘掉婚礼大事，像一个简单的生物人，缺失智力及道德感。

这个情节说明了，林祥福，小说主要人物形象，只是叙述者的一个工具，自身是没有生命的。

《文城》潜在叙述者从小说一开始，即不走寻常路，不按常理出牌，不依常情叙事，有一个基本模式：怎么反着，就怎么来；能想当然，便想当然；想怎么说，就怎么说。此叙事模式贯通了全部小说。

漏洞四：乡绅下地劳动时穿补丁衣服，锅台上放着能吃半月的熟食。

小说第八节，小美要离开村子，轻声对林祥福说：“吃的都摆在灶台上，穿的都在衣橱里，左边的是打了补丁的衣服，你下地时穿，右边没有补丁的衣服你进城时穿，还有一身新衣服……”锅台上摆放着“差不多够他吃半个月”的熟食。

过去的乡绅系一地方表率，其衣着、言谈、行止等等，有示范效应。当然，劣绅除外。一个乡绅会下地干活，其务实和其他农民一样；一个乡绅下地劳动，则不一定穿着补丁衣服。小说清楚交代了，林家有四百七十六亩田地，大小二十根金条，如此殷实富裕的人家，主人竟然会穿补丁衣服，显然系一般农民的思维。就像鲁迅杂文讽刺的，一个乡下女人干活太累时，忽而叹道，皇后娘娘不知有多舒服，午觉睡醒就喊“太监，拿个柿饼来”。一个勤苦农民刚刚买得若干田地，升格为地主，干活时依然如旧，身着补丁衣服，自是情理之中。林祥福可不是穷苦人家发迹的。

再看小美做了半个月的熟食。时令已至二月，气温依然较寒。可再寒冷的天气，在没有冰箱的时代，熟食很难保藏十五天之久，更何况这是摆放在锅台上面。锅灶一直不生火吗？温度上升，食物易腐，何须多言。这个细节还存在一自相矛盾处：小美做了半月的食物，以示其对林氏之好。那么，在林氏母亲死后至小美出现之前，此时段内，是否林氏亲手做饭？非也，他有管家。既然有管家，小美主厨，管家可歇手；小美离开，莫非不知林家有人会做饭，何至于做半月熟食，让所爱者吃过期食物？

《文城》潜在叙述者不顾常识、常理，讲到后面的故事，却忘了前面的描写，种种毛病，所在多有。

漏洞五：小美拿走了几根金条，林氏大叫大骂她不是好女人。

小说第八节，小美离开村子，带走了七根大金条、一根小金条。林祥福发现后，“在冷清的月光里”跑到父母坟前大喊大叫，自责对不起祖宗，是林家的“败家子”，眼瞎啦、受骗啦云云，最后骂“小美不是个好女人”。

对小美的离去，小说有较详细描写，她要上京城寻找其兄长——小说后来揭开谜底，二人实际上为夫妻，假扮兄妹来到林家，目的就是盗点钱财，以充前往京城的路费。林祥福深深爱上了小美，没有举行婚礼，属于姘居性质，可心爱女人外出寻亲，作为准丈夫，她的盘缠花费应在预算之内。小说叙述者只字不提此节，是为了铺垫、渲染后来的盗金条细节。就算为了回报，林氏也应该想到这一点：女人陪伴了自己，临行还为自己做衣服，又做成够吃半月的熟食，怎么也得给足路上的费用。一个读过《史记》《汉书》的小乡绅，竟不明此理吗？

八根金条丢失，其实不能算被偷盗。依照林氏“家产被人偷”的逻辑，他就不该白白睡了一个女人，达“半个秋天和一个冬天”之久。睡女人，这是要花钱的事，白睡，女人损失了，林氏占了便宜。此逻辑里面无爱情可言，只有利益算计。如此，小美拿走金条，就是自我补偿。林氏委屈至极地跑到坟前责骂自己败家，辱骂对方是“坏女人”，显露了其自私自利的一面。

漏洞六：丢了几根金条的林氏，想起万贯家产在手、不如一技在身的古训，决定外出拜师学艺。

林祥福丢了八根金条，觉得已经“破财”了，便想起她母亲时常说起的一句古训：“纵有万贯家产在手，不如有一薄技在身。”于是打定主意，离开土地，外出学艺：

> 破财之后的林祥福时常想起这句话，他越想越觉得有道理，

再多的家产也会有败落的一天，古往今来方圆百里都有这样的例子。人生在世祸福难测，有一门技艺在身能够逢凶化吉，技艺是怎么也不会败落的。林祥福觉得自己的木工技艺应该更上一层楼，应该继续拜师学艺。

林祥福的智商也不是很高，表现在评估损失方面，孰轻孰重，难以分辨。八根金条算什么，手中不是还有四百七十六亩土地吗？因为八根金条不见了，便不再经营几百亩土地，外出学艺。此情节里面，包含着一种思维：小商贩思维终于干掉了乡绅思维。对叙述者来说，亦得其便了：固守土地，远不如商贩式四处流动，从而也有故事可讲。

《百喻经》故事多嘲讽傻瓜、笨蛋，其中一则，说的是一个傻子有二百五十头牛，有一天摔死了一头。傻子气极了，作想道，死了一牛，还要其他的干什么，把二百四十九头全部推下山。林祥福也是这种类型的傻子。

漏洞七：补办婚礼，没有花轿，出门之后走上大路，最后直奔接生婆家。

小说第十二节，离家数月的小美挺着肚子回来了，村里人认为“理所当然”“合乎情理”。只能再次说明，村民形象如木偶、如傀儡，服从叙述者要求，让他们说什么，他们才能说什么。林祥福亦然，“笑容可掬”地对村民说：“上次的婚礼过于匆忙，没有写庚帖，没有合八字，也没有坐轿子，不能算，这次要重新操办婚礼，不求隆重，只求规矩。”所谓“规矩”，就是请邻村一位私塾先生，写了庚帖，仅此而已。以下情节有两个致命漏洞，一是林家没花轿，请人“将一张四方桌翻过来改装成轿子，桌子四脚就是轿柱子，桌面便是轿底”。即使穷人家，逢上喜事，也会花钱租一顶花轿，而殷实富裕的林家，竟不如一户穷人，连一顶轿子也没有，竟至于到将就、凑合地步了。二是声称此次遵守“规矩”的林氏，娶亲时仍然没有一点规矩。花轿抬着已经不新的“新人”，从自家大院出门了：

> 这一天阳光明媚，林祥福说到村外大路上去走一走，走得远一点，田大就在前面引路，花轿吱呀吱呀响着沿小路而去，林祥福跟在花轿的后面，村里人跟在林祥福的后面，人群跟随着花轿来到大路上，大路开始尘土飞扬了。他们向着前面的李庄走去，村里一百多人前呼后拥……

小美娘家不在本地，依着礼仪规程，应在关系很近的村民家临时充当娘家，再迎新娶回。林氏又忘了整套规矩，从自家院门出来，走上大路，越远越好，把娶亲当成了散步、散心；走着走着，又变成了表演、作秀，看客村民们前呼后拥。前方目的地是李庄，到李庄去干什么？小美肚子大了，李庄恰好有一个“名扬百里”的接生婆；接近李庄时，女人适时地哎哟哎哟叫起来。林氏催促四个抬轿的男人加快步子：

> 小美在轿子里呻吟不止，六个男人在道路上跑得挥汗如雨。

林祥福在前面一边跑一边催促，喊叫地说后面抬轿的四个人慢得跟乌龟一样，这四个人不敢吱声，哭丧着脸呼呼喘气呼呼跑。跑出了两里路，心急如焚的林祥福让抬轿的站住脚，一把从轿里抱出小美，抱着小美在大路上飞跑起来。田大让他的四个弟弟抬着空轿子在后面跟着，他说他要去替换少爷，跑着追赶而去。

田大没有追上林祥福，抱着小美的林祥福跑去时脚底生风，田大只身一人在后面追都追不上，四个抬轿的更是越落越远。林祥福跑过一片树林，拐弯以后就不见人影了。

人在极端境地中，确会激发出超常内力。林祥福也会。可林氏还没有处于极端境地，孤身一人。他有五个帮手，一个管家、四个种田汉。林氏自小下田干活，一身好力气，那五个农民也不是吃闲饭的，单个拉出来，力气不比林氏差多少。五个人加起来，力量总和远超林氏了。四个壮汉跑不快，林氏一人抱着孕妇，竟能“脚底生风”，神行太保戴宗的跑法，也无非如此。这是一种极致写法、最高级写法，不能再高了。再高，那就不是人类，是神或其他怪物了。

漏洞八：一场龙卷风把林氏吹得身体腾空而起，撞到什么东西上，昏迷了一整夜，婴儿竟安然无恙，还在睡梦中打了个哈欠。

小说第十六节，林祥福抱着出生三个月的女儿，出门寻找二次离家出走的妻子。船行河上，突遇龙卷风，船夫弃船逃生，林氏担心胸前婴儿，不敢跳水。作品着力描写了毁灭景象：

接下去小舟不是嗖嗖而去，而是吱哩嘎啦前行了。他睁开眼睛，见到乱石飞舞，树木拔地而起，河里的竹篷小舟滑行到了陆地上，陆地上的屋顶飞向河里。小舟已经破裂瓦解，船板在狂风里分道扬镳，他知道自己不是坐在小舟里，而是坐在了木板上，接着这块木板也分裂了，他的身体腾了起来，衣服像是风帆那样鼓起，他的身体像是飞翔，又像是冲锋，飞檐走壁似的滑翔过去，后来撞在了什么上面，他掉落下来，昏迷了过去。

林氏在田地里躺了一整夜，第二天才醒过来。婴儿挂在倒地的树枝上，安然无恙。一个成年人，经受不了巨大的颠簸冲击，昏迷了一夜，三个月大点的婴儿竟奇迹般活着，无一丝伤痕，还沉在睡梦中，“打了一个呵欠”。神话和童话故事中，大难不死的婴儿，将来必会建立非凡功业。这个后来被起名为林百家的女婴，倒是在她十二岁的时候，面对绑匪，自称身价仅五百大洋，远不如她哥哥值钱，保了自己一命。不过，遇到突发的连成年人都吓得慌乱无措的恐怖事件时，一个十二岁小女孩镇定地一口报出只有土匪知道的准确赎金，实在令人难以置信。小说可信与否，需要情节上的说服力，非叙述者的信口开河。于三个月大时遭难与十二岁被绑架之间，小说描写林百家的成长过程，几乎是一片空白，除了跟随乃父学习《论语》《孝经》等外，并未描写其有何超人资质。

同等外力冲击下，成年人和三个月大婴儿谁更能承受得住，谁的存活机率大，是一个简单的物理学常识。《文城》叙述者基本上是在缺乏常识准备的情况下，过度描写反常情境的。

漏洞九：林百家嫁给十二岁时就开始嫖妓的顾同年，而时常出入顾家的林祥福，对女婿行为竟一无所知。

溪镇商会会长顾益民，是林祥福较早认识的当地名人之一，最后他们又成了亲家。其子顾同年自十二岁时就开始嫖妓，无师自通，而且学会了与妓女讨价还价，成为溪镇一景：

> 这位顾家的阔少爷出手却并不阔绰，他只肯出半价招妓，理由是他只有半个男人的身高，所以应该半价。戏院门前的妓女都不愿搭理这个嘴上无毛的小混蛋，顾同年就拖着竹竿在戏院门前走来走去，又是破口大骂，又是据理力争，他的嗓音尖细嘹亮，引来不少围观者。顾同年滔滔不绝毫无羞耻之感，他见人就倾诉自己的满腹委屈，反倒是那些妓女被他弄得羞愧起来。顾同年小小年纪胃口很大，他一次要招两个妓女。……

就是这样一个闻名全镇的小嫖客，其父身为会长，从未有一语干涉、教训；岳丈林祥福也似聋了那般，一无所闻，毫不知情，情愿许嫁了女儿。

阅读这些情节描写，常识和常理是没有用处的。

再举一例。顾会长为儿子“定亲”，依照传统习俗标准，应该带礼物前往林祥福家，在媒人主持下，双方家长及亲戚聚在一起，吃喝谈话，仪式即算完成。不奇怪，顾会长不可能到男方家，他是在自家大堂摆了二十张八仙桌，举行典礼，女方家长林祥福就在典礼现场。同一时段，待嫁女子林百家，打扮一新，规规矩矩坐在养母家中，一动也不许动。为什么必须坐着，喝水也有人伺候？小说写道，顾家的家规，儿媳不兴乱动的。那么，她等什么呢，等着男方来人吗？不是，等着土匪前来绑票。

漏洞十：人质顾益民被控制在齐家村，土匪头目却前往另一个村子等着“领取”枪支赎金。

小说第五十五节至第七十三节，主要写了一个名为张一斧的土匪头目，杀人抢掠，绑架人质，欠了溪镇及周边村子许多血债。其中重点叙述张匪绑架顾会长，索要民团枪支以及赎金。土匪们的行动，首要目的是获得民团的枪支，志在必得。此前攻打溪镇，就因少了枪支，土匪们失利了，所以这次抓到人质后他们直奔交接地点：

> 顾益民被张一斧土匪绑架到万家荡齐家村时，已是深夜。土匪们举着火把喧哗进村，睡梦中的村民纷纷惊醒。土匪把村民赶到一起，要他们拿出粮食，生火开灶，煮饭烧水。张一斧把陈永良一家人赶到羊棚里住，自己带着几个土匪住进陈永良家的砖瓦房屋，其他土匪住进近旁人家的房屋里。

一年前张匪洗劫过齐家村，持续了两天；一年后，他们劫持人质再度夜闯村子，熟门熟路。选定地点，交接人质，对土匪来说，不比往常打劫，他们对人质更是重兵把守。小说到了这种关节，一定又是反着来：张一斧在齐家村住了十多天后，莫名其妙地率大队土匪前往刘村，在那里等着“领取”枪支和赎金，只“留下两个土匪看管顾益民”。

土匪为何留下人质，大队人马却转移至刘村？假设一下，倘若土匪听到消息，有民团前来解救，甚或发觉军队移动迹象，变换地点，是为必要。可事实上民团吓得龟缩在镇上，至于军队，那是没影子的事。刘村何以重要，是否为土匪据点，小说也没写。再看土匪拿到了枪支和赎金，目的达到了；两个看守土匪并没有被村民打死，逃了回去；人质跑了，对土匪而言没有损失，按说事情已经了结。孰料张匪勃然大怒，带领人马血洗了齐家村。这怒气和杀戮，没有来由。土匪没有人性，自不待言；他们看重利益，利益到手，会暂时住手。土匪也讲“规矩”，小说第七十一节写过这个词语。倘说张匪毫无底线，抓住人质直接杀掉，等着拿赎金就是了，何须分作两处，等个十天半月？

整部小说，也就土匪这点事写得有些声色，然而，仔细推敲，还是漏洞多多。

漏洞十一：赊账人不签名，管账的人却在账簿上写下了自己的名字。

小说第二部分“文城 补”第一节，介绍小美出身、姓名，原来她是西里村纪姓人家，十岁时做了溪镇沈家的童养媳：

> 没有人在意沈家这个童养媳的名字，有一天一位赊账的顾客前来还钱时，只有她一人在看管织补铺子，那位顾客看着她

虔诚地翻开账簿，笨拙地拿起毛笔，小心翼翼地蘸上一点墨汁，歪歪斜斜写下自己的名字——纪小美，然后溪镇有人知道这个沈家童养媳的名字了。

这里又是一个常识问题。铺子里备有账簿，上面记录赊账数目和赊账人姓名，顾客来还钱时，主人照例勾销其姓名，即可两清了。让人不明白的是，这个纪小美不仅不勾掉赊账人姓名，反而“虔诚”“笨拙”“歪歪斜斜”地写了自己的姓名，是什么意思？写下自己的名字，可是要代人还账的，童养媳就算一个笨蛋，这点规矩该懂的。退一步说，即便签名，铺子主人才有此资格，一个童养媳岂可擅自涂画。

不是童养媳笨拙，而是小说叙述者要弄了一点小技巧：让女主人公露上一手，同时也露了脸，向读者表明，主要人物之一要出场了。

漏洞十二：林祥福发誓要找到小美，到了溪镇，一待就是十几年，嘴上说找，脚下没有迈出一步，这是全书的结构性漏洞。

小美再次出走，林祥福抵押全部田地，换成银票，踏上千里寻妻之途。小说第十四节，林祥福又到父母坟前发誓：“我对不起你们，对不起祖宗……我要把小美找回来。……我要去把小美找回来。……我在这里发誓……”第二部分第二十九节，借小美记忆，“在那个遥远的北方之夜，林祥福语气坚定地告诉她，如果她再次离去，他会抱着女儿去找她，就是走遍天涯海角，也要找到她”。

林氏的坟头誓言是不作准的。初到溪镇，林氏抱着婴儿，讨吃“百家的奶水”，则意味着上百次打探过小美了，而一个小小的镇子，没有一个人告诉他小美的信息。小说第三十节写道：

> 林祥福怀抱女儿出现在溪镇，阿强起初慌张随后镇静了。他对小美说，家里的女佣只要出门就会在街上见到林祥福，林祥福一定是在寻找他们，等着他们出现，他们只要闭门不出，林祥福见不到他们，就会离开溪镇。

躲在屋里终非长久之计，一个简单办法，让二人死掉。大雪不停，商会聚集人众祈祷老天“终止”雪花，冻死六人，其中就有小美、阿强夫妇。林氏不知二人已死，而小镇对这对夫妻的死亡，没有任何人谈起过，连家中那位女佣也消失了。此后十三年间，林氏停止寻找，活动半径未出小镇。所谓“走遍天涯海角”，只是一句空话而已。

这是小说最严重的结构性漏洞。

《文城》何止十二个漏洞。这部二十四万多字、三百四十八面的长篇小说，几乎每一页都布满着漏洞，每一段都存在着不合情理的描写。

王蒙在谈论小说创作的一篇文章中说过，如果不小心在细节上出现错乱，整个艺术世界就会像淋了雨的纸房子一样“垮成一摊烂泥”。《文城》就是淋了雨的“纸房子”。

山寨“局外人”

——评阿乙长篇小说《下面，我该干些什么》

阿乙的小说里有一种比较独特的因素。以前读他的小说集《灰故事》和《鸟看见我了》，那种对实施犯罪行为前后心理变化的描写，可谓曲尽其致，往往于平静处，突生波澜，令人大感惊讶。这种很特别的成分，无以名之，姑且称其为残酷。这与题材选择有关，更与其深度的体悟以及擅写心理相关。就目前已发表的作品而论，阿乙以写底层社会尤其农村的犯罪见长，而且作为题材的案件本身往往没有什么复杂纠结、扑朔迷离之处，真相大白之时，令人慨叹原来内情竟如此简单，是予人以丰富之后的简单。因为作者的独到写法，由一点生发开来，把人物及相关的众生相写出来了，那样一种繁复的描写中，有着尖利的质感。作者似乎并不满意于仅仅将情节的丰富性呈现出来，还要从中发现某种理念或象征，这是他的小说一大优点；可有时意图强烈了，外附的痕迹随之变得明显，此亦所谓向前一步，优点即变为缺点也。试举两篇作品为例。

短篇《鸟看见我了》中的捕鸟人，一个其实非常老实的农民，于冲动中杀死了一名村妇，受害者死前说了一句话："鸟儿在看着你，鸟儿会说出去。"此后凡当醉酒时，此人必不能自已地说："鸟儿看见我了。"从表层上看，鸟儿在这里是一种象征、一种意象，其功能在于证明着此村民原非恶人；从深层上说，作品已经涉及乡村共同体问题，共同体内的居民，皆受制于他们所一致认可的伦理、道德、习俗以及鬼神观念等，所以当村妇说出"鸟儿能够看见"的话语，令施暴者心惊肉跳的并不是村妇本人，而是他们共有的鬼神观念，因而此人清醒时意欲灭掉一切鸟儿，酒醉时则自证其罪，恰如李商隐诗所道"莫为无人欺一物，他时须虑石能言"。小说情节契合一种乡间的文化背景，其中意象、象征以及触动人心的艺术力量，无须外加，自然生长。

与此相对，中篇《情人节爆炸案》由一起血腥的爆炸案为原点，引领读者一步步走向那个阿乙式的简单的案情：原来这是一个农村的"男同"，己身被逼结婚，情人被打跑，于是，他便制造一个惊天大案，目的在于"乃是告诉全世界，他们委屈，愤怒，可怜，遭遇了不公平"。如此的结局，令人感到作者的意图撑破了情节：先前那样丰富的叙述，表达的却是一个微不足道的意思。就像布瓦洛《诗艺》中所说，则如大山临盆，生下了一只小老鼠。姑且不说真正需要关注的是农村中为生存而苦苦挣扎的民众，而不是贫穷状况中偶然的同性恋事件；对那些大多生活在城市中的"同志"们来说，此种描写不唯不实，而且非常的不公正，有抹黑或歪曲之嫌。用不着社会学资料的佐证，以《孽子》《荒人手记》这些经典的同性爱作品来说，这类人活得多么的谨慎、小心、谦卑，岂敢用爆炸方式表达愤怒？阿乙的作品不过是以异性恋失败后郁积的愤怒情绪，替换了同性爱深深的、无可排解的委屈，这是一种不经意间的置换失误，可其失误却未免过于失度。

质言之，阿乙的优势是在描写底层尤其农村的犯罪，并关系着一种相互对应的文化背景，这是他所熟悉的领域，叙事上优裕自如。如果他想越出此领域一步，借农村题材表达某种与题材本身无多关联的主题，一定会失败。意图的简单常常会削弱情节的丰富性，此为一定之理。他近期的长篇小说《下面，我该干些什么》，即是一个典型的例证。在这部长篇中，他先前那些最为擅长的描写，恰恰成了一种短处、一种缺陷。

与阿乙中短篇小说情节描写上的丰富性相反，这部长篇的内容甚至都可以说太过简单，不夸张地说，用几句话即可概括其全部故事情节：一个农村青年学生因贫穷受辱、穷极无聊而杀死自己的女友，被捕后告白自己只为杀人而杀人，关进牢房里竟然认为此时正可思索人类都要经历的少趣无聊的一生。

小说的意图是外显的，要借一桩杀人事件来表现人的存在的无意义状态。可是，意图太强烈了，反而使叙事难以承担其功能，于是在描写上虚虚实实，近乎于卖关子：杀人的理由，一定要追问下去，那就是没理由。简单地说，作者没有给出一个至少在表面上让人信服的理由：一个农村青年来到城市读书，受了自家婶子的歧视，郁积于心中的委屈、愤恨等等转化为仇恨的力量，最后于不得不爆发之际，将自己的女友骗来，捅了几十刀。关于理由，杀人者有两种说法：一是他无力杀掉自己的婶子，只好对付一个弱者；二是其婶子根本“不值得一杀”，他要毁掉一个代表了美好的人，毁掉一个有价值的人，那才是一种没有杂质的、“纯粹的杀”，即为杀而杀。

作者在序言中说，他写小说之前，读到一则关于学生杀死自己同学的新闻，几个月后，这则报道在他的内心变得强烈起来，终于诱发了其写作。实际上，这种新闻毫无价值，除了那种别有用心的恶意炒作之外，没有丝毫的意义。学生确实背负着包括学业、生活在内的压力，严格地说，这种压力折射出的仍然是存在问题的社会机制。大体而言，学生是一个相当单纯的、仍在成长的群体，不会对世界产生厌倦乃至仇视情绪，即便在这个群体中发生过杀人行为，那也是偶发现象。将一种偶然当成必然事件，此出发点即为有误。而欲在此偶然之中寄寓某种普遍性的理念，单从题材上说，即缺乏叙事方面的合法性。

不幸的是，作者要急于表现一种浸透到骨子里面的无聊感，一种关于存在的厌倦感，便不顾情节破绽、理由破碎，一路直奔主题：第一，让主人公毫无理由地杀掉一个人，然后打发他急匆匆地跑向逃亡之路，“唯有逃亡，我才能感到生命的充实”。第二，将主人公送进监狱，去思考人类的大问题，世界上再也没有比这再“安静的地方”，以便“更适合思考人类和宇宙的了”。思索的内容包括：人与动物没有区别，不过更为有意识地和它们一样干着抢夺食物之类的恶心事；生命最终无非变成衰朽的肉身，没有什么尊严；出生，成长，读书，结婚，生子，得病，死亡，“每个人都是这样”；人生失去意义，连意义这个词语本身也是无意义的；等等。这些内容并未转化为细节自身，很多时候以机械的、贴标签的方式出现，缺少内在生气。

小说的人物塑造也是失败的。从根本上说，这个人物身份虽为学生，出场时则是一个面目模糊的社会青年，无论从受教育程度还是人生体验方面来说，均无能力来思考涉及人类、宇宙之类的重大问题。这里有一个证据，是全部小说最致命的失误：主人公翻箱倒柜，偷拿了婶子家的一块玉佛，前去和玉器店的老板讨价还价，费尽心机，最后令对方付了两万元成交。正当交易时，一个乞丐出现了，主人公竟然顺手将其中一万元给了乞丐。

并不是说一万元不能给乞丐，给谁都可以。问题在于，当给出这个动作完成后，小说的内在逻辑已经自动生成，由此，细节本身就包含了确切无疑的信息，即，主人公已经全然不在乎了，不在乎人世，不在乎生命，一切皆不在乎。那么，他还在乎钱吗？因为他“下面”就要“该干些什么”了，干些惊天动地的大事，杀人，逃亡，然后在监狱那个“安静的地方”思考人类命运等等。可是，在接下来逃跑过程中，这个年轻人花钱却精打细算，每一笔都非常清楚，连小饭馆里十块钱卖三样“杂碎”的招牌也注意到了，这样的细节随处可见，简直就是一本流水账。试举几例：

花几百元钱买了一张“折扣票”（请注意，是“折扣”）；在一座小县城，被摩的司机拉着东南西北地绕了几个圈子，多收取五十元；警察在后面包抄、逼近，情势危急，逃回旅馆后第一眼看到的竟是“电风扇吹着账单”；翻墙逃跑时，将口袋中的二百元硬塞进一个大张着嘴观看、表情迷惑不已的厨师手里；进入一家小超市里，看到店主就着冷水吃面包，联想到自己母亲亦是如此吃法，掏出二十元让人家扔掉；到洗浴中心花二十元洗澡，“又花十元过夜”（招妓）；花最后三张钱时，相当仔细地观察到其中一张上面写有一个人的姓名，还有闲心思猜测并断定“它一定曾被一位赚不到钱的农民拥有过”。

一个随手将一万元扔给乞丐的人，自己的花费怎么会精细到以十元为计算单位呢？这不是自相矛盾吗？而一个花几十元钱都分明记在脑子里的人，是绝不会思考大问题的。此处矛盾的细节，标志着整部小说在结构上的坍塌。

这显然是一个败笔，而败笔本身也充分表明了，小说主人公不过是一个为了基本生存而行动的农村青年，他的全部兴趣、思维或注意力集中在吃喝花销上。住在婶子家里，“每天蜷缩在阳台，羞愧得恨不能自杀”。让如此可怜的一个农村青年去思考人类命运诸问题，未免太难为他了。即使让他在那里使劲地装，比如，让他在母亲、婶子、法官以及任何一个人面前装得“神情冷漠，若无其事”，他能装得像莫尔索一样逼真吗？

加缪的名篇《局外人》中的主人公莫尔索，觉得世事一无可为，毫无意义，因而为人冷漠，没有心肝：在沙滩上，太阳晒得头脑发热，接过邻居的手枪，晕晕乎乎地向一个阿拉伯人连射五枪，致其死亡，过后情绪、心理丝毫不受影响；母亲去世了，听到此消息，也是无动于衷，以冷淡待之，一滴眼泪也没有。郭宏安评析道，这个令人感到“凄然”“愤然”“愕然”的“局外人”，行事怪异，不合常理，他究竟是何等样人呢？解开此谜的一把钥匙名为“荒诞”，以此视角去认识，莫尔索的“消极、冷漠、无动于衷、执著于瞬间的人生等等顿时具有了一种象征的意义”，小说展示了“人与世界的关系”，迫使读者思考一些诸如世界是清晰还是晦涩、人生是幸福还是痛苦等等问题。

莫尔索的出现，有其社会文化背景，其人吃饱了肚子，无所用其心思，他已超越了基本的物质需求层面，觉得世界就是荒谬，人的存在即为荒诞；可是，阿乙的主人公，一个借住在亲戚家里的年轻人，因着贫穷，为人直不起腰杆，抬不起头来，羞怯软弱，对他而言，一块面包，有口吃的，远比所谓荒诞要来得实在。让一个肚子都吃不饱的人，面向读者阐发世界的荒谬无聊、无益无趣，那才让人觉得荒唐。

其实，像莫尔索及其体现出的荒诞性特点，在认识上也早已被超越了。当年小说发表后，萨特曾著文誉扬，视莫尔索为“特殊的一类人”，其人身上交织着荒诞与反荒诞：荒诞意味着人与世界的“割裂”，反荒诞则是人于行动中确立其本质和价值。可是，几十年后，萨义德从政治地理的角度，重新阐发了小说内涵，他认为加缪只字不提被杀死的阿拉伯人的背景，单单表现“法国人的意识”即“无能为力的殖民主义的敏感”，源于此时法国无可挽回地失去了殖民地阿尔及利亚，这只能反映出了加缪本人的“冷酷无情”。

外国作家早就写过、且于认识上被超越了的东西，很难再翻出什么新花样来，山寨出一个“莫尔索”，其实是没有多大意思的。

摇摆于真实与虚构之间

——试谈乔叶长篇小说《认罪书》及其他

乔叶关于女性心理的小说，探幽烛微，曲尽其致，自有其令人难忘之处。尤以非常情境中女性性心理描写，大胆而至于出格、出轨，如《打火机》《结婚互助组》《被月光听见》等小说中，被强暴的女性惊魂甫定，即细细品咂、回味自身所经受的暴力行为，缠绵于其中而不自知其为伤害，则令人骇异。这种出格的写法，看似无心，然而无意之中却粉饰了一种流氓逻辑——女性心中多深藏着自愿被强暴的渴望，终而至于将尊严、人格乃至生命屏蔽掉，使之成了难以为人所察觉的盲区。

2011年，乔叶先后发表了《盖楼记》《拆楼记》，这是两部被冠以“非虚构小说”名目的中篇，主要写了当下见惯不怪的强拆事件，显示了作家对现实的强烈关怀之情。“非虚构小说”于今颇为流行，一些文学刊物不断加热升温，大有成为一种包容一切的文体之势。其实，“非虚构”并非新鲜事，早在1985年，王蒙先生《关于小说的一些特性》一文就介绍了国外“非虚构小说”，并准确概括了其特点，“它是小说，但非常接近报告文学，它尽可能地按照实有的事情，而且相当严格地按照实有的事情来写小说”，其“特殊的吸引力”即在于拥有比一般小说更为严格的“真实性”要求，“它具有一种新闻的真实性”，恰如阅读报告文学之后让读者相信“这写的是真的”那般心理期待。王蒙先生并且举了美国一个违反真实性而受罚的事例：该国每年有一次“非虚构小说奖”，奖励“非虚构”的、根据真人真事所写的小说，有一位著名作家得了奖，后查出“其中有一两个相当重要的情节是虚构的”，为人所检举，结果奖金被收回，名誉亦大为受损。[①]可见，“非虚构”有严格限定，其“真实性”乃现实的真实性，绝非文学的真实性。当前国内所倡行的“非虚构小说”，则郢书燕说，把两种非同质的真实性混认为一，借“非虚构”之名，行虚构之实，结果是，按照“实有的事情”写，又要达到艺术的真实，北辕适楚，吃力不讨好。《盖楼记》《拆楼记》亦不能例外。它们既没有新闻文体那样擅长凸显现场的强烈效果，更无文学特有的超越现实的深度体验和思考，质言之，整个小说提供出的经验，并未超出渐次达成一致的社会共识：所谓公平、正义之类，在双方共谋互斗、搅作一团的利益游戏中，其边界变得模糊难辨。或许小说真实的意图，是作家借此出一口“莫名其妙的浊气”，因而郁结成团的主观情绪才是小说形象。

关注现实，自证了当代作家的情怀；可是，过于迷信真实性以及由此产生出的隐隐焦虑，又对作家构成了一种干扰。乔叶新近发表的长篇小说《认罪书》[②]，可作为一典型例子，这部描写二奶现象

---

①《王蒙文存》（第 19 卷），人民文学出版社 2003 年版，第 179 页。

② 乔叶《认罪书》，载于《人民文学》2013 年第 5 期。

（涉及官场）、添加了乱伦佐料的作品，与《盖楼记》《拆楼记》一脉相承，逼近且参与现实之中。奇怪的是，这部长篇这次竟没有被冠以“非虚构”之名，但它声明所写皆为真人真事，且要求读者相信这是“真的”：“根据它的故事性来看，也完全可以当成是小说”，“这里面所写的一切，我都不得不相信是真的”，而它的文体形式正好是“自传”。小说于开篇“编者注”中分明交代：这是一个他人真实的“自传”，亦即自有作者，而作家本人所充当的不过是一个次要的“编者”角色，其功能仅限于略作修饰，稍加铨次，可是又特意写下几句看似纯属多余的话：“如果这是个自传的话，那就是个很特别的自传；如果这是个小说的话，那就是部很特别的小说。”这不是小说语言，是不加掩饰的广告语。

其实，为了现实、真实而于文体形式上有所求变，不独乔叶为然，还可举出几个作家来。

刘震云长篇小说《我不是潘金莲》（2012年），写上访事件，小说共计287页，序言267页，正文仅17页，如此超长序言而正文奇短的小说，在新文学史上尚属第一部。可是，如此设置，于结构上出现无可避免的冲突，着墨最多的主要人物（访民）变成了次要角色，描写最少的陪衬人物（县长）却在文体系统中自动生成为主要角色，整体形式上显得不伦不类、不尴不尬。

马原长篇小说《牛鬼蛇神》（2012年），章节倒置（如第三章、第二章、第一章、第〇章等），结尾镶入日记形式，以强化叙事方面的真实感。然而，小说的致命之处在于，仅仅形式上变换了一点花样，情节本身仍旧中规中矩、依次道来（从1966年顺写到2011年），并未像倒置章节那样，叙述进程上也相应地自倒叙始，由远至近。

阎连科长篇小说《炸裂志》（2013年《收获》长篇小说“秋冬卷”），以志书形式来写小说，叙述了一个村庄由偷窃而发达至为市，讽喻之意显豁。据作家在导言中说，这是一部“下了真功夫”的作品，他最大的“梦想”是“写出一种新的史志来，使那种典史志书不是死在书架上和书库里，而是活在读者的手边里”，因此，他期望于读者的是“没有志典，只有阅读”。这当然是作家的一种写作策略，是障眼法，是小花样。可是，作家难道没有想到，用志书写小说，犹如以竹篮打水（竹篮的功用在于插花、盛装水果及衣物等），那么，志书怎能装得下虚构？巴赫金说过，长篇小说“允许插进来各种不同的体裁”，比如“自白、日志、游记、传记、书信及其他一些体裁”，但是并不能因之改变长篇小说本身的形式及功能，而是“扩大文学和语言的视野”，开拓了“用语言把握的种种崭新的世界”[1]。可《炸裂志》径直以志书代小说，李代桃僵，未免显得率尔轻忽了。

《认罪书》在自传名义下，写了两个二奶形象，添以乱伦作料，两条主要情节线，其设置基本上以巧合取胜。以下试勾勒出来。

主要故事（主线）：一个名为金金的“80后”农村女子，赴省城打工，认识一个名叫梁知的局长，后做了其情妇，调入某学院任图书管理员，被遗弃后始知已有身孕，心犹不甘，遂发踪至梁之老家，故意与其弟恋爱、成婚，以为报复（弟嫂乱伦）。此后又发现了一个天大的“秘密”：原来梁知将她当成了替身，因梁曾爱过其继母

①巴赫金《小说理论》，白春仁、晓河译，河北教育出版社1998年版，第106、109页。

的女儿，名字叫梅（兄妹乱伦），而金金的长相不仅像梅，且胸前纹有一朵梅花。

故事中的故事（副线）：梁知的母亲为了儿子仕途顺畅，将继女梅梅作为礼物送给市长，当了二奶，并产下一子，而梅梅的母亲正是市长的“梦中情人”（父女乱伦）。

小说将性、爱情、乱伦、官场、权色交易等等交织一起，并采取了一种无难度叙述，只要情节需要，可呼之即来；叙事完成，则挥之即去。以主要人物金金来说，这是一个因身世多难、缺乏父爱而变得薄恩寡义、自私冷漠的女子，为了过上像样的生活，而不择手段——做情人当二奶无所不可，如一株“仇恨的罂粟花”，包含着“丰沛的毒汁”；其人生哲学为“我是不会输的”，把男性“整个儿地据为已有”，“我将是魔鬼”，“对于复仇，我绝不能放弃”，“嗜恶如命”等等。一言以蔽之，凡是挡其道者，一律横扫、灭掉。小说实际上也是依照着一种仇恨逻辑，来塑造此女，在其人眼中，除了利用价值，无一人有可取之处：抛弃了她的梁知，现在已经一文不值；亲生母亲，于其“意识深处”“似乎只是一个关系最好的亲戚”，而母亲活着“就是耻辱的证明”；未办理合法婚姻手续的亲生父亲，则是“耻辱的另一个证明”；情夫梁知之妻“只是个平庸不过的女人”；而已成为自己丈夫的情夫之弟，无非是一个父债子还、兄债弟还的“负债人”而已。此女之人生征途可谓一帆风顺，想要什么，即会得到什么，如：在饭店与梁知认识数月即被调入学院，在大街上与梁知之弟相识不久又随即调入旅游局，毫无难度，直如儿戏；想知道什么，即会获得任何秘密、原委曲折，如：为了解已跳楼自杀的梅梅的身世，居然邀约现任市长出来，在酒楼中听其诉说衷情，一旦探得了“最隐秘也最致命的历史”后，竟“不辞而别”。更大的问题是，一个自私冷酷到极点的女性，却替另一个与己毫不相干、未谋一面且早已死去的女性报仇，四处探听，甚至南下深圳，寻找关系人，以便还原“真相”，惩罚加害者。一个“嗜恶如命”的女性，在小说结尾梁知兄弟毫无道理地死亡后，于一夜之间，善心萌发，幡然悔悟，自知“罪孽深重”，“向往着干净之地，清洁之地”，发愿于“饶恕”自己之前，“要认罪，先知罪”。于是写了一大本《认罪书》，连同自己的骨灰（得了癌症），寄给作家乔叶，代为出版。全然无视了性格逻辑的一致性，前后矛盾，全乱了套。

即以小说另一主题乱伦而言，这是新文学史中一个重要母题，如茅盾短篇小说《水藻行》（叔父与侄媳）、曹禺话剧《雷雨》（继母与儿子）、白薇话剧《打出幽灵塔》（父亲与女儿）、刘恒中篇小说《伏羲伏羲》（婶娘与侄子）、曹乃谦短篇小说《男人》及《柱柱家的》（兄弟共一妻）等等，这些作品在叙事和描写上极为审慎，具有分寸感，亦即于此重大主题上不敢妄自轻薄、语涉亵玩，而是明确寻绎其中因果，或由贫穷而造成，或因家庭封闭而导致，悲剧氛围，跃然纸上。相较之下，《认罪书》对此一主题的描写，毫无理由，纯属想当然耳，从小说布局及叙事进程看去，倘若没有乱伦情节，比有着乱伦情节更其难写。那么，乱伦究竟在作品中起着何等作用？无他，图个好看、热闹而已。你确实不能向前一步、认真考究，市长在“文革”中没能救得了他的梦中情人，这倒也罢了，偏偏还要把情人的女儿再糟蹋掉，小说情节逻辑之混乱、没心没肺，一至于此。

或许可说，与《盖楼记》《拆楼记》出一口“浊气”相似，《认罪书》具有强烈的现实批判意味，作家也是借此宣泄心中的恶气，它唯独没有成功的艺术形象，如果有，那还是作家郁结的主观情绪，唯独缺少了一个重要环节：将此情绪升华，让人物自具生命。

以为选择了一种自身带有真实性特征的文体，如自传、日记、志书或所谓“非虚构小说”，即可保证书写的真实性，恰又掉入了自设的陷阱。这里牵涉到的就不只是一个理论问题，同样也是一个关乎写作实践的问题。当作家自以为聪明地向读者表示，此中所写皆为真实、绝无半点虚构，就像鲁迅很早指出过的，结果“不免有些装腔”，让人产生一种“幻灭”，盖原因即在于“真中见假”，“日记体，书简体，写起来也许便当得多罢，但也极容易起幻灭之感；而一起则大抵很厉害，因为它起先模样装得真”，所以鲁迅说他宁愿看一部“荒唐、浅陋、不合理”的小说，而不看什么真实的“家书”“情书”之类；如果作家因此而“牺牲了抒写的自由，即使极小部分，也无异于削足适履的”[①]。而当前流行的“非虚构小说”等，正是为了求“真”，结果求“真”未得真，反将“抒写的自由”失去了。

那么作家为何如此看重真实性，并且以文体形式的变化作为保证，向读者说明他所写的内容，为现实中真实发生的事情？像乔叶《认罪书》前言中表明，以作家本人退居于“编者”地位，来担保小说的真实性、可靠性。原因大约有两点：一是在信息、网络等极发达的今天，文学的影响力虽已大为减弱，却从未放弃进入阅读中心的努力，此不待言。二是作家本身的问题，想要参与并进而把握住现实，然而急剧变化的现实，正未易把捉，自称所写的“这是真的”，便成了自以为认识现实的一条途径。但是，对作家来说，这却无异

①《鲁迅全集》第四卷，人民文学出版社 2005 年版，第 23-24 页。

于舍本逐末，是一种缺乏自信的表现。

虚构是作家唯一的、至高无上的特权，没有人能够剥夺掉，除非他自己丢弃。虚构就是重建文本中的现实世界，这个世界要比现实中的那个更为广阔、有趣，因为其中凝结了作家特有的观察、思考、体验等，它具有超越性。王蒙先生作于1981年的《漫话小说创作》一文中说过一段相当精辟的话，他认为小说最大的特点恰恰就在于它是“假”的，而不是所谓的“真实”，“说它最大的特点是真实？那么新闻报道不也是很真实吗？……那么我们为什么说小说是小说呢？结构小说的一个基本手段，是虚构。虚构这个词我还不十分喜爱它，我非常喜欢的一个词叫虚拟。小说是虚拟的生活。虚就是虚构，拟就是模拟，模拟生活”，“我还有一个看法：说真实，可以把这个真和实略加区别。小说应该真，但不一定太实。真，就是真实的感受，真实的感情。……小说既应该真，又不要太实，不一定那么实”[①]。王蒙先生三十年前说过的话，仿佛就是针对着今天那种无“真”而多“实”的“非虚构小说”而发，是否可以说，“非虚构”现象部分地表明了，文学倒退了三十年？

实际上可能并没有哪位作家愿意放弃虚构的权利，只是为了迎合，既要看重现实的真实即按照“实有的事情”来写，又要做得好像轻慢艺术的真实（虚构），摇摆于真实与虚构之间，其结果是，借用钱锺书先生的一句话，“就像在两个凳子的间隙里坐了个落空”[②]。

①《王蒙文存》（第19卷），人民文学出版社2003年版，第42–44页。

② 钱锺书《宋诗选注·附录》，生活·读书·新知三联书店2002年版，第479页。

读王手的几部小说

王手的小说比较特别，这特别之处主要表现在三个方面：第一，他的作品数量似乎不多，但每读一篇都予人以很深印象，不会轻易忘却；第二，故事并不复杂，主题可说单一，有时一个题目翻来覆去地写，即如我下面要谈到的几部小说，不外是温州一家鞋料小店，赊账甩货，讨债要钱，却写得花样翻新，换一个角度即为一篇小说；第三，尤以写法上为特别，能够好好说话，平实叙述，不卖弄，无做作，然而竟然让人读得兴味盎然，到会心处，虽不至于叫绝，还是忍不住要拍案数下。

王手的中篇小说《斧头剁了自己的柄》(《收获》2014年第3期)，写的还是“讨债”。这个题目王手至少已经写了十二年，2002年时他即发表中篇小说《讨债记》（《收获》2002年第5期），其内容、模式和基调，以后的几部小说均未出此范围，试撮述其大意：市府机关一干部的妻子下岗后，办了家鞋料店，夫妻俩从此绑在一起，行了一次贿，讨了一次债；为妻的最终想通了，没想着讨回钱来，“钱就是这样，这里去，那里来”，她的目的一变而为借此考验丈夫是否关心自己。这部中篇的内容，一年后又基本上原样出现在长篇小说《谁也不想朝三暮四》（《江南》2003 年第 1 期，浙江文艺出版社 2007 年出版）第四章、第五章及第十章，唯一有所变化的，是叙述者即机关干部身边多了一位女性同事，前篇文本中，主人公助妻开店，据其调侃性自述，大半目的为了次数较多且顺畅地与妻做爱。谁知世事难料，开店后的妻子回家倒头即睡，故而安排一位女性，增加一份婚外情色调料。2011 年发表中篇小说《温州小店生意经》（《人民文学》2011 年第 12 期），继续写“讨债逃债”，且指明此主题体现了温州经商特色，与先前作品相比，本篇亦有所变化，重点写人，描写了店内的几个员工，“以德报怨”型的小张即为其中之一：此人于无意间陷入店内材料失窃案而被警方拘留，因店主证其清白而感恩于心，像从未发生什么事一样埋头干活。正是这个小张，三年后又成了《斧头剁了自己的柄》的主要人物之一。

三角型的人物关系结构，再加上一个讨债的主题，看似简单的小说形态，内含着一种丰富、一种别致。具体地说，这种丰富和别致恰源于真正的自嘲，此亦为目下小说中愈来愈稀见的品质。承担小说叙事功能的男主人公，同时也是一个行动者，他拥有来自机关单位的那种心理优势，对欠债人连蒙带吓，又大度地留下一条后路；对方更为狡猾，揣摸来者的不善达到了何种程度、来头究竟有多大，为自己设计了麻利干脆的脱身之术，将来势甚为生猛的机关干部霎时间变成了一个笑柄。这个机关小职员一次次遭受打击，吃尽了哑巴亏，在家庭中的地位也“直线下降”，人便矮了三分，甘愿听妻子调遣，奔波于单位与小店之间，竟也觉得乐在其中、何乐而不为。

实际上，事件的戏剧化进展以及自我嘲弄，正显示了这个机关干部、这个叙述者隐藏的清醒，只有清醒的人才能够、也敢于嘲弄自己和他人。同时，这也映照出了女店主形象——就在两个男人相互算计对方、无声交战时，应该焦虑的女主人此时却静静地坐在她的鞋料店中，像往常一样等着熟知和未知的顾客，她早已知道结局。《温州小店生意经》中写道，“讨债逃债”是温州生意题中应有之义，今天别人欠你钱，明天你欠别人钱，仿佛已成某种游戏规则。对女店主来说，她得面对两种困难，一种是“税务专管员”，其人在几部小说中出现过，只要送礼及时，像《讨债记》《谁也不想朝三暮四》中送出一套高档西服，便相安无事。比较麻烦的是另一类人，如《讨债记》中的“平阳人”和另一个绰号“黑社会军师”的人、《温州小店生意经》中的“南阳兄弟”等，这些人“空手套白狼”，且懂得钻政策空子，捞一笔就消失。奇怪的是，女店主在最初的紧张、紧张得命其夫立刻去讨要之后，竟好像浑然忘却了此事。她熟悉自己置身其中的那块天地，她的人生准则即为“钱就是这样，这里去，那里来”，别人欠自己的钱，自己保证就不会欠别人吗？

王手的小说就是这样揭开了当下小说中少见的、陌生的商业世界，于这陌生的世界中，生存、行动着的依然是我们熟悉惯见的面孔，他们相互算计着、伤害着，今天哭，明天笑；哭过了笑过了，仍然若无其事地度日。而王手的叙事风格，也于此略见一斑：平实之中，时生微澜、波折；从容之中，亦含智慧、知性。尤其令人印象深刻的，是那种一以贯之的敢于自嘲的品质。

也许作家要寻求一种变化，与前几部小说的从容叙事相比，《斧头剁了自己的柄》则显得急促、紧迫：男店主把《温州小店生意经》里的店员小张从其老家请来，让他以绑架手段讨回三十万元欠款。这部小说的基本模式并无变化，有所区别的是，前几部小说中讨债仅是主旨之一，由此引发的人际关系中的争斗一面、人情由此变易以及人性善恶较量等等，才是主要内容。而这个小说则强化了讨债主题，排斥了更为丰富的内容，虽然叙述故事进程方面惊险曲折，但毕竟显出了单薄相。先前那个女店主所持生意准则“钱就是这样，这里去，那里来”，事实上包含了人比一切更为重要的原则，显示了民间那种外人绝难想象的承受力度以及通达大度的人生态度。可是现在那个女店主隐退了，因而欠款的重要性超过生命本身的重要性，则成了这部小说的基调，与此相关，小说的情怀也出现了问题。

如果没有结尾处男店主给人家当儿子这一细节，这部小说至少还具有相当的可读性，甚至可以说，不失为一部带有刺激性的、好看的小说，但不会是一部好小说，殆无可疑。而结尾细节也太令人无法接受了，难以相信出自王手之手：“以德报怨”型的小张被警方枪击身亡后，男店主毅然卖掉小店，与妻子离婚，抛弃年迈父母，然后千里迢迢奔赴死者的老家——一个贫困的小山村，给人家当起了儿子，算是为自己赎罪。这个细节设计肯定会获得某种具有特殊口味和嗜好者的激赏、赞叹，但我要说，此种行为本身，它是多么的伪善，是多么的不近情理。验证的标准非常简单：一个连自己的父母妻子都忍心抛弃的人，却跑去给别人当儿子，他怎么能够是真诚的呢？内中没有丝毫真诚的因子，那么，此赎罪难道不是做戏、作秀，表演给人看吗？

更严重的问题还不在于情节上过于明显的漏洞，即低估警察的智商，以为绑架程序设计得天衣无缝，一旦被绑架者被击毙了，警方也会就此收手，不再追问，叙述者想象得也未免太天真、简单了。真正的问题在于，给人当儿子这个情节背后，掩藏着一种不负责任、极端自私的心态，工于算计，舍小取大：当不当儿子对自身来说可是性命攸关的大事——当儿子，会保住性命，不当儿子，则要当囚犯甚或死囚犯。这不是精明的算计，又会是什么？

王手弃其所长，实际上降低了艺术标准，绕开了艺术难度。把四部作品并置一处，稍做比较，高下立见，令人禁不住发出疑问：一个在艺术上颇为讲究的作家，为何也写出了这样有悖常理、违背人情的低水平作品？

这个情节本身确乎反映出了当前文学创作中的某一种流行风尚，那就是违背常情常理，越是不近情理便越能迎合一部分批评者和读者的特殊口味和嗜好，从深层方面折射出了亢奋、急躁的社会心理。不近情理正是当代文学的一服毒药。鲁迅曾经引过尼采的一句话，用在这里至为贴切：大毒使人死，小毒则让人感觉舒服。

第三辑

风格细绎

汪曾祺小说风格

一

“脚下，流水永远平和又寂寞的唱着，唱着”；“……话撞伤了你的喉咙，像水哑了河的声音……那边的鱼以为太阳是妃色的，太阳是甜的……”；“于是，黑暗成了一朵莲花……”；“秋天像一首歌，溶溶的把我们浸透”；“半天寂静，寂静得如同一桶奶油”；“……太阳如一匹布，阳光中游尘扬舞”。

这六个句子，绚烂，华丽，抒情，十足的文艺腔，似乎和以平淡风格著称的汪曾祺，毫不搭界。但它们偏就出自汪曾祺手笔；六个句子，依次摘自创作于上世纪40年代的小说《猎猎——寄珠湖》《葡萄上的轻粉》《复仇》《斑鸠》《磨灭》《落魄》。其时，作者还是一个二十来岁的毛头小伙子。

一个作家早期喜好且用力甚勤的口味、趣味或风格，会持续其终生。汪曾祺早年有意追求空灵境界，修饰繁富，描写华美。像上引句子，这种写法，在汪曾祺写作四十多年后还会出现。1984年发表《昙花、鹤和鬼火》，其中就有：“小风吹着丰盛的庄稼的绿叶，沙沙地响，像一首遥远的、温柔的歌。”1981年发表一组小说，总名《晚饭花》，第二篇即铺陈了晚饭花开放时的动态和生机：

> 晚饭花开得很旺盛，它们使劲地往外开，发疯一样，喊叫着，把自己开在傍晚的空气里。浓绿的，多得不得了的绿叶子；殷红的，胭脂一样的，多得不得了的红花；非常热闹，但又很凄清。没有一点声音。在浓绿浓绿的叶子和乱乱纷纷的红花之前，坐着一个王玉英。

类似的句子，不在少数。如《星期天》：“失眠的霓虹灯在上海的夜空，这里那里，静静地燃烧着”；如《天鹅之死》：“树是紫色的。……树上的风也是紫色的”，“越冬的麦粒在松软的泥土里睡得正香”，“他们的眼泪飞到天上，变成了天上的星”。

这是汪曾祺少为人知的一面：华丽的一面，抒情的一面，诗人的一面。只缘平淡这个标签影响太大了，反而盖住了全体，被认为等同于全体了。

绚烂至极，终归于平淡。这是人所熟知的一句话。知易，行则难乎其难哉。汪曾祺文论《学话常谈》，第一节专论平淡风格，先引苏轼语：“大凡为文，当使气象峥嵘，五色绚烂。渐老渐熟，乃造平淡。”次引葛立方《韵语阳秋》语：“大抵欲造平淡，当自绚丽中来，然后可造平常之境。落其华芬，然后可造平淡之境。”汪曾祺则顺着往下说，想达到平常而有味的境界，功夫须到家。平淡，乃“苦思冥想的结果”。

这里包含着某种规律，作家学习写作之始，大抵需经过一个追求华丽、繁缛的阶段。有如葛立方所言，华芬落尽，终达平淡境地。此时的平常，质而实腴，淡而有味。倘若开首即标榜平淡，将一辈子无生气、无意味，最终不过平淡其名、枯淡其实。

90 年代以后，汪曾祺小说中再也找不见一句“秋天像一首歌”之类的描写了。汪曾祺后期的小说，平常世界，平凡小民，真纯而自然，描写上却达到了一种化境。金代大诗人元好问论诗绝句：“一语天然万古新，豪华落尽见真淳。”清代诗人张问陶论诗绝句：“敢为常语谈何易，百炼工纯始自然。”说的就是这种境界。

二

美国批评家乔治·斯坦纳设想过：一个“天生的”小说家应该是这样一种人，“在一个炎热的夏日，在一节二等列车车厢内，他能够信口说出一则故事，迷住所有的乘客”。[①]

汪曾祺是不是一个天生的小说家，不好说，也不敢说。但汪曾祺一开口即能迷住人，则确然无疑。小说《徙》第一句“很多歌消失了”，一下子挑动了人的想象，遥想那些消失的歌，不由得激活人久远的记忆；第二句“许多歌的词、曲的作者没有人知道”，这是一个普遍现象，歌还在唱，词曲作者真的没人记得了；第三句“有些歌只有极少数的人唱，别人都不知道。比如一些学校的校歌”，言归正传，进入小说主题。这便是作者的事、叙述者的事。小说写

① 乔治·斯坦纳《语言与沉默》，李小均译，上海人民出版社 2013 年版，第 309 页。

了一首校歌："西挹神山爽气，东来邻寺疏钟，看吾校巍巍峻峻……愿少年，乘风破浪，他日毋忘化雨功。"有一个句子，"玻璃一样脆亮的童声高唱着。瓦片和树叶都在唱"，在小说中至少重复了两次，以衬显校歌内涵。小说点明，歌词中也蕴含着"一种遗憾、悲哀而酸苦的嘱咐"，难怪小学生们唱的时候，乌黑的眼睛里都泛着光。与校歌相对应的，还有一首无歌词的"歌"，悲凉，凄婉，歌的主人公是一个名叫高雪的姑娘。这首歌，当然不用唱出来，而是说出来的，它留在了阅读者的心上，如刻，如镂，不能释怀，也就不能忘怀了。

汪曾祺部分小说有一个特点，即先写足了外围，写足了背景，写足了氛围，然后再用或相当或不多的篇幅，引导主人公出场。高雪就是这样走出背景、走向前景的：民国的教育机制，教育系统的倾轧，高雪父亲高先生的孤傲，还有抗战等等。高雪在家里是受宠的，她所有的要求都会得到满足，只有一次例外，而这一例外，改变了她一生的命运。她本人的计划很美满：初三毕业考高中，将来再到北平上大学。然而，父亲高先生没钱供养，只能让她读师范，她哭也没用。按当时教育部规定，师范毕业须教两年小学，以补偿三年师范学杂费，然后才能考大学。这中途发生了许多变故，高雪的年龄也一年年大起来了，接下来连考两年，不中，第三年抗战爆发，她向往的大学已迁至云南。她想冒险前往，全家人激烈反对，只好窝在小县城，郁郁寡欢。结婚半年后病逝，病名是"忧郁症"。

乱世中，像高雪一样命运的女子，想来应不在少数。评论家和研究者对这篇小说的评论和研究，却多没说到点子上。小说有两处地方写得明白无误，一是高雪自小受到娇宠，一应大小事情尽量满足她；二是高雪死后，姐姐喊叫起来，痛苦极了，“妹妹，你想飞，你没有飞出去呀”。父亲高先生也捶着书桌说：“怪我！怪我！怪我！”高雪的理想受挫了，因此而致病，以至于最终死亡，这解释是通的。但彼时世人中理想受挫者多了，莫非都得死吗？

这里用得上美国人本主义心理学家马斯洛的理论了。按马斯洛基本需要理论，人有五种需要，即生理需要、安全需要、爱的需要、尊重的需要、自我实现的需要。这五种需要类似于一个梯子，当次一级需要获得满足后，会逐层上升至更高一级。此序列中，任何一个基本需要受挫，即可被诊断为病人。高雪的几个需要，即便生逢乱世，家人都满足了她，只有最后一个需要，即考大学，也就是自我实现的需要，受到了严重挫折。可是，这挫折怎么会导致她个人的死亡呢？

按马斯洛的动机理论，人会依着自己本性发展，“一棵橡树籽可以说‘迫切需要’成长为一棵橡树；一只老虎可以看成是正向老虎的样子‘推进’；一匹马也朝着马前进”。就像一粒种子，“人极力要完成他自己真正的本性”。一个人实现了自我，就是实现了其“内在价值”，这种人“最终所爱恋的是价值”。[①]

高雪在家唯一所能做、所愿做的事，便是浇花；在学校里表现出色的，则是唱歌、弹琴，唱《茶花女》中的《饮酒歌》，弹肖邦的《小夜曲》。她乐意做，后天养成，亦适合天性。她骨子里“有

① 马斯洛等《人的潜能和价值》，华夏出版社 1987 年版，第 80–81 页。

一种说不出来的派头”，令小县城的女孩子们觉出自身的“土”气来。上大学，就是当然之事了，阻碍她，无异于要她的命。她最后一次挣扎，想孤身冒险，冲破战争障碍，奔向已迁往后方的大学。她很爱自己的家人，可前方有一个声音，时时召唤，更具诱惑力；她结婚了，并非丈夫不可爱，而是自己所爱的，丈夫不能给予。高雪，她本性的种子已萌芽、开花，现在需要适宜的环境——马斯洛说，这环境即是空气、阳光和水，缺少了三种因素，花会凋零。高雪死于“忧郁症”，病因则是无能实现的、枯萎了的“价值”。有多少女孩子，屈服了，妥协了，可高雪不能，从高级需要跌落至次级需要层次，她不甘心。飞不出去，则生不如死。死，是命运给她的最后一份礼物，也是她最不想接受的。

高雪最后死在了身为中医的丈夫怀中。他帮高雪穿衣服，穿袜子；袜子穿好了，高雪微微皱了皱眉头，“说左边的袜跟没有拉平”。待袜跟拉平后，她温柔地看了他一眼，轻声说“你真好”，便闭上了眼睛。这一细节，不经意的，却有着足够多分量，仿佛把读者的心轻轻揪了一下，力气不大，疼痛感一圈圈漾开了。

汪曾祺的小说，就是这么的特别。

三

1986年，汪曾祺发表文论《小说的散文化》，谈到了小说典型塑造问题，谈到了散文化的小说一般不十分刻意描画人物。汪曾祺引海明威语：“不存在典型，典型就是说谎。”汪曾祺说，这话听起来有点刺耳，但过去确有些作家塑造了一些看似鲜明突出实际虚假的人物形象，“要求一个人物像一团海绵一样吸进那样多的社会内容，是很困难的”；作家写作时，不会想那么多社会的、时代的内容，“小说作者只是看到一个人，觉得怪有意思，想写写他，就写了。如此而已”。[①]

汪曾祺小说人物形象是独特的。唯其独特，才易记住。像高雪，小说中还会有第二个吗？当然没有。

汪曾祺是怎样把人物形象刻画得独特起来的呢？读《鸡鸭名家》，可略窥其法。养鸡养鸭子的底层平民，平凡得不入眼。可到了汪曾祺笔下，这一群人个个有本领、有手艺，有的甚至身怀绝技、手握绝活。余大房卖鸡鸭，生意在当地最好，就是因为有个余老五，会“炕”鸭，即孵小鸭，是这一行的“状元”。炕鸭季节，其人表现非同寻常，“他说话细声细气，走路也轻轻的，举止动作，全跟他这个人不相称。他神情很奇怪，像总在谛听着甚么似的，怕自己轻轻咳嗽也会惊散这点声音似的，聚精会神，身体各部位全在一种沉湎，一种兴奋，一种极度敏感之中”。似乎欲罢不能，作者要把笔墨用尽似的，以形容这个先前一腮帮黑胡子、现在一腮帮白胡子的余老五，于暗暗的、暖暖的炕房里，那神态中竟显露着一种十足的“母性”，“他总是躺在屋角一张小床上抽烟，或者闭目假寐，不时就壶嘴喝一口茶，哑哑的说一句甚么话”。空气中笼罩着暧昧的异样气息，是一种“怔怔悸悸，缠绵持续，惶恐不安，一种怀春含情的感觉”。这说的是孵鸡鸭的。另有一个赶鸭子的，其人名叫陆长庚，“更富故事性”。

① 汪曾祺《晚翠文谈新编》，生活·读书·新知三联书店2002年版，第34页。

几百只鸭子走散了，丢失了，没事，找这个诨名“陆鸭”的。只见他——

> 拈起那根篙子，撑到湖心，人扑在船上，把篙子平着在水上扑一气，嘴里啧啧咕咕不知叫点甚么，嚇——都来了！鸭子四面八方，从芦苇缝里像来争甚么东西似的，拼命的拍着翅膀，挺着脖子，一起奔到他那只小船的四围来。本来平静寥阔湖面，一时骤然热闹起来，全是鸭子，不知为甚么，高兴极了，喜欢极了，放开喉咙大叫，不停的把头没在水里，翻来翻去。……差不多都齐了，篙子一抬，嘴子曼声唱着，鸭子马上又安静起来，文文雅雅，摆摆摇摇，向岸边游来，舒闲整齐有致。他唱的不知是甚么，仿佛鸭子都很爱听，听得很入神似的，真怪！

两个“名家”，一动一静：余老五善孵化，倾向于静；陆长庚唤鸭子，在水面上动。他们共同的特点，出神入化。小说写道，余老五不使用任何借以量度的器械，“不以形求，全以神遇，用他的下意识来判断一切”；陆鸭始则发出充满魔力的叫声，聚拢鸭群，继而“曼声唱着”，鸭们听得入了神，一切动作，听其调度。

他们都是平凡到可以被忽略的人。可他们身上不时闪露的，是不平凡，乃至神秘，这不平凡和神秘源于他们的本领，干什么，是什么，且能达到一种境界。用志不分，乃凝于神，原来普通人也能做到。

汪曾祺小说中的普通人，就其本领而言，一点儿也不普通。《晚饭花·三姊妹出嫁》写秦老吉的三个女儿，分别嫁于皮匠、剃头的、卖糖的，个个身手不凡。麻皮匠走路快，绱鞋更快，锥子在头发里“光”两下，一下子扎过鞋帮，噌噌两下，“流利合拍，均匀紧凑”，常常吸引得路人歪着头看。剃头的原本属于“下九流”，这人的店铺却取名“头等事业，顶上生涯”，其生意以剃光头为主，水热刀快，还擅长掏耳、捶背，一路下来，令顾客“浑身通泰”。那卖糖的和其他卖糖的就是不一样，擅糖艺，做各种动物形象，孩子们买去也玩了，也吃了，更是一门“绝活儿”。一天，三姊妹聚在一起，嘲戏对方男人，不意让秦老吉听见了，厉声训斥：“靠本事吃饭，比谁也不低。麻油拌芥菜，各有心中爱，谁也不许笑话谁！”

小人物不小，平凡者不平凡，其精髓在于其立身之道——“靠本事吃饭”。有本事，即便低到尘埃里，精神绝不低贱。

这类人物形象还有值得注意的一面，那就是他们能够做成事情，做一行，旺一行，源于内在的“精气神”。《故人往事·如意楼和得意楼》以对比结构，描写两个生意人。如意楼的老板，一个矮胖子，五短身材，人很精神，“双眼皮，大眼睛，满面红光”，是个勤勉的人。每天店门一开，老板即来店里，各处巡视，有客时点头招呼。连店面的招牌也很亮堂，招牌下面挂一块红布条，迎风飘摆，也似充满着活力。两相比照，对面的得意楼显得暗淡多了，老板细高条儿，疏眉细眼，整天坐在账桌边记账。茶楼其实没有多少账可记。这老板总是皱着眉头，一边抽烟，一边想心事，生意清淡，后来改成酒楼，便脱下长衫，降格为跑堂的。人皆说得意楼总有一天要关门的，原因就是老板精神萎靡，“他老是这么拖拖沓沓，没精打采，吃茶吃饭的顾客，一看见他的呆滞的目光，就倒了胃口了”。《落魄》

则干脆写一个老板没精没神，客人来了，死样活气地叫一声，让小说主人公——同时也是叙述者的“我”，不由得生出一种强烈的“厌恶”情感，厌恶到了喊出声来的地步，“去你的吧，这个人，和我这篇倒霉文章”。

《故人往事·如意楼和得意楼》最末一句话：“一个人要兴旺发达，得有那么一点精气神。”这是一个标准。精气神，三个字足以概括汪曾祺小说人物家族共性特征。具体到每一个个体形象，则又独具面目，神采奕奕。

汪曾祺《小说陈言》：“写景、状物，都应该抓住特点。写人尤当如此。”这是汪曾祺主要的文学观念，他那些出色的人物形象，无一不显示着各自的特别之处。

四

小说《卖蚯蚓的人》主人公之一“我”，也是小说叙述者，听大家讨论“卖蚯蚓的人”的存在及其价值，末后发表了自己的看法：

> 我只是想了解了解他。我对所有的人都有兴趣，包括站在时代的前列的人和这个汉俑一样的卖蚯蚓的人。……我对他们都有兴趣，都想了解。我要了解他们吃什么和想什么。……我是个写小说的人，对于人，我只能想了解、欣赏，并对他进行描绘，我不想对任何人作出判断。……我对人，更多地注意的是他的审美意义。你们可以称我是一个生活现象的美食家。

这个人物身上，多半有着作家汪曾祺的影子。他所说的一番话，实则是作家的夫子自道。借人物之口，表述自己的文学观念，对一个作家来说，系寻常之事。

一个作家对所有人感兴趣，意味着可能会将所有人当成描写对象。这样的作家其实并不多见。大多数作家囿于生活范围，一般只能写熟悉的人和生活。自称生活现象“美食家”的汪曾祺，因着对所有人的兴趣，则所有阶层的人、各种不同身份的人，都会进入他的小说。大略统计一下，汪曾祺小说人物类型，既有文人艺术家，也有大字不识的平民；既有旧时官僚、军人，也有僧道、尼姑；既有城市市民，亦有乡下农民；既有古人，亦有今人……只要他愿意写，没有不能写的；只要他想写，没有写不好的。

汪曾祺是刻画人物的“圣手”。

对生活感兴趣，对人感兴趣，尤对人的精神世界感兴趣，这也从一个方面说明了作家本人始终充满着热情。只有内心溢满着热情的人，才对人、对生活产生不竭的兴趣。更深层，则取决于作家的“三观”。在文论《我是一个中国人——散步随想》中，汪曾祺写道：“有人让我用一句话概括出我的思想，我想了想说：我大概是一个中国式的抒情的人道主义者。”

对女性的态度和描写，最能看出一个作家的思想或“主义”。《〈聊斋〉新义两篇·捕快张三》是对《聊斋志异·佟客》“异史氏曰”后附一则故事的改写。原故事不满二百字，抄录如下：

邑有快役某，每数日不归，妻遂与里中无赖通。一日归，值少年自房中出，大疑，苦诘妻。妻不服。既于床头得少年遗物，妻窘无词，惟长跪哀乞。某怒甚，掷以绳，逼令自缢。妻请妆服而死，许之。妻乃入室理妆；某自酌以待之，呵叱频催。俄妻炫服出，含涕拜曰："君果忍令奴死耶？"某盛气咄之。妻返走入房，方将结带，某掷盏呼曰："哈，返矣！一顶绿头巾，或不能压人死耳。"遂为夫妇如初。此亦大绅者类矣，一笑。[①]

改写文本基本忠于原故事，仅做微小变动：删除"呵叱频催"一句，增加了小酌时心理变化。一加一减之间，顿使小说较之于原故事大为出彩。原故事里，快役一边喝酒，一边催逼妻子快点自我了结，情节上显得仓促；改写小说中，将原文"自酌"二字，衍化、铺陈为一个完整情节：

媳妇到里屋去打扮，张三在外屋剥开咸鸡子，慢慢喝着酒。四两酒下去了小三两，鸡子吃了一个半，还不见媳妇出来。心想：真麻烦；又一想：也别说，最后一回了，是得好好捯饬捯饬。他忽然成了一个哲学家，举着酒杯，自言自语："你说这人活一辈子，是为了什么呢？"

原故事结尾有一句"此亦大绅者类矣"，显然是调侃；改写本将"大绅"变为"哲学家"，亦不无调侃意味，但主旨颇严肃，属

① 蒲松龄《聊斋志异》（上），人民文学出版社 2018 年版，第 1226 页。

于庄词谐用。张三思考人生，一定想了很多很多，包括人生的目的、意义等。究竟是个怎样的想法，小说没写，可思考的结果，不含糊，而且庄谐杂出：“一顶绿帽子，未必就当真把人压死了！”这可是骇俗之语、惊世之论。

小说后附按语中，汪曾祺赞誉蒲松龄在那样的时代里，“对妇女常持欣赏眼光，多曲谅，少苛求”；对贞节的看法，确乎豁达，实属难得。在观念僵化的清代，蒲松龄的思想是超前的，唯具勇气者，才能既表现了其时代，又远远走在时代前面。汪曾祺则从蒲氏众多小说作品里，挑出附录的一则故事，拈出其思想，加以演绎、敷彩，使之形象化，体现了一个现代作家独具的眼光。

汪曾祺描写女性人物形象，还有更为大胆的。短篇小说《薛大娘》描写同名女主人公：个子高高的，腰腿灵活，“眼睛亮灼灼的”，眉宇之间还有点英气，称得上是个“一丈青”扈三娘似的人物。薛氏奉行人我俱得快乐的人生观念，给孤男寡女“拉拉纤”；自己也不甘于后，喜欢“保全堂”的管事吕三——一年只能回一次家的年轻人，也是个说话很有趣的人，主动约会他，进门后即拉着对方的手放在自己胸前。薛大娘的丈夫种菜，她卖菜，每天早上把菜起出来，削去泥根，在河边洗干净，码放进扁圆的菜筐里，挑起担子，“大步流星地上市了”。肯定与走路有关，她的脚被重重地写了一笔，这亦可谓小说一重要形象：“薛大娘不爱穿鞋袜，除了下雪天，她都是赤脚穿草鞋，十个脚趾舒舒展展，无拘无束。她的脚总是洗得很干净。这是一双健康的，因而是美丽的脚。”叙述者于小说末尾再次总结性地赞叹道：“薛大娘身心都很健康。她的性格没有被歪曲、被压抑。舒舒展展、无拘无束。这是一个解放的、自由的人。”比薛大娘还要大胆、坦然的，是《窥浴》里的音乐老师虞芳。比较两篇作品，如果说对薛大娘仅做局部描写，其他隐秘行为，略而不写，留给读者去想象，那么对虞芳老师则属于整体描写。故事由虞芳的学生、吹黑管的岑明引发。她发现这个学生聪明，有乐感，吹奏时带着感情。洋乐队里也没多少机会演奏，岑明很清闲，爱看小说，看司汤达、劳伦斯的小说。人很寂寞，有一天他在练功平台上偶尔看到下面女浴室，有了一次，就有多次，终被人逮住、殴打。虞芳老师解救了他，连问了三个问题，一个是“为什么偷看”，岑明不答；一个是“有好看的么”，岑明摇摇头，这算明确回答了；一个是“她们身上有没有音乐”，这次小男生不仅坚决摇头，而且回答“没有”。紧接着便是出乎意料又合乎情理的动作：虞芳老师拉起岑明的手放在胸前；他平时爱看老师的脚，她也知道后者爱看自己的脚，小说特别写道，“双腿修长，脚很美”。

两篇小说有很多相似之处，其中令人印象深刻的，是性描写：大胆而合于人性，直露却又意味无穷，因此而使整个小说氛围显得干净、美丽。人性本应丰盈，活力无限；作为个体的人，其精神世界自当精、气、神三者并具，缺一不可。质言之，汪曾祺小说营构了一个充满人味儿的世界，健康，明朗，其中的人依着本性发展、生活。

写性，汪曾祺是高手。写性，就是写人性，汪曾祺做得如此融洽无间，堪称范本，他人难及。

五

高手也有失手的时候，而且恰恰是影响最大的作品，最成问题。只是汪曾祺本人可能不知道，他的多数读者也不清楚。

《陈小手》就是一例。

陈小手其实并没有死。他不当死，致死理由欠充足。作家失手杀死了他。

小说预先铺垫了陈小手两个必死的理由，从容道来，写得扎扎实实、满满当当：一是当地风俗，生孩子，请“老娘”，像陈小手这样的男性产科医生既少见，也不请。大户人家非到万不得已，遇到横生、倒生，老娘束手无计时，会主动建议主人家去请，但中小户人家“忌讳较少”。二是某团长，系孙传芳“联军”部下，其太太难产，请陈小手来。团长威胁道，大人小孩都要保住，否则掉脑袋。直接理由是，该团长满心“委屈”地以为，自己的女人让别的男人摸来摸去，“太欺负人了”，抬手就是一枪，打死了陈小手。

汪曾祺写团长杀人，对这一行为，想来再四思之，反复斟酌，最后敲定了，令其实施。可能还存在着一个心理依据，即，团长先前于紧急情势中只求母子俱安，这是一种目标专一的心理状态；待陈小手费了九牛二虎之力从脂油太多的太太身上“把孩子掏出来了”，大人小孩平安。此时，团长心理又发生变化，不再视陈小手为一医生，而是一个必须干掉的男性——一双手在他太太身上摸来摸去，越想越嫉恨，以致到了非杀不足以消释其难受的地步。

过去大小军阀，残暴无人性，没有底线，历来如此。这也是本篇小说的主旨。军阀没有道德，却有迷信。团长一枪打死陈小手，一点不犹豫；流别人的血，对一个小军阀来说是没有感觉的，可别人的血于特定时刻会成为他的忌讳——他身后可是刚刚出生的婴儿。

小说还存在一漏洞：团长打死陈小手后，近乎切齿般地说，自己女人的身体，“任何人都不许碰”。这里的“任何人”只限于男性。这也暗示了，团长宁可杀掉接生不成功的老娘，宁愿死掉难产的太太（小说带了一笔，“谁知道是正太太还是姨太太”，不也包含死了再娶的意思吗），也不可能请陈小手。不许男性，当然也不许男性医生摸自己的女人，也是这个小军阀的忌讳之一。宁让别人死，不许犯忌讳。不是说，团长不该打这一枪，团长不开枪，不能证明其人有人性。婴儿出生后，酒也喝了，礼也送了，出手就是二十大洋；人也礼让出大门，中规在矩。一切无非做给外人看：团长也懂人情、知礼仪。可抬手一枪，等于废掉了前面的铺陈，多此一举了。铁了心要杀掉陈小手，做足表面礼仪功夫，然后派人于僻背处暗暗干掉，才是此一流人的惯常手段，何劳亲自动手。

有时候，生活是衡量文学的标准。更多时候，文学才是衡量文学的标准。拿贾平凹中篇小说《五魁》所写土匪唐景，比较一下团长，则可知后者描写颇成问题，不合情理。唐景生日这天，众人齐聚大场，仰观压寨夫人荡秋千：

> 为什么在荡到与梁欲平的时候，众人一哇声叫好，她的宽大的丝绸裤子就断了系带脱溜下来，使在场的人都看见了不该看到的部位呢？寨主从不忌讳自己的杀人抢劫……但他却是不能允许在他的辖地有什么违了人伦的事体。他扬起枪来一个脆

响击中了秋千上的夫人，血在蓝天上洒开，几乎把白云都要染红，美貌的夫人就从秋千上掉下来。他第一个走近去，将她的裤子为她穿好，系紧了裤带，在脱下自己的外衣再一次覆盖了夫人的下体后，因惯性还在摆动的秋千踏板磕中了他的后脑勺。

过去的军阀和土匪，没有什么坏事做不出来，像团长和唐景，以杀人为职业和乐趣，可他们常常会在明面上做出一些样子：团长又是请酒，又是送大洋，最后送人到门外，一应礼数不缺；唐景则以保护辖地内“人伦”事体为其职志，更其高调。他们也当装作顺应、遵守规则：看了女人私处的陈小手，那是以医生的身份和眼光；摸女性下体，为的是救人一命。倘若因此打死陈小手，引发物议，于团长立足地方有碍。故而陈小手无死之理。压寨夫人断了裤带，易勾动众人邪念，有伤风化，违了人伦，必死无疑。土匪与团长实质上一般德性，都不能容忍女人走光。女人是财产，相当于他们平日抢来的财物。但依小说内在逻辑，当其行私欲时，必定假手公德。较之于唐景，团长行为被描写得过于急促，戏谑成分大于情理。

六

有两则故事，可见出汪曾祺的文学观念。

一则发生在“文革”后期。有一次，郭小川碰到汪曾祺，对他说：“你说过的一句话，我到现在还记得。”汪曾祺问是什么话，郭小川答：“你说过，凡是别人那样写过的，我就决不再那样写！”

一则与结构有关。汪曾祺《小说笔谈》里写过一句话：“小说的结构的特点，是：随便。”林斤澜看到了，很不满意，说：“我讲了一辈子结构，你却说‘随便’！”后来汪曾祺又补充了几个字：“苦心经营的随便。”林斤澜说：“这还差不多。”

和小说一样，汪曾祺文论中谈到的一些观点，包括上引两个故事中包含的他的看法，俱显独特、别致，发人所未发，言人所未言。比如，关于小说语言，汪曾祺断然说道，写小说，首先就是写语言。语言不好，小说肯定不好。有人会说，这个小说不错，就是语言差了点。相当于说，这幅画不错，就是色彩和线条差一点；这曲子不错，就是旋律和节奏差一点，讲不通的。

再比如，小说的思想。汪曾祺认为，小说里面最重要的是思想。他补充道，这思想与理论书中所说的思想性和艺术性不同，是作家“自己的思想，不是别人的思想”，“是作家自己对生活的独特的感受，独特的思索和独特的感悟”。

关于风格，汪曾祺多次谈论过：

> 一个人也不能老是一个风格，只有一种风格。风格，往往是因为所写的题材不同而有差异的。或庄、或谐；或比较抒情，或尖刻冷峻。但又看得出还是一个人的手笔。

> 作者所写的题材愈广泛，他的风格也是愈易多样。

作品的风格，就是人物性格。[1]

汪曾祺的风格，一个词：独特。他有意追求，也在作品中体现出来了。一般而言，独特的东西往往格局小，一目即可了然。没人会说大海是独特的。但汪曾祺不一样。他的文学相当独特，这独特立于宽阔之上。曹植《典论·论文》："而文非一体，鲜能备善。"汪曾祺就敢说"一方面，文备众体；另一方面又自成一家"，固然只是一种要求，可他自己真的做到了：小说、散文、文论、书信、新诗、旧体诗等众多体裁，全能写得好，均属一流。

现当代作家里，诸种体裁"备善"的，委实不多见。汪曾祺就是其中之一。

① 汪曾祺《晚翠文谈新编》，生活·读书·新知三联书店2002年版，第71、115、305页。

铁凝小说三议

一、中篇小说《永远有多远》：描写好人形象

在当代小说中，好人形象已经不很多见了，这其实已经透露出一个信息，即小说在对它的主要表现对象上，似乎逐渐丧失了以往那种无可置疑的自信或理想性，由积极、肯定、自信走向了反面，由此它所表现的人物，面目大多是模糊不清的，成为虚幻的、影子一般游移不定的东西。受自身感觉、欲望以及那种明显外在功利目标的束缚，小说人物多成数成了破碎的、残缺的人。

因而铁凝这部中篇小说塑造的好人白大省，便显得格外的醒目，令人感觉到一种久违的温馨。

《永远有多远》2001 年获鲁迅文学奖（中篇小说奖），同年又获第一届老舍文学奖。铁凝后来说，她写这部小说的时候，身为河北省作协主席，其时忙于各种实际事务，外界似乎多认为她没有时间写出好作品了。

读这部中篇，首先要理解一个基本的难点问题，即在包括叙述者在内的“他者”眼中，主人公白大省作为一个自小就“仁义”的

好人，她的这一品质为何自始至终未发生哪怕是丝毫的改变？

如果我们沿着白大省一生中遭遇的挫折跟踪下去，作为相当距离之外的阅读者，恐怕大都要灰心丧气的，甚至还要发问：为什么这么多的不幸偏偏就集中在一个人身上，而且是一个自小就“仁义”的人身上？她身上背负的种种不幸，原本就不该是一个好人所要承担的。

白大省是一个传统的中国女性，她把自己一生的幸福押在了婚恋上，可在她的三次恋爱事件中，对方无一例外地将她的好心当作了用以欺骗她的资本。

我们禁不住想起司马迁在《史记》中感慨万千地说过的一句话：天之报施善人，其何如哉！

白大省的性格核心或品质是，取之于人者少，予人者多。她对人给予她的一点好处，时时心存感念，且极易感动，属于那种当下社会罕见的“点滴之恩，当以涌泉相报”式的人物。

这种性格是怎样形成的？

这种性格养育自北京的胡同。

北京的胡同，是温馨的，人情味十足的。白大省的表姐亦即小说的叙述者，当她一站在北京的胡同口上，放眼望去，就知道回到了真正的北京，在“头上这老旧却并不拮据的屋檐使我认出了北京，站稳了北京，并深知我此刻的方位。‘世都’、‘天伦王朝’、‘新东安市场’、‘老福爷’、‘雷蒙’……它们谁也不能让我知道我就在北京，它们谁也不如这隐匿在胡同口的两级旧台阶能勾引出我如此细碎、明晰的记忆——比如对凉的感觉”。

可是这温馨的、人情味十足的胡同，正在一天天地消失。

历史的、胡同的北京正在一天天地消失。

那么，由胡同环境养育而成的白大省，也终将消失，成为作品中的一个艺术形象。

因之，这部中篇就是作家对老北京的一曲伤感、哀怨的挽歌，她在结尾说得很清楚："就为了这恨与爱，即使北京的胡同都拆平，我也永远会是北京一名忠实的观众。"

二、永远的香雪

铁凝的短篇小说《哦，香雪》发表于1982年，同年获得全国优秀短篇小说奖，作家由此而出名，并确立了她的文学地位。1989年，小说被拍成同名电影，由薛白饰演香雪，表演得极其到位。

从表面上看，小说描写了现代文明之风吹进一个小村庄：一列火车经过名叫台儿沟的小村庄，仅停留一分钟，打破了小村的宁静。村里小姑娘们（中学生）纷纷打扮自己，带着自家的核桃、鸡蛋、大枣，与车内旅客和和气气做买卖。小说同时表达了一种美好的愿望：将来有一天，台儿沟富裕了、美丽了，那么火车停站的时间会更长些。

其实小说蕴含着深层的内涵，它用清新的笔调，刻画了香雪这个单纯、美丽、朴实的农村女孩子形象。阅读这篇小说，有一个细节至今令人难忘：香雪用一篮子鸡蛋换一个女大学生的自动文具盒，没有及时从车上下来，被拉到三十里外的西山口：大山如此宁静，月光如此明亮，这个平时胆小的女孩子，此时一个人坐在铁轨上，反复打开文具盒，听着轻微的"嗒"声，心里是"满"的，她第一次觉得大山这样浑厚，一如母亲的胸脯，在母亲的胸脯里，还有什么可怕的？大山，月光，小女孩，还有文具盒轻微的“嗒”声，交织成了一幅永恒、美丽的艺术画像。

香雪这样美丽、单纯的人物形象，在后来的文学作品中已经不多见了。

美有时候就是单纯、清澈的，所以香雪会长久地存留于我们的记忆之中。

三、《大浴女》：从宿命逃向“内心深处的花园”

读这部小说前后，始终有一个疑问：大浴女象征着什么？谁是大浴女？

根据作品本身所提供的信息加以直觉判断，以下的细节可能是我们解决此问题的一把钥匙：灰色乏味而又孕育着绝大暴风雨的70年代，是作品的基本背景。在此背景下，几个少女即尹小跳、孟由由、唐菲等人，在命运的驱使下，聚到了一起。她们翻阅着一本中文版的《苏联妇女》，依照着其中的烹饪术，制作在她们看来是非常精美的菜肴：烤小雪球、亚美尼亚烤肉排、俄罗斯甜面团、砂糖蜜饼……画报中也介绍了各种时装，其中有一套黑色晚礼服名曰“开罗之夜”，唐菲忍不住要模仿了，她以一件黑色雨衣替代晚礼服，从卫生间出来后，她就是“开罗之夜”了：

> 她把两条辫子盘在了脑后；她裸露着秀润的肩膀；那黑色雨衣被她卡在双肩之下，围在双乳以上；她露出美丽的锁骨，

她双手紧紧揪住胸前的衣襟——因为一松手那雨衣就将滑落。啊，开罗之夜，尹小跳和孟由由都为她鼓掌。她就在这时使了点小坏：她突然双手一松，雨衣滑落，她裸体着站在她的两个女朋友面前。也许她不是故意，她只是很想让她们干净无比的眼光看一看她的这个比她们成熟，比她们见多识广的身体，在她的这个身体上，有多少她们不知道的秘密啊。

很多年后，在唐菲临死之前，三个好朋友又聚在一起，在孟由由的小餐馆进餐：

被疼痛折磨得浑身汗湿的唐菲从床上起来，步态飘逸地走过来落座，一扫满面晦气。她眼波流动，顾盼生情；神态秀敏，千娇百媚。你不能不信，大美人儿唐菲又回来了，她会用红纸为尹小跳和孟由由点染嘴唇把她们收拾得妖妖冶冶，接着她就会披起橡胶雨衣表演“开罗之夜”。你看她端起红酒一饮而尽，她不是已经醉眼蒙眬了吗，这醉生梦死的唐菲啊，这不屈不挠的美人儿。

上述细节被描写得色彩斑斓，那就是一种色彩异样的生活，其用意在于反衬了 70 年代乏味的时代氛围，同时也反讽性地比照了 90 年代更加无趣无味的生活。而唐菲，这个始终被确定为美人儿的女性，她以自己的“醉生梦死”和“不屈不挠”，成为两个时代的见证。根据两处所描写的“开罗之夜”，这个女性形象应该是承载作品题目及喻指的对象。

宿命主题及其相伴随的“罪孽”，以及对这种“罪孽”的解脱，贯穿了作品的始终。这主要体现在唐菲和尹小跳两个人物身上。

在当时特定的时代背景中，唐菲的出生被看成是一桩“罪孽”，因为她是一个非婚生的非法的存在。她在自己的宿命中成长，她在歧视的目光中成长，她也以自己的放荡和颓废反抗这种歧视。这种反抗其实也是对父辈所加于她的罪孽的某种开脱方式。另一方面，为了报复其舅唐医生和章妩的私通行为，她把报复的目标锁定在他们私通的结果——尹小荃身上。她乘人不注意时掀开了下水道的井盖，直接造成了尹小荃的死亡。应该说，这是无可救赎的罪孽，是人我所加的双重罪孽，随着成长和理性的渐渐圆熟，唐菲以愈加放荡的生活方式在逃避这种罪孽的追逐，她不让男人碰她的嘴唇，她要留下这张清白的嘴，“也许你不相信吧小跳，我经历了很多男人，但是谁也没有碰过我这张嘴，任何一个人也没碰过我这张嘴，我不许他们碰。……我的嘴是干净的，这是我身上惟一还拿得出手的东西。让我亲亲你吧，让我亲亲你”。将一张干净的嘴留给自己最好的朋友，这一行为的指涉功能是显而易见的：她已经没有勇气“说”出自己的罪孽，她把自己的“遗嘱”留给朋友，让朋友替她完成，在临死的刹那间，她所要求的是一种对自我的“救赎”。

唐菲的吻留在尹小跳的脸上，“她看见左脸上分明是有一记唇印的，轮廓清晰的淡红色唇印，让所有认识唐菲的人都看得出那就是唐菲的嘴”，这是一个坚决得不容分辨、不可搪塞推诿的提示，令她明白她在人生的道路上虽取得了多种成功，但“她其实没有脱过这一关”：那不谋而合地制造了尹小荃死亡的罪孽，一直就潜藏在她的心底，她躲不过，这将是伴她一世的宿命，因此“她应该开口说话，她必须开口说话”，唯有如此行为，才能在此生通往“内心深处的花园”。对着她的男朋友陈在，她终于“说”了出来，“我是个凶手，是个可以公开逃避惩罚的罪犯……现在我终于说出来了陈在，我正体味着一种千载难逢的痛快”。

唐菲留下了她干净的嘴唇，尹小跳终于替她们二人说出来，她们最终达到了一个目的：

> 我已经说了，我已经拯救了自己的灵魂。

总之，《大浴女》是一部非常厚重的小说，是当代文学中一部不可多得的真正的“忏悔录”，它把当代小说中完全可以忽视、可以轻而易举地掠过的罪孽主题，置于作品的中心部位，在拷问和忏悔中，完成一种类似宗教意义上的救赎。

“生活中应该有戏剧性的情节”

——读滕肖澜的小说

于从容不迫、舒而不缓的叙事进程中，往往再来一个意料之外、又在情理之中的戏剧性变化，令正在有滋有味地沉浸于情节之中的读者吃一惊吓，似乎是滕肖澜目前小说叙事的一个基本特点。《这无法无天的爱》(2012年)里上海好青年郭启明说，他就一直以为“生活中应该有戏剧性的情节”，或可视为作家本人的观点。初看起来，滕肖澜的小说均程度不同地存在着此种近似于模式化的因素，试举几例：《这无法无天的爱》里看上去正经、稳重的农村女孩卢晓红，为了改变生活处境与男友一道绑架儿童；《上海底片》(2013年)里的王曼华，使出种种手段总算办好了出国手续，临行前却被楼上掉下的花瓶砸死了；《小幺事》(2010年)里顾怡宁之父始而陷身火海，终而与两名警察一道不明不白出了车祸；《星空下跳舞的女人》(2011年)里的阿婆气度优雅，像往常一样在餐饮店吃奶茶时，被另一个老女人兜头泼了一杯奶茶，原来她的舞伴是该女的丈夫，小说写道，这个插曲“完全是电影里的桥段了”。长篇小说《城里的月光》（2009 年）中，陈也的哥哥陈昆研究生刚一毕业，就从飞机上摔下来，死了，剩下全是陈也一人的独角戏——找个漂亮老婆，争一口气，“不能让别人小看”，以此来弥补没考上大学的遗憾。而第二部长篇小说《海上明珠》（2012 年，初发表时名《双生花》）的整体结构则完全建立于戏剧性基础上：一次意外车祸以及与此相伴生的医疗事故——护士抱错了小孩，导致城、乡两个家庭所抚养的孩子原来均非己出；且遭际的不同，又造成了两个年轻女性迥然相异的个性、命运。叙述者说这可是“千年不遇的事”，其戏剧性因素、色彩笼罩了全篇。

试以中篇小说《规则人生》（2012 年）为例。这是一个典型的“螳螂捕蝉，黄雀在后”的故事，情节进程一波未平，一波又起，读来真是处处惊心；不过，它再怎样出人意料，总有着一个潜在的“规则”：大鱼终将吃掉小鱼，小的终究玩不过大的。商人老赵机警得像老狐狸，冷酷到六亲不认，以“装死”来逃避债务，从而独吞所有财产，意欲逃往国外，自以为做得天衣无缝，殊不知身边的“小三”正是他的克星；而当这个曾为大学校花的“小三”不动声色地把老赵的财产转到自己名下，也在那里庆幸自以为得计时，她的初恋男友的妻子——一个“人淡如菊”“眉宇间又透着坚毅”的“官二代”，早把身为公安的表弟安排在“小三”的楼上，居高临下，洞察一切，将其玩弄于股掌之上。正如小说中所写，这一切“像电影里的情节”，跌宕起伏，又全在情理之中，因为那个“规则”制约着情节内在逻辑的发展：民难斗得过商，商难斗得过官，自古皆然；也因为那个“规则”的制约，无论情节发展如何令人大感意外，终是合乎情理，无有例外。质言之，那种戏剧化的情节，其实原本就是生活的一个必然结果，当然也是被拣择、被叙述出来的一个结果。

这是小说的一个主要方面，虽非全部。事实上，滕肖澜的小说在叙事艺术上显出大方、从容的风格，正源自一种质地的素朴——对人性的细微体察以及出于仁者之心的宽容理解，于形象的呈现中便去掉了日常生活的琐屑猥冗。尤为突出者，当脆弱的人性于摇摆不定、似欲变异之际，突然间又迸发出一股强大的力量，让人性再度更新并复位。比如《倾国倾城》（2009 年）里的庞鹰，这个低调、温和的女孩子，为了男友的业务不惜违背个人意愿，与上司套近乎、拉关系，这种关系被另一个上司所利用，当作一笔交易，显得突然的拍床照情节即为一个戏剧性的高潮。就是这个低调、温和的女孩子，她最终在人性跌落的瞬间猛地关掉了摄像机开关，没有出卖与己相关的人，更没有出卖自己的灵魂和尊严。小说结尾，她因蟹壳卡喉、咳得泪水大颗大颗往下掉落时，作为读者的我们，无论怎样控制自己的阅读情感，亦忍不住感到一阵心疼。再如《快乐王子》（2010 年）中的几个受助人张阿婆、瞎女人、赵瘸子等，没有一个人出卖恩人严卉。无论是庞鹰还是张阿婆、瞎女人们，最后时刻皆守住了一个底线，不伤害他人——这是滕肖澜小说主要人物形象的一个大致特点。尽管《姹紫嫣红开遍》（2007 年）里初出校门的余霏霏偷拍了她与剧团团长的床照，以此要挟并当上了多少人眼红的影片女一号，然而这是个次要人物，作家几笔就将她打发掉了。所以滕肖澜的小说，于严酷之中总有一种大温情在。即便是《城里的月光》中陈也被师傅“出卖”了一次，可当叙事镜头对准师傅家中惨淡的生活景象，还有屋内那个一边呵呵笑着一边拍手的傻儿子，一种怜悯的情感悄然弥散开来，冲淡了出卖行为本身的性质——不过是揭发徒弟给车间主任送礼、自己取而代之做了值班长，绝非取人性命、断人活路的极恶大憝。

关于滕肖澜小说题材及写法方面，目下已形成了一种较为便宜而刻板的说法，即她擅写小市民、小人物的日常生活。这种说法表面上看颇有些道理，再进一步则经不住推敲。第一，正如郭启明所说，生活中应该有戏剧性的情节；《规则人生》里的“小三”朱玫“是不甘心平淡过一生的”，她经历的一切真的就如电影情节一般，变化多端，又惊又险。这说明滕肖澜小说中的人物多不甘于平淡、平庸的生活，不管是使蛮力，还是玩机心，皆一个劲地奔着人生目的去。第二，值得注意的是，滕肖澜特别擅长于把平常生活写得不平淡，平静之下波澜暗涌，多戏剧性变化即为其中一法，“看似寻常最奇崛”，是一种格外不多见的叙事能力。

也因此，滕肖澜的小说自有一种意味、一种丰富、一种吸引力，不论短篇、中篇还是长篇，一旦读起来便很难放下手。或许可以进一步说，此种意味和吸引力盖源于其文本内部隐性的对比结构：绝非简单地对比出善恶、美丑、好坏来，而是通过对比，呈现出人性的复杂、人情的变易；唯有通过对比，才会显示出丰富的差异。人的差别，很大程度上是地域的差别、文化的差别、教养的差别。《海上明珠》里毛慧娟的前夫李俊与罗晓培的华人男友，只要一出场，即成为对比：一个喝咖啡，一个吃大蒜；一个是香饽饽，一个是烂草根。总之，“野鸭子比凤凰”，光脚赶不上。《这无法无天的爱》

里的郭启明，一个良善得有点软弱、温婉得犹如女性的上海小青年，他的旁边便站着说话总欠正经、且满心势利的曾伟强。正是这个郭启明，使得卢晓红改变了她心目中上海人的形象——“上海人的名声不好，自私自利，鸡鸡狗狗的”，虽然事实上对于大上海来说，它在一个以“捏脚”为职业的乡下女孩心目中会是个什么样形象，根本上是不足为意的。小说无意描写乡村，寥寥数笔，比如宁愿坐牢也不想回去过“种田种菜”日子，便将一种严酷呈示出来。不说《美丽的日子》（2010 年）主人公姚虹如何费尽心机、预备着“成为全上海滩最好的媳妇”，单看一个次级形象——她的同乡杜琴，哪怕卖肾给房东也要留在大城市，上海待不下去，另择地方，反正“不是北京就是广州”，这才是看不见的真实。滕肖澜写城乡对比，不加个人品评，更无私人好恶，只是一种真实的呈现：大上海无可替代，它的优越性就摆在那里，别说乡村，一般的城市在它面前也显得土头土脑。

即以人物对比而言，滕肖澜多数小说中主角对面总有一个次一级角色，两个人总是处于矛盾对立状态。前者家庭条件优渥，性格稳重而又宽容，待人温和，人缘好；后者则多为乡村出身，聪明以至于精明，人缘差，处处上进处处败。以滕肖澜新近出版的第三部长篇小说《乘风》（2015 年，初发表时名为《我欲乘风》）为例，试略做分析。家里钱多得花不完的袁轶，是“天下第一痴情种子”，为了追求大学同学柳婷婷，他也考入了机场工作，他的对面则是一个外地高考状元温世远，农村出身，为人阴沉，“是个输不起的人”。柳婷婷选择了温世远，而同父异母的妹妹柳晶晶则又是柳婷婷的对立面，偏喜欢袁轶。温世远的全部资本，就是好学上进以及曾有的“状元”头衔，他在业务上的失误（把客人行李重量的十位数计算为千位数），意味着否定了他的全部价值，因此不惜把错误推到袁轶头上，令其背黑锅，而他自己也非常清楚这是一桩“很无耻、很卑鄙的事”，二者人品高下立见。这是滕肖澜叙事所具有的一种很难确切表述出的品质，即它调动起我们的阅读兴趣，顺着情节一波三折地走，又不致让人轻易做出价值判断，喜欢那个时时被当作冤大头的“袁小开”，憎嫌事事要算计一番的温世远；或喜欢城市，讨厌乡村；等等。原因在于她的小说中可不时令人感受到一种传统中国文化观念的影响，“仓廪实而知礼节，衣食足而知荣辱”；人品涵养实与财富、家世等等相关，一旦养成则又独立于其上。袁轶的行为表现，连叙述者都忍不住赞叹，其人虽年轻，“但修养不是一般的好”，自己心情不好“还要照顾别人的心情”，受了损毁亦终能淡然处之，实为一种高贵的气质。正相反对的则为温世远，他虽大学毕业，仍不脱农民式的思维及行事方式，讲求实惠，爱慕虚荣，必要时一定会损人利己。第 11 节中，叙述者用了“阶层”一词来比较袁、温二人，没有用过时的“阶级”一词。这不单单是一个概念、一个术语、一个词语的问题，主要还是一种观念的变化和更新。在当代文学中，所谓乡村、民间、底层尽管本就是被建构起来的词语，却已经成了不证自明的标志性概念，占足、占尽了道德优势，甚至往往与纯朴、真诚、纯洁、无私等词语互换。在此种陈旧观念的支配下虚构出来的小说人物，今天看来，多显得高调而不近情理。滕肖澜的小说一开始即远离了此种陈旧的结构性套路，自走新路，且自如地呈现出了以往被粉饰得近乎残酷的真实。

《乘风》是一部极好看的小说，其吸引力一如前两部长篇小说《海上明珠》和《城里的月光》。题材也是一个方面，当代小说中专门正面描写民航、描写机场而且写得耐读的，《乘风》大约是第一部。机场是一个比较特别的世界，正如小说中写道，“机场会改变一个人的世界观”。可是小说却以爱情为主线来结构全篇，不只写了年轻人的追爱，也写了“航代”两个高官之间的三角爱，以浓墨重彩的爱恨情仇代替了这个小世界内部深为复杂、外人绝难窥见的人际关系，成了一部民航人的爱情纠葛史，束缚了作品的想象空间，格局略嫌狭小。

滕肖澜的小说还有一个贡献，即刻画了一类新型年轻的“失败者”形象，这类人多为进入城市打拼的农村青年，除了年轻，他们基本上没有什么机会，也没有什么资本，因而意味着个人理想没有着落，前路茫然无所措其手足。虽然作家笔下留情，最后安排温世远去香港接受培训，业务上将有大发展，实际上这个人物在某一方面还是失败了，那么起劲地帮他上进的恋人柳婷婷终于离他而去，柳父嫌他为外地农村背景仅为其中一个因素，他请柳婷婷吃饭从未超出百元消费的做事风格，亦使其忍无可忍，以致在大街上撒泼般地发泄不满和不屑。再如庞鹰，也是可着劲儿帮助她的男友，男友却是人品存在问题的青年，不断变换工作，毫无愧色地利用女友，以便达到以其个人资质、能力很难实现的目的，自称“大不了回老家种地去”。《这无法无天的爱》里的卢晓红，她在实施极端行为（绑架儿童）时对郭启明说过的一段话，最具代表性了：“我老早说过了，你是城里人，不会了解我们的心情。我们也不想做坏事，可不做坏事就只能当一辈子穷光蛋。”“我说错了吗，你就是花，你们几个都是花，谭心是花，郭钰是花，就连曾伟强也是花——不过他是朵喇叭花，比你们稍微贱一点。可我和宋长征是草，长在地上的草，被人踩来踩去的那种。我们跟你们，是两个世界的人。”这确是一段让人颇感惊心动魄的表白：城市已经不了解农村了，没有农村，它照样自足地前行。而在一个农村女子心目中，城乡间的差别犹如“两个世界”，城里人是“花”，乡下人则是“草”，花草不相谋，冰火两重天。三十多年前，《人生》中的农村青年高加林，经过一番折腾之后被赶出了城市，背着简单的行李，最后“望了一眼罩在蓝色雾霭中的县城”，孤独绝望地走向他从来就不愿意生存的乡下，他认命了，也甘于承认所谓个人道德上的亏欠——谁叫你抛弃乡下女子，喜欢城里时髦女郎呢！然而，卢晓红们则大为不同，就是被杀掉也不甘认命，不特此也，他们从一开始即抱持不做坏事便当穷光蛋的畸形观念。当代小说中农村青年人物谱系图上，那些试图改变自身命运的男男女女们，在缺乏公平机制的氛围下，似乎永远于噩梦般的原点踏步不前。

滕肖澜小说中与此相关的另一类型形象，看似达到了人生目的，实则仍为存在大缺陷的失败者。这类人物多用心计，频使巧计，步步都要算计一番。《十朵玫瑰》（2006年）里的林芳便是一个颇为显眼的例子，她像“经营一项事业”般策划每一次约会，最终将一个被群芳众艳包围的官二代夺取到手，可是，象征着爱情的那一朵玫瑰，永远不属于自己。在滕肖澜的小说人物群像中，这一类型的人物所在多有，机关算尽，到头只是一场空。以一种宽厚仁者的心态看待并描写这些小人物的折腾、算计，爬上去，滚下来，也是滕肖澜小说叙事魅力的一个因素。

不知是否可以说，滕肖澜小说似乎不仅对戏剧性情节，而且对人生中的巧合，有着某种偏好。戏剧性过头了，若非内在叙事逻辑的一个结果，一定会出现这样或那样的裂痕和漏洞。《姹紫嫣红开遍》中的主人公、艺术家项海，一直与网名“柳梦梅”的网友互通衷曲，多么好的一个情节，读者于阅读中禁不住会想象她是对门的罗曼娟，或任何一个内心丰富、情感细腻且遍尝了人世酸甜苦辣的女性，却绝对不能接受“柳梦梅”是同一栋楼上的一个赌徒的事实。这是个致命的漏洞：“柳梦梅”可以是任何一个人，但绝对不能是一天到晚赌到眼睛发红的赌徒，赌徒于他自己特定世界里或许赌技高明、感觉细敏，一旦离开特定场合，其情感则是粗疏、麻木的，他们根本没有时间体会情感的细精，细腻情感也是长期磨炼、训练的结果，一个情感麻木的赌徒怎么可能探触到一个艺术家颇多情致的内心世界？《海上明珠》主人公之一的罗晓培，被护士抱错替换、阴差阳错成了城里人，她的男友——一个新加坡华人，英俊帅气，光彩照人，把一个乡下人李俊比照成了“烂草根”。小说结尾时，这个被毛家当成“香饽饽”的新加坡人不仅情感出轨，又得了胃癌，他突然间良心发现，自愿代替罗晓培捐出一只肾，以挽救她的兄长。《海上明珠》是一部让人读起来特别过瘾的长篇，在滕肖澜三部长篇小说里，这一部最为曲折丰富，可是结尾叙事进度总给人感觉像跑步一样，步伐急促，要匆匆收场的样子。这且不说，从常识角度看，一个人得胃癌非一朝一夕之事，而且从发病至确诊，其间必得经历厌食、不适、疼痛诸般苦楚。现在的问题是，这个头天还在搂着女助理腰肢饮咖啡、吃冰酸奶的英俊华人，怎么一下子得了癌症？一个长久患胃病终至于癌变的人，除非服用灵丹妙药，平日间他的气色无论如何很难光彩照人的。——说到情节跑得太快，中篇小说《拈花一剑》（2011 年）可谓从始至终一路快跑，没有障碍，没有难度。作家本人在序言中说，这部小说是一个有趣的尝试，以纯文学的写法，“来刻画一个天马行空的武侠故事”。说是天马行空，倒也名副其实：官——两个将军，一个王爷，还有王爷的女儿郡主，与盗——天瞳山上一个武艺高强的贼寇，相互间使招用计，打打杀杀，全杀光了，只剩下一个身世卑贱的女仆拾儿来收拾残局，埋尸筑坟。没有不受约束的想象力；表面上看似放纵至极的想象力，实为不守规矩的想象力，无规矩即无艺术。这部小说在情节描写和人物刻画上无甚新鲜之处，值得分析的是它的观念：上层权贵暗斗明争，视人命为草芥；唯有底层才是纯朴、可靠的，便是爱一个人，像拾儿爱了将军杜如轩，也会爱到天荒地老。滕肖澜写当下题材时，成功地避开了当代文学中那种底层即是道德完善标志的陈旧观念，在这部武侠故事的编写上，却又不小心掉入了陷阱。

巧合过头了，除非叙事上巧妙补救，以情理弥缝之，同样也多少会显出破绽来。巧合总是与非常态境遇、条件相伴。中篇小说《又见雷雨》（2014 年）可说是此种巧合的集大成，一场车祸，碰撞出了一个令人难以置信的故事：富豪肇事者撞死了两名男性后，娶了其中一个的遗孀做妻子，另一女人竟是他抛弃多年的前妻。如果说这样的情节已经有些过火，那后面的故事则更为离奇、不合情理了，前妻之子当众侮辱了富豪之后——其实也是他的亲生儿子，驾车径直撞向电线杆；次子亦为情所困，于雷鸣电闪之际从楼上一跃而下，当场毙命。瞬间失去二子的富豪随后出家当了和尚。与其说这个中篇小说是对名篇《雷雨》不太成功的模仿，还不如说作家似乎有点过于依赖情节的巧合了。对一个有经验的作家而言，叙事进程中略施巧合小技，或以巧合建构全体，原本是在很自信的掌控之中，为何这个文本给人的阅读感受是处处只见巧合，而不见了人情变易呢？观念有时会决定形式、技巧等；宿命的观念也被认为会造成命运的遇合、巧合。在滕肖澜的小说中，确乎存在着比如与某种血脉相关的宿命因素，《海上明珠》中的温筠就大发感慨道，“到底是血浓于水”，被乡下人养大的亲生女儿跟自己年轻时一模一样，无论脾气、性格，皆有着雍容气度；而抱养的、疼爱了二十多年的乡下女孩，看着和气，实则骨子里是冷的，有距离。一种观念，真的会压住想象的空间，直往巧合的主题上奔去，少了叙事的丰腴，显得急促、干硬。用得少点，像《倾国倾城》里的庞鹰，上司崔海原来是十几年前将自己从河里救出的恩人，利用她去陷害另一个同行，这虽是一个小细节，毕竟令人生疑，须知此乃大上海而非巴掌大的小县城，转个拐角就会碰见一个熟人；用得多了，则如《又见雷雨》《上海底片》，几乎处处是巧合，整个文本少了一种温润之感，显得干巴巴的。王蒙先生说过，没有巧合和偶然，就没有生活，也就没有小说和戏剧；但巧合不可用得太多，尤其不能用得违背生活的逻辑、人物心理及行动的逻辑（《谈创新》）。滕肖澜小说中那些引人直入胜境的戏剧性情节，即是写出了生活、人物等的内在逻辑；反之，则令人感觉巧合未免稍稍多了一点。

巧合总是或多或少依赖偶然性因素。芥川龙之介认为真正像样的小说，不仅在故事发展上偶然性较小，在人性的描写上偶然性也是比较少的（《批评学》）。巧合在一定程度上是作家强化了自己感兴趣的事情或细节，也就是把那么一点点事情放大了，大到文本整体结构不足以撑得起，以致到了不近情理的程度。这在中篇《握紧你的手》（2012 年）中表现得相当突出。小说写了当下社会民怨沸腾的强拆事件，刻画了一个良心发现的人物形象：女老板孙晓美为了尽可能保住饭店不被廉价拆掉，便在网上招募了一个“职业钉子户”，天天“上班”，以对抗拆迁队。她算找对了人，这个名为李谦的男子以前正是拆迁队的。他之所以应聘，盖因拆迁时曾造过孽——一个上海知青的女儿好不容易从边疆回到上海，以为真的找到了“家”，实现了父母此生最大愿望，过去大家谈起上海二字感觉这个词语本身就是“闪着光的”，可好景不长，家被拆了，她立刻点燃汽油把自己烧死了。李谦没能救下女子，十几年间一直想着为自己“赎罪”，就等孙晓美这个女人的出现了，在李谦看来，见到网上招募启事，一下子觉得“那个女人仿佛又回来了”。这一巧合绝非无关紧要的细节，它是全篇的一个基本结构，所有的情节发展即为围绕它而展开。可是，此巧合痕迹太露，经不住推敲。第一，上海知青的女儿准备烧杀自己时，她竟然对着认识不久、来往不多且前来谈判条件的拆迁队员李谦吐露心声：“非常非常喜欢——就算你是个坏家伙，我还是喜欢你。这些天有你陪着，我很开心。我会永远怀念这段日子的。”这委实是一个令人难以容忍的场面。让受害者感谢施暴者，以爱和温情来稀释、冲淡一种罪恶，是当代文艺中一种最为陈腐、伪善的观念，搞得是非不分、善恶难辨，缺乏一个基本的维护人性的理性标准。这部中篇显然也多少受到了此影响。第二，即便我们相信李谦的赎罪出于真诚，他的做法又让人大加怀疑：赎罪要有一个对象，知青女儿死了，可那一对老知青还在边疆眼巴巴等着消息。非常奇怪的是，十几年时间里，李谦未做出任何寻找受害者父母的行动，哪怕去上门道个歉也没有；相反，此人却一直在苦苦等待着另一个全然不相干的孙晓美出现，最后真的为她而死，以此来给那个可怜的上海姑娘赎罪。这是廉价的作秀、表演，有如害死了甲女，却跑去给活着的乙女上坟烧香，是没道理的。

类似的赎罪描写，在当代小说中并不少见，基本上表现出不近情理的特点。姚鄂梅长篇小说《西门坡》（2013 年）中有一个情节：化名庄老太的曹凤霞，年轻时因为丈夫出轨，于怒火中烧之际，一把火点燃了正在自家屋中苟合的那对男女，从此逃亡在外。到老年时一时间良知醒悟——“老天爷”通知她该到赎罪的时候了，于是主动回到家中，为丈夫和他的情妇当牛做马，服侍其余生。一个重要原因是，她不能为自己的男人生出一男半女，愧疚丛生，自感理亏。鲁迅于 1919 年发表《热风 · 五十四》里早就说过，中国是一个“将几十世纪缩在一时”的国度，最先进的思想和最落后的习俗共存；在此国度中，妇女生不出孩子竟也是一种罪孽，而此观念亦为社会所接受，延续至今。倘若庄老太即曹凤霞是一个无知少识、为传统观念所束缚的村妇，她烧了一对出轨的男女，再去服侍他们，此种行为不是不可能的。然而，这个庄老太却是一个阅历、见识俱非寻常之人，几十年在外漂泊的经历，见惯了世态炎凉人情冷暖；尤为重要的是，庄老太是“西门坡”即妇女互助社的大管家，此社团组织专门收容遭受家暴或经历悲惨的妇女，一同做工，一同生活，实为一个实现了的乌托邦。庄老太的组织能力、协调能力自不待言。就是这样一个类似妇女“领袖”的人，却突然之间做出决定，甘愿给那对形体上残废、神情上更为猥琐的男女当仆人。这显然是一种向下的想象力，为了达到不知其可的赎罪目的，不惜扭曲人物自身性格逻辑。再如王手中篇小说《斧头剁了自己的柄》（2014 年），内中亦有相似的情节描写：一家鞋料店老板为讨回被恶意拖欠的三十万元，便指使以前的一个店员将对方绑架，只讨钱，不动手，不料却被警察一枪击毙。男店主看到计划失败，毅然卖掉小店，与妻子离婚，抛弃子女及年迈父母，然后千里迢迢奔赴死者的老家——一个贫困的小山村，给人家当起了儿子，算是为自己赎罪。这里的漏洞更为明显：第一，一个抛弃妻儿老小，可说是六亲不认的人，却急匆匆跑去给人家当儿子，此种赎罪行为怎么可能是真诚的？第二，以常理推测，也过于低估了警察的智商，以为击毙了一个老实巴交的农村青年，便收网结案，未免太天真、简单了。给人当儿子这个情节背后，掩藏着一种不负责任、逃避责任的心态：当不当儿子对店主来说可是性命攸关的大事——当儿子，会保住性命，不当儿子，则要当囚犯甚或死囚犯，以命偿命。王手是当代作家中叙事艺术一流的作家，这部小说中出现如此的失误，令人叹惋。

这些显得极端的赎罪行为，绝非作家想当然的编排，却是当下现实的一种折射。每当一件坏事、一桩恶行发生，矢口否认、极力推卸责任已经成了一种当事者本能般的社会反应。文本中强调描写的行为，恰恰是现实中所应有而实际上是不可能有的，这就是钱锺书先生所说的“反”映现实——“映照了生活的反面”（《诗可以怨》）。作家的济世情怀无可厚非，但是心忧现实、关怀社会的理念倘非小说化为内部的细节、形象，而漂浮于情节及性格逻辑之外，过于主观化的情怀反而会起到某种粉饰作用，是要不得的。张承志说过，小说家在一定程度上应该是“冷血动物”（《新诗集自序》），良非虚语。

滕肖澜的小说自有一种魅力，拿起来很难放得下，却又生怕它一下子到了结尾。杨绛先生曾谈到一部法国小说，说读起来让人“直咽口水”（《记我的翻译》）。倘若借用这句话来形容滕肖澜小说给人的阅读感受，亦不为过。

石舒清小说三谈

一、《低保》：权力与人情的交织

初次读《低保》（原载于《人民文学》2010年第6期）时，感觉这是一个略带讽刺、带显幽默的短篇，但这讽刺也是温婉的，它选材好，以村长这个基层权力的化身为一点，连接其他村民，就像把一枚石子扔进水里，波纹呈圆形向外扩散。小说的内容和内涵是：

村长王国才打算平整自家的果园，消息传开，全村子吃“低保”和不吃“低保”的村民，都赶来帮忙，而且会计还要造一个花名册，看谁来谁不来，来了的来了几天。就村长这面说，做官要有抬轿的，脸上才有光，借此也知道哪些是“自己人”，哪些不是。就村民来说，无论自愿与否，来果园干活不仅仅是一项单纯的劳动了，他们担心不如此便会被人从貌似人情来往、实际是更为复杂的关系网络里剔除。“低保”，这本是国家的一项救助政策，到了基层，却变异为个人的权力资源。农村的人际关系结构里，往往有着更为隐秘的政治化的一面，不了解这一点，还真不能了解农村。

但再读这篇小说，觉得上述看法流于肤浅。我因此想起石舒清以前的小说《选举》，从内在联系上看，这两篇小说存在一脉相承之处，无论选举还是村长请人帮忙，这些细节相当于一个话头，目的在于引出村民内心变化、人情变易。像在这个短篇里，村长王国才并非一个蛮横不讲理之人，不是一个以权势压人者，这在第一节里交代得非常清楚。他也明白，如今村长一职与前相比，也有了变化，经常出外打工或创业的人，手里有了钱，经济上富裕了，不会像其他村民有求于他，见面会讨好、巴结。我以为这是非常重要的一个细节。而村长王国才也知道，只要在外打拼致富的人，比如开小车的脱进福，见了他能停下车打招呼，他感到很满足了。因而他对自己的位置也清楚，能给那些生活条件不好的村民多争取几个低保名额，亦算尽职尽责了。总体上看，还算得上一个好的村官。

我读这篇小说，还有一个强烈的感觉，就是石舒清无论描写情节还是刻画人物形象，干脆利落，简洁之中却又蕴含着无尽意味，令人回味不已。写人物，好像用白描手法，可也不尽然；让人物自己说话，但似乎在人物背后还站着一个人，让我们于听人物讲话的同时，看到了他们的内心。比如，脱万贵，曾当过村支书，对现任村长请村民修整私人果园一事大为不满，甚至有些愤愤不平的样子，在老婆跟前骂骂咧咧。老婆劝他少骂人，还是要与村长搞好关系，前支书愤怒了。以下一段描写真让我们读者想象不到，读至结尾又忍不住要发笑，笑后还得想一想：

> 脱书记对着老婆吼了一声，认为老婆是越说越离谱了，听听你都说了些啥话，要是让人听到，就把脸丢尽了，现在的人真是

都不要脸了。脱书记几乎气糊涂了一样骂着。他现在一旦开骂，不由自主就会骂到很多的人。老婆也是不高兴的样子。脱书记说，好了好了，你也不必到王国才那里去了，不劳驾你了，我自己去说，现在请你忙你的事情去，一句话也不要说，我要眯一会儿了。脱书记说着又像假眠的猫一样闭上了眼睛。这一次他闭眼的时间有些长，老婆已经去一边的门槛上坐着，偏头呆呆地望着院子里时，脱书记的眼睛才睁开来，他睁着眼看了老婆一会儿，好像在此期间他还在思考着什么，接下来脱书记就向老婆说出了他的最新决定：还是由老婆去一趟王国才家，不是去推掉低保，而是再要上个低保，把原先答应婆姨的那份低保再要来。婆姨转过头来听着，由于光线和位置的作用，两个人都发现看不清对方的面孔。

二、《九案》读后

大约七八年前，石舒清开始收集各类废弃资料，其中甚至包括请假条之类。银川有几家旧书摊，系他时常光顾的地方。石舒清偶尔也会向我讲述他从中读来的感觉兴趣的故事。《九案》即是他勤于搜检、沉潜玩味的结果。

就本篇而言，石舒清于写作过程中把自己部分的经验直接写了进去，《小纸包》里郭念生的老婆丢了孩子之后那种失常的体验：

……就觉得眼前头的世界一下子翻了个个儿，变得自己不认识了，变得古怪离奇了，变得荒诞不经了，看两边的房子都是歪歪斜斜的，像气球一样软软的可大可小，看一只狗吐了舌头原地那样跑着，忽然又跑入墙里面去了，看来往的人都像纸片儿那样失了重量，移来飘去。

实则就是石舒清个人经历的照搬。2013年石舒清动了心脏手术，据他后来对我讲，术后推入病房清醒过来，看到医生、护士和病友来往走动，人形忽大忽小，一时呈圆形，一时现扁形，变化不定，且都像在空中飘浮。一种近似于死过重生之际而自内部生发出的非常感受，刻在了他的记忆里面。

这些尘封资料中的人物，尤其他们的命运，一定深深触动了石舒清。故纸亦曾是凡间活人的记录，所载资料一旦进入小说艺术形式之中，自应接受艺术规则的限制。石舒清处理材料时有一基本特点，即他并未强行裁剪资料，为己所用，而是尽可能依循人物命运的轨迹，聚合诸种内在因素，发现并建立一种因果关系，让他们逐渐变得生动起来。《何张氏》一篇中的主人公何张氏，两个男人为之打斗，因伤了人命进了监狱，而她竟显得浑然无事，似乎到了全无心肝的地步：

在这样的时候，就在一个冬阳暖暖的下午，何张氏坐在她的闺蜜某某家伙房的门槛上，她只要稍稍一侧脸，就会看见被阳光照到近乎透明的汗毛，后背里暖洋洋的。何张氏一边和伙房里忙着的某某说笑，一边从容地纳着不知是谁的鞋底。

何张氏，一个令人印象较深的女性形象，可又难以说清其艺术性究竟好在哪里。理解这个人物形象的关键，不假外求，而在文本内部，是另一个一笔带过的人物——叙述者提到自己的“大外奶奶”，曾被大外爷爷一家“抢亲”而来，不仅未做丝毫反抗，反而一发不可收地陆续生了四个儿子、三个女儿。这便是参照、便是答案了：民国时期本地存在过抢亲习俗。那么，何张氏先后被人抢夺，遭际如此之不幸，却还能谈笑，还能从容，真让人要多想一想她的这种安然处之、时或谈笑的态度，背后正是满满的辛酸。时逢乱世，人命危浅，女性更其遭难。人物淡然，竟至谈笑；读来却觉鼻酸，心有不忍，这便是好的艺术。

《九案》中的九个故事，皆取自于官府判决材料，这是它们唯一共同处。除此之外，人物形象各个不同。且在命案中，只有《剃头匠》里的保镖康小八大开杀戒，此人动手缘故，盖因主家心怀猜忌在先，其人便施杀于后，而对剃头匠痛下杀手，亦可见保镖亦有道、亦自有尊严——哥虽成为传奇，不是我干的，岂容你“乱说我”；其他人物无一人有意为恶。即使《何张氏》里的李家人开枪，事出突然，以为土匪来袭，原初并非恶意取人性命。另外几起命案，实则多起于意外、偶然，官府的审判结论，却将意外、偶然直接等同于有意、预谋。从情理角度审视，因与果之间不存在关系，即便有关，也是一种曲折、隐微的关系，而判决则抹去一切情理因素，武断地将因果等同起来，想当然地建立了一种逻辑链。尤令人难以容忍的是，法无明文，竟然用了“比照”方式，比如《喜姐》中所写一案，既已认定死者为自杀，依然将无辜者“酌量判处”，杖一百，流几千里，徒数年，笞几十，不一而足，真成了“葫芦僧乱判葫芦案”。

石舒清则披踪蹑迹，勘情验理，一意要寻绎出事件中包含的真实——那种实属偶发的、殊出人意料的点滴因素，以之复原现场，复活了人物；他们行动，他们说话，却原来一切的经历导向了未曾料想到的结局。《烟泡儿》中的小长工，晨起腹痛，想告假回家将息；主家担心此去会误工，便命其吸食自家儿子的大烟以缓解；正吸之间，不肖子回家撞见，一系列错位、误会，致二人仓猝打斗，一人毙命。还有《麻布衫》中的两个发小，无非拉扯一件衣衫，另一人倒地受到撞击从而致死。本来，民间小民存活，市井烟火气息中，相互间免不了你挤我搡、磕磕碰碰，甚而大打出手、闹出人命，至多让人觉得可笑、可气、可惜而已，可官府多不近情理的判决往往制造冤屈，则令人更觉可恨、可悲、可叹，更何况判决把奇异的命运变故妖魔化、罪恶化。

民间发生的稀奇古怪的事件，有其丰富性、变异性，而官府判决的缺乏想象力以及其武断、干瘪，这两种隐性的对立，构成了《九案》基本的艺术结构，也形成了小说的内在张力。我的阅读体会是，每篇小说末尾的判词，为重要组成部分，甚至可谓点睛之笔，缺了它，艺术形体上会失衡，艺术魅力上亦相应会减色。我问过石舒清：“这些判词是原来材料中就有的，还是出自虚构？”石舒清说：“均为材料原有，一字未动。”

石舒清的小说叙事艺术是可信的、可靠的，有时他会放得很开，比如何张氏坐在门槛上显出暖洋洋的后背以及脸上金色的汗毛；有时则内敛、节制，比如《学生证》一篇，内部节奏显得急迫，没有多余的描写，没有溢出的形容、修饰。或许题材本身便是禁忌，不容过多的文字加以增饰。

《九案》也是对古代那些屈死的冤魂的一个纪念。

三、《底片》：体现“文章之美”的小说

《底片》是石舒清的第一部长篇小说，分为“物忆”“爷爷”“苏菲”“痕迹”“母亲家的故事”等章，每章中又分出若干节，将具有相同性质的描写对象归为一类，如“物忆”一章中包括“黄花被”“老木床”“大立柜”等节。受杂志篇幅限制，发表时作者根据要求删节了至少八万字，篇尾并未注明，故而阅读至终篇时，明显感觉有未尽之意。

《底片》是一部村史，又是一部家史，亦可为作者童年及少年的生活史。小说以作者故乡为地理背景，于记忆和经验中取材，以“诗与真”的理念——所谓“真”者，是作者忠实追述他的闻见，“诗”则寄寓某种深味——写了一个渺小的、不足称道的地方，它既显得独立，却又与外面广大的世界息息相关。实际上，《底片》中的人和事，在作者此前诸多短篇中曾以不同形态出现过，仍然是那个小村庄，活动的也是那样一些人，而长篇小说的形式与结构，重又赋予了他们新的面目；作为结构因素之一的时间，设定在了20世纪70年代，一个灰色、匮乏的时代里。作者熟知的许多亲人和村民，他们或卑微地活着，一如草芥；或尊严地抗争着，要抓住自己的命运，比如叙述者的爷爷，这个命运多舛而又内敛刚强的老人，他“一生最大的心痛和憾事”是未能去守墓园，可为了一家人艰辛的生活，他放弃了。对老人来说，放弃更显尊贵。这令人想到列夫·托尔斯泰中篇小说《谢尔盖神父》中的表姐，她终年辛劳以照顾家人生活，没有时间上教堂，自叹且悔罪，但在谢尔盖神父眼中，她是比自己

更为圣洁、更应受敬服的圣徒。类似的描写，在这部长篇中并不少见。

石舒清的长篇小说，不妨说是他短篇小说写作到一个相当程度时，一次艺术的综合性尝试。如果说他的短篇小说更注重艺术、注重想象，这部长篇则在尊重历史、尊重事实及抑制主观想象方面，尤为一个自觉的有意识的追求。毕竟，他笔触所及的，是他的亲人和村民，是他童年和少年的伙伴。总之，都是一些普通人，换用今日一个流行词语，是一些“草民”。普通人或“草民”的历史极易被忽略或曲写。因此，石舒清不仅是为自己写作，他同时也为那些无法掌握文字书写的人“代写”，写他们的历史，写他们的心事，写他们向来难以用文字表述的对自我和社会的认识。他为自己设置了一个底线：尊重普通人的历史。张承志曾说过，为底层的普通人代言，永远存在着一种危险，即无意中会对人心构成侵犯。作家能够意识到这个危险，则是一个基本立场。对一个在艺术上有相当造诣的作家来说，尊重他笔下的普通人有时可能比艺术更为重要。——要补充的一点是，《底片》尊重历史和事实，并非说这些事实呈现了原貌原样，它们为作者所选择、所剪裁，事实细节化了，历史情节化了，成为小说连贯性、一致性的因素，有如作者在“琴”这一节中所说的一句话：“从一个虚静的底片里挣脱出来，还原成一种真实。”年代久远的记忆，如作者自觉到的，有时会“迷离恍惚”，此时作者则忠实于自我感受，受制于艺术自律，让记忆中鲜明的部分活动起来，模糊的部分退居为背景或阴影。

石舒清在短篇小说写作上积累的艺术经验之一，即精雕细琢，在这部长篇中得到了充分的运用。从开篇至终章，这种精致、细微以至奇异的描写，通贯始终，是作者艺术功力的体现。这让人想起“文章之美”的说法。

小说的“文章之美”，是上世纪30年代周作人提出并加以论述的。在为废名小说所作序文中，周作人写道，新文学的一个缺陷，就是“创作不大讲究文章”（《桃园跋》）。他认为废名的小说在现代中国小说界的独特价值，即在于小说中的“文章之美”（《枣和桥的序》）。钱锺书在一篇论文中说到“现代文学”难以评价时，也提出过“文章之美”的说法（《中国文学小史序论》）。

“文章之美”不仅仅是小说创作中的文辞之美、语言之美或意境之美等，当然这些因素也是小说的题中应有之义。周作人根据他自己的文学史观，认为“文章之美”主要还是指小说在其历史的演进过程中，当“庸熟之极”时，则不能“不趋于变”，有“简洁生辣的文章之兴起”，取而代之。这是他对小说的期待或关于小说的“理想”。所以废名的小说于他看来，颇适宜于“坐在树荫下”阅读。“坐在树荫下”，自然不是“文学快餐”式的阅读方式了。

《底片》是一部需要安静下来细细品读的作品。或许，它已具备了周作人关于小说“文章之美”的“理想”因素：“辣”不易辨识，“生”则有之。当面对着那种细致到“陌生”的描写时，由“庸熟”、甜熟的文字培育成的趣味——一种读起来有趣、放下即忘却的速读，积久变得粗糙的口味——会面临挑战：要么渐渐沉入进去，发现其中原有一片“丰厚的寂静”，并由此获得“寂寞的悦乐”（周作人语）；要么掉头弃去，不再回顾。

石舒清的小说在极为有限的范围，或能改变一种口味，养成一种趣味，亦未可知。

季栋梁长篇小说《上庄记》与西海固形象

一

季栋梁长篇小说《上庄记》[①]重新书写了西海固形象。在某种意义上说，他试图改写那个与贫穷、苦难联系得过于紧密的模式化形象，以一种不着痕迹的艺术技巧，让西海固开口说话，呈现出自身真实的形象。作为叙述者的支教扶贫干部，他出生、生长于农村，又求学、工作在城市，这种身份的特别优势在于，熟悉农村的人情风习、民俗禁忌，不摆架子，和农民一起靠在墙根晒太阳、坐在土炕上喝酒闲聊，因而具有一种与农民打交道的亲和力，使农民愿意敞开他们的内心世界——随着叙事进程的展开，始终微笑着的叙事主人公，不觉间成了一个极为出色的谈话对手，他把那些单纯却绝不简单、朴实但绝不愚钝的农民们，慢慢地推向了前台，让他们主动说话。是的，他们已经开口说话了，诉说自己的苦恼、忧虑、欲望和理想；老年人叹息命运，年轻人的心则飞向了山外，对急剧变化到难以应

① 季栋梁《上庄记》，北京十月文艺出版社 2014 年版。

对的现实和不可测知的未来，他们皆怀着极大的不安。但同时，他们也放声大笑，乱开玩笑，看似土得掉渣的方言俗语中，其实饱含着智慧、幽默、讽刺和自嘲。

与技术性结构并行的，是隐于深层的精神结构，这是《上庄记》的一个基本特点，因此它便拥有了开放性视角：上庄的农民们——西海固的一个缩影，不唯自我审视，也于城市的眼中看见了自己的影子，看见了被别人塑造的形象，反观自身，便感到一种前所未有的苦痛。即此而言，季栋梁以他的书写，打破了贫即愚的传统偏见，也打破了小说中的一类模式化写作。第 9 节引用上庄人常说的一句话“家穷得连狗都养不起”，这句话后面紧跟着叙述者的一个评论：“贫困，是个我们一直频繁接触的词，报纸、文件、讲话里都有，然而，倘若你不走近，就永远不会有那么强烈的感受。真正的贫困比我们说的讲的写的更贫困。”即便在如此赤贫的绝境中，上庄人并未活得浑浑噩噩、糊涂颠倒，无论是跑了老婆的李谷、被岳父敲榨得无路可走的李玉堂，还是被乃父拘禁起来要抱个孙子的宝子；无论是留守村中的老者、妇女，还是已到城市里打拼的青年，他们都在挣扎，都在希图改变。更多的时候，是付出超常劳动、拿性命谋生却不得相应回报，他们也会“认命”。但是，认命并不意味着因此而怨愤，而去损害他人；认命也不意味着自轻自贱地否定自己，进而打倒自己。就像李玉堂，他的原本美满的婚姻被生生打散了，承受不住时他便独自跑向榆树梁顶，吼上一段谣曲山歌。这是他们的艺术形式，借以宣泄内心“隐秘的苦难”，吼罢了，唱累了，把不足为外人道、说了也少人解的烦恼苦痛再度深埋心底，挺起腰板去打理自己的生活。叙述者也忍不住感叹道：

> 我佩服在这块地方上男男女女们的承受力。一段爱情散了，也仅是长吁短叹了几日，塬畔上坐上几日，壕沟里吼上几日，然后，就认命了，他们很少有为情而殉者。维持他们生活的唯一理论就是认命。认命了，他们的心就宽了，而在以后的岁月里，那段如胶似漆的情感经历，会成为他们生命中的一个念想，隐藏在生命里最不起眼的角落，不会再轻易地触动它，任它在贫困与艰辛中漫漶，在忙碌与挣扎中湮没。他们不会对自己说"我曾经爱过"之类的话，但是，当你行走在那片土地上，看到一个人孤零零地站在山梁、塬坡上呆痴痴地凝望时，那他一定是在念想之中了。

叙述者说，他们不需要同情，如果有外人表示怜悯，他们肯定会"无地自容"。他们宁愿独自承受。这些承受者也意识到了他们正在承受着，更明白自己承受着不该承受的，这一点极为重要，有这种意识和没有这种意识，大为不同：他们比任何人都明白自己的命运遭际。

二

上世纪80年代流行着一句话语：西海固不适宜于人类居住。这一含有绝对断语性质的话语，在固化西海固形象方面起了决定性作用，贫穷、苦难等等便成了其题中应有之义，不言而喻。然而，这句话其实站不住脚，从现实还是逻辑角度看，均存在着致命漏洞，它忽视因而也无视了一个基本事实：千百年来，这块土地上始终有人在生活，且生生不息。问题在于，当贫穷和苦难成为了一种符号之后，那种抗击苦难且力图改变自身命运的人的努力、那种在贫穷绝境之中打不垮的生命力，则会被估计得很低，也常常会被忽略掉，结果便导向歧视一面。

支教与行走，构成了小说的主体结构，由此将上庄的图景连缀了起来——无论是春天几树桃花努力绽放之际，还是秋日肃杀萧条之时，活动在上庄的只有老人、妇女和儿童，青壮年全部进城打工。看到匍匐在山坡上孤独劳作的女人，叙述者引入了媒体中时常出现的一个词语“体制性寡妇”：“多数小夫妻一结婚就过上了牛郎织女的生活，丈夫出门近点一年还能回来几趟，远的一年回不了一趟，跟‘守活寡’没什么差别。问题的严重性在于这样的生活已经常态化，没有止境。”并不由得感叹道，在描述农村现状时，这是一个多么准确的词语，即此亦可衍生出一系列术语：体制性光棍、体制性孤儿、体制性荒芜、体制性孤独等等。这说明了上庄或西海固所面临的困境，诸如空巢老人、留守妇女、失学儿童以及进城打工青年受到的歧视等等，不是它本身的问题，不是它所独有而他处所无的，而是一个带有普遍性的社会问题。

这是一种至关重要的视点上的转变，西海固不是“这一个”；西海固在地理环境上是独一无二的，但它所遇到的问题是社会性的。季栋梁以他平实而又丰饶的笔触，将上庄的人、景、物一一呈现出来，并指给我们看：在那里生存着的一群人，和北、上、广发达城市的人并无二致，皆为中国人，只是他们遭遇了更复杂、更严重的困难；不管是历史还是现实的原因，贫穷不是他们的过错，苦难亦非他们的专利。在赤贫的绝境中，上庄人怨而不怒、哀而不伤，不怨天、不尤人，把“隐秘的苦难”藏于心中。《上庄记》令人难忘之处还在于，没有把上庄写成一个让人怜悯的对象，因为可怜之人必有可恨之处，这已是难以逃脱的定律；它最终意在让我们心动的是，原来那僻壤之地的农民，他们和我们一样，也在为改变自身命运而努力挣扎。上庄人不是异类，他们和我们、和你们息息相关。

《上庄记》似乎写尽了贫穷和苦难，小学生拿废旧电池中炭棒在地上书写生字，这在21世纪的今天乃极为罕见之事，其贫困之状，确如叙述者所说，超出了人们想象的范围。即此一例，可概其余。但小说的意图显然不在于表现苦难本身，它有能力把读者的注意力从苦难转向抗击命运的生命力上，农民们要改变自身，而这种行为正源于一种观念的改变——不是因为知识的累积和普及，却是现实、现状的强烈刺激，使一种看似牢不可破的观念，瞬间冰释。农民们要看见实惠，才会变化某些观念，这仅是事情的一个方面；至为关键的是，年轻一代起来了，他们与父辈就是不一样，带着一种勃勃生机，眼光亦看得更远。顾家梁的小年轻即以其实际行为否定了关于落后农村的“越穷越生，越生越穷”的模式化印象。生育自古以来是人的基本权利，但生育观念与农村贫困状况捆绑在一起成为社会问题，确在一定程度上使农村形象负面化。现在，在上庄这样极落后的村落里，情况发生了变化，年轻人以城市文明作为参照，毫不费力地修改了自己的生育观念——这是一种静悄悄的变化，静悄得根本没有引起足够的注意，但是未来农村面貌的本质性改观，或许并不在于城镇化、城市化的趋势，而取决于年轻人的观念更新。《上庄记》第24节以充满紧张而又风趣的情节描写，反映了农村里父辈与子辈在子嗣问题上的冲突，父辈心中有时甚至重于生命的传统观念，在子辈眼里成了一种障碍性因素；父辈总担心自己死后免不了若敖氏之鬼的凄凉，而子辈则毫不客气地嘲弄“这一世都活不好，还管喔一世”。父与子的冲突，很大程度上是文化观念的冲突。

三

《上庄记》另一个重要主题，表现城市对农村的歧视。小说第28节，城市公交上一个农民工不小心踩了城里人的脚，引发一场“城乡对骂”，各自发泄了一通“宿怨”，这一情节是叙述者以目击方式呈现出来的：

> “没教养的山猪，不看自己是啥玩意儿，满身臭气熏天，跑到城市里来飞扬跋扈，我要是市长，妈的就下令不让你们进城，影响市容。”“老子就是一身臭气也比你们他妈的干净，到处是治淋病、梅毒、阳痿的广告，走上三五步就是治性病的医院，是谁在影响市容？”显然他对城市的观察比我们更为细详。城里人低估了农民工，没想到他还击得如此凶猛，竟一时说不上话来。可农民工还在骂，“妈的，嫌弃我们？有啥了不起？哪栋高楼大厦不是我们建的？在你家厕所屙第一泡屎的就是老子，看不起乡下人，你吃屎都没人屙。”直到我下车战争也没有升级，

或许城里人觉得不是农民工的对手，或许要保持文明姿态不值得动手，而农民工也许想这是别人的城市，不想在客场惹出大事来。因此两人像一对观点相左的学者，在争论（或是声讨）一个学术问题。

《上庄记》以大量情节描写了农村面临的急迫问题，同时也以相当的笔墨反映了城市与农村之间的对立、冲突，以及前者对后者的歧视，其严重程度可能远远超出了人们的想象。《上庄记》写了农村的“问题”，但不能因此说这就是“问题小说”，因为“问题小说”重在问题，轻忽文学；突出了问题，文学性反倒退居其次。《上庄记》则不然，它把“问题”写成了丰富性的情节，是情节在说话，是文学在说话，而非“问题”在说话。从这个角度看去，那个表面上显得振振有词且反击凶猛的农民工，并不是胜利者，他的嗓门越大、调门越高，越发显出自身的劣势和可悲。一个有经验的读者，立刻会感受到文本的意图：在一场因着歧视而引发的“城乡对骂”中，双方都是失败者，都受到了伤害；他们用以反击对方的理由和证据，没有一条触及问题的核心和本质。他们在辱骂对方，愈形激烈，但是他们根本不明白何以要骂，并且骂得如此地刻骨仇恨。这种悲哀只有真正的文学才能表现出来：《上庄记》提供了一种角度，也表现了一种深度，引导读者往深里想。

农民的怨愤在于，出大力不讨好，自己洒下汗水的地方没有容身之地；城市居民则愤恨于农民没文化教养，扰乱了自己的生活秩序。这只是表面现象。深层原因仍然是“体制性歧视”，小说第26节，有一段议论性文字，专门探析了此种歧视逐渐形成的历史过程：

> 倘若对“体制性”溯源，可以说新中国一成立，体制性就出现了。……虽然我知道有一个词——票证时代，但没想到我国竟然曾经发行过那么多的票证……至“文革”时期，票证时代达到顶峰，票证种类有数百种，绝大多数票证“非城镇户口”没有资格使用，社会由此划分为吃“商品粮”与吃“农业粮”两大阶层，而且壁垒森严，有严格的“世袭制度”，产生了一种特殊的关系——“粮食关系”，城乡二元体制由此产生。

需要略做解释的是，“城乡二元体制”直接根源于1958年通过的《中华人民共和国户口登记条例》，此条例明确规定了“城镇户口”与“农村户口”或“非农业户口”与“农业户口”，形成了中国特色的二元户籍管理制度，票证、粮食关系等等系此制度的一个结果。虽然现今在某些方面有所松动，如过去的“子随母”落户原则已不存在，但与户籍关联的诸多领域中，控制仍然极为严厉。

显然，城市对农村的歧视、城市与农村的紧张关系，并非由于文化观念的对立和冲突，而是一种“制度性歧视”。这种歧视对文化及民族心理的损伤，看似无形，其影响实则难以估量。《上庄记》不仅写到了农民工在城市所受的“硬歧视”，更写到了他们的子女受到的“软歧视”，小说用了一个词语“特殊群体”来形容这些随打工父母进城就读的学生：“这个群体显得独孤，胆怯，敏感，自卑，有些小心翼翼，弱不禁风。”“硬歧视”可以通过文件、会议来解决，而城市里无处不在的“软歧视”却是一个“真正的难题”，尤以学校里面教师对农村学生的偏见和歧视令人心寒，叙述者亦不由得慨叹：

> 想及他们的以后，我后背生凉，软歧视对他们更具杀伤力，他们的父辈在城市遭受到的类似于上午公交车的那场城乡之战的歧视会在他们身上重复，在他们的读书路上，他们除了要忍受孤独、自卑、尴尬、羞愤，还要承受歧视、污辱、排斥、欺负，他们需要具备海绵一样的修复功能——无论遭多大的压力，都能恢复原初的状态。

文化对一个人、一个民族而言，令其更敏感于人本身的尊严，珍视自我和他者的生命，而歧视则是对他者尊严的公然否定，歧视者本人所得到的也是一种更其毒辣的蔑视。小说第 5 节末尾，叙述者与李谷一起饮酒，于半醉间，后者突然说出一句话，表达了他内心的一个大愿望，这是长期受到歧视后心理上的一种反弹：“啥时间能让我们这些人可怜一回你们这些人，日子就有过头了。”叙述者评论道，这句话让自己产生了“一股砭骨的寒意”。

《上庄记》写足了城市对农村人的歧视，那一幅幅图景的确让人感到寒心，这也正是小说要达到的目的——从文化角度视之，歧视的最终结果是，没有任何一方会是真正的受益者。反歧视，因而成了《上庄记》的重要主题之一。

四

《上庄记》在呈现上庄村面临的问题时，将它置于更为广大的范围之内，即把上庄放在前景，做重点描写，而把全国其他落后农村作为后景，两相比照，凸显了上庄的困境。但不能因此说上庄就是“中国农村”的缩影，自南方农村眼光尤其经济角度看，上庄、西海固或西北任何一个贫困村庄，无异于荒蛮之地。

自地貌、风景、植物等角度说，上庄就是它自己，小说第1节对上庄的地形描写，其直观性冲击人的视觉：山大沟深之处，两道山岭交会成了一个巨大的“马槽”，槽之中心即为上庄。上庄枯瘠，可也有极耐旱的植物，小说往往会于不经意间写出几株植物花草，令人难以忘怀，比如：

> 挡山上一种非常艳丽的花开了，甚至有些喧闹。这花名叫猫蹄蹄花，就像母猪刺一样根系发达，成墩生长，有汤盆那么大，最大的一墩有笸箩大，十分耐旱，再旱的天气，它也会不误节令开出艳丽的花朵。仔细端详，五朵小花攒成一大朵，每一朵小花有一根尖锐的刺隐藏在花蕊中，极像猫爪。花瓣极小，呈紫红色。花茎和叶片都是青灰色，因此，不开花时你看就像是死的。贴近闻闻，香气逼人。其实，还有一种小黄花贴着地皮开得更盛，遍地都是，十分含羞，名叫米蒿，只是被猫蹄蹄花的磅礴气概淹没了气势。

自文化角度说，上庄就是它自己，它有独特的风习、民俗、谣曲、山歌；它更有别具一格的民居窑洞和历史遗迹的“堡子”，这是小说着墨较多、着力描写的地方。上庄再落后，也是传统文化覆盖之地，没有文化，它真是一块弃地。小说写道，“上庄人许多习俗很文化的”，比如“送病”仪式，嘴里念叨着已故亲人的名字，看似迷信，实则表达对先祖绵长的纪念，这正是中华传统文化中的祖先崇拜因素。上庄再落后，日子还得继续：有时生活并不完全愁云惨雾，农民们也有自己的节日和喜乐方式，腊月二十三的“燎疳节”，就充满了一种乡村独有的喜气，传达出一种美好的愿望：

柴火堆点燃后，大家都在火上跳来跳去，太小的孩子由大人抱着跳来跳去。柴火烧成火籽后，老村长用铁锨“扬五谷花”——铲一铁锨火籽扬上天空，喊一种五谷的名字，天空火星四散，像放礼花一样壮观。如果喊到某种庄稼，扬出的火星明亮繁多，就说明这种庄稼今年会有好收成。所有的五谷喊过来，一堆火籽也便扬净了，落在地上还没有灭亡的火籽，人们便去踩，叫消灭害虫。

这些习俗、文化，还有窑洞、堡子，也许会在某一天消失，这是现代化、城市化的一个必然结果。在此意义上说，《上庄记》也是对终将消失的村落文化的一种预先记录。

李进祥的两个短篇

李进祥的两个短篇小说《换骨》《乏痨》，它们涉及的历史时间，大致可以确定在上世纪六七十年代，距今已四十多年了。了解往代情形，除历史文献外，文学亦为较好途径之一。然而，在中国当代史上，六七十年代是一个颇为特别的时段，那时文学总体上以非文学面目出现，亢奋，歇斯底里，且极具攻击性，真实的社会心理或民众心情，完全被排除在外。严格地说，那是一个文学缺失或文学真空年代，因而后代的作者要想再现或复原那一时段生活，就面临着记忆重建问题。法国哲学家莫里斯·哈布瓦赫说过，社会根据自己的需要不时地要求人们修改甚至美化过去的记忆，“赋予了它们一种现实都不曾拥有的魅力”，这是因为“昨日社会里最痛苦的方面已然被忘却了”。[1]即便是亲历了过去生活的作者，多年后所描写出来的，也是一种“选择性记忆”。因此，严谨的作家将是这样一批人：他们拒绝干扰，不为纷繁杂乱或被修改过的众多记忆所迷惑，

① 莫里斯·哈布瓦赫《论集体记忆》，毕然、郭金华译，上海人民出版社 2002 年版，第 89、91 页。

顺从内心指令，将过去时代原本状态和精神尽可能准确地表现出来。

李进祥叙述了他的童年经历，在表现那样一个被普遍认为是思想禁锢、物质匮乏的灰色时代，他浓墨重彩地描写了民间的活力——民间独有的狂欢和智慧，而民间对象本身的狂欢性质，又内在地规定了叙事方式和修辞方面要更多地运用夸张手法。这是作者自我设置的一个难度。

一、《换骨》：诅咒、狂欢仪式以及救助

这是一个有关痛苦、落难和救助主题的短篇。

小说写了一个女人，她是杨木匠从外地领回来的，据村民说是地主的女儿，还有说是右派的女儿，“地富反坏右，说法不一样，反正都说不是好人家的女儿”。从政治身份上来看，这个女性没有任何地位，她所属的阶层与“人民”对立，在那个以阶级标准划分人群的时代，其实就是一个贱民，一个不受保护的弱者，随时都会受到伤害。村民们始而拒绝她，担心一个来历不明的女人会“影响庄风”，到最终接纳了她。

小说的情节设置颇为讲究：女人没有出场，围绕着她的一切活动，通过叙述者即“我”的视野展示出来。其中一个大的事件，便是女人患上了奇怪的病，全身骨头疼痛，水米难进。据本地习俗，这种病名为“换骨病”，治疗方法更为奇特：偷村民的鸡给病人吃，让失主家骂，挨骂之后，病人即会痊愈。

骂人习俗带有远古巫术性质，后来转化为民间狂欢功能。巴赫金在研究拉伯雷小说时发现，就起源而言，骂人的话是一种“广场

语言”，种类繁多不一；在原始社会中，骂人的话语“主要是巫术、诅咒性质的功能”，它们“既有贬低和扼杀之意，又有再生和更新之意”，后来逐渐失去了巫术和实用性质，具有狂欢以及自由的氛围。[1]

唯从这个角度，才能理解李进祥小说里那种兴高采烈的咒骂。小说有大半篇幅描写了骂人场面，那其实是一个节日，一个狂欢、自由并且具有一定仪式的节日：“骂街也就是演出，骂的人出出心中的憋气，看的人看看热闹，有人叫好、有人喝彩、有人接茬儿，才有意思。”

每个人都知道节日的内容、程序：背景是杨木匠偷鸡，他的活动是在幕后，前台演出者则由杨木匠指定，他偷谁家的鸡，谁就是演员。第一个出场的是叙述者“我”的母亲，性情温和，表演拙劣，“连一个捧场的观众也没有”；第二个演员是小奶奶，她可是“有些名角儿的风范”，从容地开骂，骂偷鸡贼，骂早逝的丈夫，骂四处闯祸的儿子，一直骂到天黑，人众散去；第三个是文化嫂子，人长得漂亮，“娇声娇气”地骂街，引逗得年轻后生们“痴痴迷迷、魂不守舍”……这个节日持续时间很长，“从秋天到冬天”，未有间断，虽然“贼其实就明摆在那里”，只要他不停手，仪式就不会结束。

按巴赫金的理论，狂欢节必然伴有美食，人人皆可自由取而食之。然而，特定年代的西北偏远农村，物质匮乏，肉食更为短缺，当演员在“舞台”上演出、观众在“舞台”下欢笑时，杨木匠的女人独

① 巴赫金《拉伯雷研究》，李兆林、夏忠宪等译，河北教育出版社1998年版，第20页。

自在家享用鸡肉，那是全村人给她的特权：“那年月，一家煮鸡肉，全村都香了，鸡肉的香味就在村子里飘，香味的源头就是杨木匠家。可谁也没有把杨木匠当贼揪出来。”

“演出”的最后一幕，女人终于出场了：

> 杨木匠媳妇的病却渐渐地好了，到春天，病完全好了。她孵了一窝鸡娃，一家一家地送，一家一家地道谢。病好了，得把偷人家的鸡还上，不还的话，病还犯呢。偷去的是大鸡，还回的是鸡娃，谁也没不高兴，都说，谁还没个三灾八难的，治病是大事，病好了就好。

这是一个相当完美的结局。民间用它充满活力、并且极为特别的“骂街”方式，演绎了一个救助和感恩的故事，同时也让那种有违人性的政治伤害显出其渺小和荒诞。或许，还可以补充一句，民间“换骨病”，实有其病；患在“黑五类”女儿的身上，又何尝不是一种有关心理伤害的隐喻或象征呢？

二、《乏痨》：童子尿、民间智慧及温和的嘲讽

小说中，达吾嫂子患“乏痨”病，亦称“痨病”，症状为“病恹恹、乏塌塌”，不能下地干活。这个人物形象，令人想起当代文学中两个很有名的小说人物，一是赵树理《“锻炼锻炼”》（1958 年）中的“小腿疼”，五十多岁的女性，年轻时得过“臁疮”，她自己说落下了“腿疼根”，赵树理挖苦说，“老太婆”一干活时腿就疼，

逛会、看戏、游门时却不疼，乡里的医务站对这种病也没有办法。另一个人物是张贤亮《河的子孙》（1982年）里“半个鬼”魏天贵的妻子，病病歪歪，在丈夫眼里，“懒、馋、感情冷漠、五心烦躁”，最后到省城大医院查出来是“宫颈癌”，魏天贵平日待她不好，此时后悔得在病床的床沿上连连“磕着脑袋”。

疲乏无力、病病歪歪等等，农村妇女身上这些看似稀奇古怪的病症，极有可能与超强度劳动有关。有研究者分析，“解放30多年来”（约指1949—1979年），习惯性地以为“妇女解放就是男女平等”，妇女摆脱束缚，参与到社会生活中，参加大田劳动等等，“却因社会生产力低下，不得不背负着社会工作和家务劳动双重重负，其人生负荷是成倍地加重了。这种如牛负重的人生，也绝不是中国妇女刻意寻求的解放”，“那种妇女的社会解放的代价，是要每个女性用自己的实际人生去偿付的，30多年双重角色异常紧张所造成的身心交瘁的人生感受，是历史上所有女人和当代男人从未体验过的难以承受的沉重！”[①]

在超强度劳动压力下，农村妇女“身心交瘁”，为前所未有，生病、生怪病，未尝不是一种逃避方式。达吾嫂子得了“乏痨”病，就不用下地干活了。既然是怪病，村医治不了，又没钱去大医院，只好用民间偏方——喝“童子尿”。

服用童子尿，并不完全属民间“偏方”，《本草纲目》记载有以“人尿”主治“寒热头痛，温气”等症，“童男者尤良”，特别强调了

---

① 李小江《女人的出路——致20世纪下半叶中国妇女》，辽宁人民出版社1989年版，第68、63页。

童子尿的效用，诸如“人溺，须童子者佳”，“须用童子小便，其效甚速”，“但取十二岁以下童子”，“童便不动脏腑，不伤气血，万无一失”等等。[1] 用童子尿，大概是取其纯阳、一尘未染之意。

小说中的“我”，从已逝的岁月中，撷取、复原了他约五六岁时一次难忘的经历、一个有趣的记忆——给达吾嫂子送尿，后者则馈赠以“糖精”（一种已经消失了的甜味剂）、豆豆糖、黑糖、炒麻麦（炒熟的麦粒）或一块馍馍等等，在食品欠丰的年月里，一泡尿能换来如此多好吃的东西，“那不是谁都能碰上的美事”。

小说写送尿一事，有一个仪式即洗澡，母亲给“我”全身擦洗，包含着“举意”之意，即决定做一件事情，则须除去污浊，以求洁诚。这一点当然是母亲代“我”做了，以示郑重。故而小说虽写了童尿偏方，亦不无习俗方面的色彩。

达吾嫂子的病日见其沉重，最后被县医院诊断为肝炎（应该是肝癌），在大医院住了半月，无钱交费，只能回家。1949—1979 年三十年间，农村合作医疗是普及的，各乡村均有“赤脚医生”。然而，像达吾嫂子这样得了大病的村民，恐怕只有无奈地回到家里，平静地领受死亡。倘心有不甘，不愿坐定等死，则再寻民间偏方，全村人都在想办法：采摘“蒿头子”（青蒿或臭蒿，一种菊科植物，气味浓烈），抓“骚趴子”（一种甲虫），捕获“杏猴”（此似为记音方言词，应该是猫头鹰）。这些可强名之为中药的植物、飞禽，既是偏方，其采摘程序也就反映着民间的经验、智慧。颇具喜剧意

① 李经纬等《〈本草纲目〉校注》（下册），辽海出版社 2001 年版，第 1713-1714 页。

味的是，达吾嫂子真的一天天好了起来，半年后，能下地干活，一年后，竟生了个娃娃。叙述者于结尾回到他叙述的当下，加以评论道：

> 我到现在也没想明白，达吾嫂子的病是医院查错了，还是村里人给她找来的蒿头子、骚趴子、杏猴给治好了。也许还是我的尿给治好的呢。

这是对社会、对历史的温婉的嘲讽。

李进祥的小说，是有着一种文化意蕴在内的，因而颇具分量。

马金莲小说中一代少女形象

马金莲小说中刻画有宁夏西海固地区20世纪70年代末、80年代初出生的一代少女形象，令人印象深刻。她们在少年时代所上的人生“第一课”，就是饥饿。中篇小说《念书》的主人公，已经充分体验了饥饿的感觉——“心里空得要命”，盯着书本看，眼前是一片片苍茫在重叠着飞舞，相互间“直撞出大片的茫茫白雾”，以致最后偷吃了同学的食物。从心底升起的伦理的羞耻，使一个十几岁的小女孩满含泪水仰望星空，惧怕那些长了眼睛的星星会看见一个朴实的农村娃变成了贼。短篇小说《柳叶哨》看似写了一个凄凉的单恋故事，实则大半篇幅铺陈了饥饿，这次的主人公是一个失去亲娘、受继母虐待的孤女，她的经验是——“饥饿这东西”很奇怪，当你忙于别的事情时候，它暂时安静下来，就像睡着了一样；当你清闲下来时，它就醒了，一个劲地闹腾起来，此时整个人便“脚底下虚得直晃”。一个十来岁的小女孩，软倒在地上，没有一点气力了，怎么也爬不起来，只好像成年人一般，扶住土墙“小口小口地喘气”。马金莲写饥饿，不是为写饥饿而写饥饿，她写饥饿，其实是写历史。

同张贤亮写五六十年代的饥饿、石舒清写六七十年代的饥饿不同，马金莲则写了本地1980年包产到户以后依然存在的饥饿。抒情性意味颇为浓郁的短篇小说《糜子》，显层面上描写了两个小姐妹看护成熟糜地的情景，深层则是农民获得土地后重新焕发生命以及那种难以掩抑的喜悦。一块被认为不能产出多少粮食的贫瘠山梁，被精心侍弄后长出茂盛的糜子，风过处恰如“河面上流动的清水”，便是有力的证明。可是，即便有如此希望，饥饿仍然普遍存在，一两块杂和面做成的粗饼，就是小姐妹一天的口粮。这是远为不够的。所以在小姐妹俩眼中，爬到山梁上向四外望去，满世界的山头圆圆的，看上去“像无数蒸熟的馒头，一个挨一个，一个挤一个，拥满了视线”。在略带幽默色彩的短篇小说《1985年的干粮》中，那个于饭口上准时出现在门边的孤儿，饥饿赶跑了尊严，驱使他前来分食这一家小姐妹们原本分量不足的食物。这已经是1985年了。小说结尾一笔，“这样的日子好像一直持续了好几年”，颇堪玩味。马金莲的小说并不刻意叙述历史，往往寓于事件描述中，因此而具有厚重的历史意识——“好几年”后，显然是指1992年市场经济全面开放，农民这才真正从对土地的依附中解脱出来，能够有限度地进出城市以谋生。与此相对应，饥饿——这千百年来与西海固地区人民如影随形、摆脱不掉的东西，终于从日常生活中退出，彻底消失了，成为历史。

饥饿是马金莲小说常见的主题之一。在短篇小说《碎媳妇》中，作家借小主人公之口议论道：“人就是这么奇怪，当时饿得死去活来，等时间流逝，回过头去看走过的日子，又发现那里面有一些美好的叫人难忘的东西。”这不是在赞美饥饿。马金莲小说中的饥饿，其背景设置多在1978年或1980年之后，其时无论饥饿程度有多么严重，农民是自由劳动的，多劳者多得，勤能者多食，相反则少食，而非张贤亮小说中那种强制和被剥夺状态。这就是马金莲小说与张贤亮小说虽同为描写饥饿，却有着重要区别的原因。法国哲学家莫里斯·哈布瓦赫说过，人们会根据自己的需要不时地修改，甚至美化过去年代的记忆，“赋予了它们一种现实都不曾拥有的魅力”，这是因为“昨日社会里最痛苦的方面已然被忘却了”（《论集体记忆》）。唯从这个角度理解马金莲小说中饥饿主题，差可接近其本意。

马金莲小说刻画的少女形象中，令人揪心、心痛的往往是那些念过书、略略接受过教育的少女，她们中一部分人读了小学，少数读到初中，读到高中的人数很少了，然后因种种原因而辍学回家、待嫁、出嫁。其中最主要的一个原因是经济，家庭无力供养、资助；另外，还有一个不可忽视的因素，则牵涉到一种传统、落后的观念。这种观念认为女孩子读书，是在浪费财力，将来总归要嫁到他人家。多数家庭不主张女孩子读书，是此地常态。故在她们的人生历程中，便缺失了两样最基本亦是最重要的因素：教育和爱情。

马兰，长篇小说《马兰花开》中的主要人物形象，就是这一类型里面颇具代表性人物。她在校学习成绩很好，她已经明白了知识的重要性，她为自己设定了一个可以凭个人努力来达到的目的，离开农村，到城市里上大学、工作、生活。是生性好赌的父亲，为还赌债，将她硬生生嫁了出去，彻底毁了她的梦想。婚后很长一段时间里，她似乎不能走出那种恍惚的状态。小说对此有许多感人至深的细节描写，比如，马兰打开老柜的门匣，里面摆着整整齐齐的课本，有小学的，有初中的，也有高中的，一本本保存得完好无损。看着扉页上自己亲手写下的名字，一时间竟有些走神、恍惚，难过得吧嗒吧嗒掉下眼泪，“马兰整完书，将门匣重新上锁，把那把黄铜色的钥匙别在墙缝里。她的动作小心翼翼的，带着说不出的痛惜，好像那门匣里锁着的不是一些旧书，而是一段难以割舍的梦想”。即使已经有了孩子，身为母亲了，那个上学的梦依然会不时浮现出来。这部四十万字的长篇小说，情节发展到结尾部分了，全书就要收束了，又以大幅笔墨描写了这个梦想。某一夏夜时分，马兰又一次梦回校园，这是一个梦中之梦，感伤，且伤痛：

> 睡梦里依稀听得起风了……她在半睡半醒中听着风声，恍惚回到了几年前的娘家，她还是女儿家，每到秋天挖洋芋……她就躲在洋芋袋子后面抱起一本书看，常常气得母亲哑口无言。那时候她一直怀着一个梦想，那就是有一天考一个好大学，最好是不收学费的那种学校，那样她就没有经济负担，她和每一个大学生一样，在校园里夹着书本走，两边的林荫道上长着高大的梧桐或者别的树木，秋风起，黄叶一片片落下来，落在她肩上、书本上、手掌上，她含着一点忧郁，轻轻地吟一首悲秋的诗词。有一个男孩在远处看着这一切，他从这风景一般的画面里看出了美，然后向着她走来，一直跟着，直到撵上她，和她并肩走路，他们谈理想，谈人生，最后谈到了爱情和婚姻。她是多么的羞怯呀，一颗心扑通扑通地跳……

这个细节一般来说很难写好，而且容易写得流俗，但马金莲以梦的形式描写了一个深藏于心间的梦想，则具有了一种忧郁的力量。

对马兰这一类少女来说，最大的悲剧是，她们上过学，读过书；她们懂得知识改变命运，个人的自由是可贵的；她们亲身体会到了人与人之间的关系，应该是平等的。然而突然之间，她们从一个高处被强行拉下来，跌落到了人生的低谷，迫使她们再从新进入她们早就想离开的传统农业社会中，被迫学会如何服侍公婆、丈夫，这种约定俗成的规矩与她们已经获得的平等意识甚或自由意识，相互抵触。这是一种她们自己未必清楚，却是实实在在的价值观上的痛苦。价值观的痛苦——不同价值的冲突，特别是文明与保守之间的对立，是有着高低之分的。让已经拥有了某一种向上的价值观的人再重回先前的旧价值观之路，其痛苦可想而知。少女马兰们怀抱的校园梦想，之所以一直潜藏于隐秘的心底，即使婚后已为人妇、人母，那个曾经的梦想，却牢牢地藏在心底，难以释怀，无法忘却，正缘于此。而且，马兰们面临的现实是，她们必须改变自己，以适应眼前的生活。即如马兰，婚后不久，看着满屋子的女人们——婆婆和嫂嫂们，禁不住就想，这些女人一辈子都没有出过远门，没有念过书，“根本不知道天底下还有一个叫桂林的地方”；她们脸上的神情平静，是从内心深处流露出来的，“和这里的山水风土是融合的”，没有抱怨，没有梦想。而自己，一个念过书的高中生，此生就要和她们一样了。焦虑、痛苦和因此而生出的悲凉，将长久地伴随着她，她要慢慢地消化，再一次从头开始，从生活的低谷向上攀爬。这种焦虑在另一个少女身上，同样强烈地体现出来了。《鲜花与蛇》里的阿舍，也念过几年书，出嫁后，想到自己将要和婆婆一样终生守在家里，再也不能自由地到她想望的远方走一走、看一看，“老了，变成一个脾气古怪的老婆子。这想法让人恐慌、不甘。她渴望去外面，看一看世面”。这种梦想和渴望与现实构成了一种冲突关系，人物自身性格亦自具某种张力。

与马兰同命运的少女形象，在马金莲小说中还有许许多多，这类形象是马金莲写得至为成功的，用力多，其感人也特深。这一人物形象谱系里的每一个少女，她们的命运看上去是相似的，然而又是曲折多变的。比如，《烟四花》的主人公，那么朴实、可爱的一个农村少女，态度亲和，在与父辈的抗争中，一学期一学期地来上学，因为每当开学时就会受到阻挠。她常常在和同学们说笑时突然沉默不语了，原来家里人不断地在逼婚。这一天终于来了，她不得不离开学校，和同学们分别后，她是一直笑着走出学校。刚出校门，“就哭着蹲在地上，是她父亲和未来的公公一边拉一只胳膊，拖着走了”。作为交易，她嫁了一个智障。小说以男同学同时也是男友视角，从眼前所见已为妇人的她，一路回忆学校时情景——“对，正是我的高中女同学烟四花。她像那个年代的所有女孩一样，梳了一对小辫子，粗粗的，短短的，绕着细长的脖子垂下来，一根在前，一根调皮地藏在脖子背后”，如今却是一人照顾一个智障丈夫和一个患癫痫的儿子。命运的打击让她过早地变成一个应对艰难生活的妇人，她那张满面风霜的脸上，隐隐浮现着的依然是少女时代清澈的笑容。时光流逝，两相比照，那一丝梦想以及这梦想终化为生命机体的一部分，在小说中得到细致入微的刻写，便成就了打动人心的艺术魅力。

中篇小说《离娘水》（中部）标注小说故事发生时间为2004年，其中特意写道，“情况的好转在这几年，这几年上面开始抓基础教育，所有适龄孩子不分男女一律进学校”。亦即在此之前，现实情况可能更为严酷，比如，“基础教育在深沟湾娃娃身上在某一些年的时间当中出现了一个断层。……反正从前我们庄子里都是文盲。下限就是我们这一茬人，七〇后、八〇后早期。圆女应该属于八〇后晚期。这一茬的山村女娃娃基本上都没有念过书，或者只象征性地念过几天”。如果将观察范围稍扩大一些，马金莲小说中还关注、描写了那些适龄入学而不能的少女，比如中篇小说《金花大姐》里的姐姐，就没能踏进校门，她在母亲的教育下念了一本传统的“女儿经”——烧火做饭，下地劳动，纳鞋绣花等，再等着嫁人。小说也试图探析了教育缺失原因，主因与贫穷有关。在乡人心目中，“念书有什么用呢？投资高，周期长，念到最后还不一定能考上大学。对于我们这里靠天吃饭的屎肚子百姓来说，我们看不到念书的希望。所以我们对于念书的态度是很淡漠的。能识几个字不错了……”。其中尤以女童失学为最甚。

对少女马兰们来说，教育缺失的同时便是爱情的缺失。辍学回家，下一步便是嫁人，基本上没有例外。倘若有哪个少女自主寻求爱情，都以悲剧收场。在这方面，念过书和没念过书的，没有区别。马兰们的长辈是如此，比如《绣鸳鸯》的主人公——“我”的姑姑，一个乡村少女，她和一个文静、瘦弱的走南闯北的货郎私会，于无知的青春萌动里怀孕了，最后被远嫁他乡。当她再次出现在叙述者眼中时，已经是一个有着三个儿女的妇人，神情漠然，邋里邋遢，“老了许多”，她的实际年龄还不到二十岁。这个少女，她犹如一朵生命力旺盛的、鲜艳的花朵，仅仅开放了几天，便衰败了；她用几天时间，换来的是一生的暗淡。而马兰们的同代人亦是如此，比如短篇小说《柳叶哨》里的少女，隔壁家的小男孩在她饿得发晕时，拿自家馍馍救了她，且吹响柳叶哨哄她高兴。从此她的内心世界悄悄地生长出一丝奇异的情愫，愈积愈大，那是一种模糊的却浓烈的情感。当小男孩外出他乡，她多年来止不住地思念。这是一种无望的爱，于最后远嫁他乡之际，少女手握一把翠绿的柳树叶子，骑在驴背上大放悲声，“直哭得声嘶力竭肝肠寸断。事后，人们评论，这些年，村庄里出阁的女儿们当中，就数梅梅哭得泼实，哭声传出好几里，连树上的麻雀也惊得飞起来了”。马金莲小说有时也会写少女们的恋爱，《柳叶哨》是其中颇为出色的一篇。

没有爱情的经历，这人生是不完整的。少女马兰们的世界里，缺了这一项，她们只有顺从“命运的安排”。她们的爱情课程，只能于婚后补课了，可那能称得上是纯粹的爱情吗？恐怕不能，否则，比如马兰也不会在梦中回到校园，梦想一个帅气男生从远处向她走来。反抗的例外是有的，极其罕见。这里试举一例。中篇小说《离娘水》（中部）所描写的主人公圆女，被迫嫁了一个大她十一岁的、脑筋不大灵光的男性，数年后，她毅然离开了丈夫家，带着孩子独自闯到外地，自谋活路。小说叙事结构上颇有特点，圆女的曲折经历，均由叙述者以及相关人等加以表述和补述，由零星传说到最后组成完整故事。小说终了时，安排主人公圆女出场了，由她直面众多相关人众，也直面了读者，悲愤地、了无顾忌地倾倒出多年来郁积心头的话语：

> 忽然，一个声音急冲冲地打破了沉默：把那个瓜子（傻子），我跟了啥？人活在世上一辈子呢？我总不能一辈子跟个瓜子！都怪我大我妈，爱钱得很，我才多大，月经都还没有来呢，就把我给了人家！……出嫁前一夜不是要洗个离娘水吗，我妈把水罐子水壶放在门口，叫我把自己洗得干干净净的，女儿家就要干干净净地上路。我真的不会洗，那一罐子水重得很……我把半罐子水倒进了水盆里，这才挂上去。……我一边刨一边眼泪哗啦啦地淌。

这是一种抗争。在让受尽了委屈和命运捉弄的圆女尽情哭诉后，文本中那个隐藏的叙述者似乎仍然意犹未尽、气愤难平。于是叙述者“我”又让妹妹出面——这个女孩子极其讨厌带有交换性质的畸形婚姻，小说给她安排了一个位置：从始至终，她也是一个听者，而且也极关注圆女的故事。她有一句特别令人解气的话：我就是不嫁，看谁敢来娶老娘！她有两个强烈的疑问：世人为啥都这么“恶心”，女儿为啥一定要嫁人？当圆女的故事被完整地复述之后，小妹子对她的姐姐亦即叙述者的几句话，起到了收束和评价功能：圆女离家出走，带着女儿独自谋生，这件事情她做得正确，“没一点错，就应该这样，她这条路走对了”。

多数少女们于顺从之后，只能开始相互间的磨合，于共同生活中感受、发现某种类似于爱情的东西。马兰对人生中这一件重大之事，她的思考或许具有代表性，“由少女迈向成人的这一步，她走得有点匆忙，是在很多因素的推波助澜之下迈出去的。可是，她发现，人生的路上并不是处处悬崖，只要大胆迈过去，就会发现，险途上也会鲜花盛开，绿草成茵”。这当然是自我安慰，终不能消除疑问：“这就是爱情吗？她在悄悄问自己。好像是，又好像不是。他们像众多回民青年男女一样，没有经历漫长的恋爱期，甚至婚前接触得都不多，注定要经历先成亲后恋爱的生活模式。”

马金莲小说的真实性有时还表现在它的边界上，具体地说，它所刻画的多为西海固地区回族少女。如果说这个地区历史文化带有某种保守性，那么，她所叙述的这一族属青年们的婚恋方式，其程度或更甚。

这些少女们，无论顺从的，还是偶有反抗的，她们最终嫁入了陌生的人家。短篇小说《碎媳妇》结末有一段描写，以四处飘飞的雪花比拟了她们的命运：

> 雪花真的很大，一片连着一片，一片压着一片，前拥后挤从云缝深处向下落。等飘到半空的时候，它们好像又不愿意落向地面，犹豫着，悠然着，又有点无可奈何地落到了实处。雪花飘落的情景，多么像女儿出嫁，随着媒人的牵引，她们飘落到未知的陌生的人家。慢慢将自己融化，汗水和着泪水，与泥土化为一片，融为一起，艰难地开始另一番生活。

这一代少女终究未能改变自身的命运，像不能自主的雪花一般，看似悠然，实则犹疑着，不自主地飘向了无数个陌生的角落里。但是她们的身上毕竟有了一些不同的东西，这是知识所赠予的。她们没有接受过完整的教育，可她们知道知识的重要性，能够改变个人命运。曾经的梦想和渴望，在自己身上没有实现得了，却使她们形成了一个更为坚定的观念，那就是，再也不能眼看着下一代人重蹈自己悲凉的命运之辙了。短篇小说《短歌》的主人公，在一代少女中还算是比较顺利的，考上了师范学校，恰逢“中等师范被淘汰的浪潮”，走出校门即失业，此后便发誓在城里买房，目的只有一个：“凭啥就我不能，我要我的女儿、儿子和别人一样，进好的学校受好的教育。咱一辈子在乡下窝着，到儿子手里还这样吗？”《碎媳妇》里的主人公雪花，她是念过几天书，出嫁后即开始了“辛苦一世的日子”，女儿出生后，打量自己以前的时光，“感觉那些空落像梦一样遥远”；她坚定了一个信念：“女儿长大了一定叫她念书去，可不能像自己一样，这辈子就这样了。”金花姐姐与雪花的想法简直如出一辙，像早就商量好的一样，“我们这辈子就这样了，宝都押在娃娃身上了”。

这一代少女，用她们悲凉的命运，结束了下一代人身上可能会出现的宿命，就像雪花消失了，大地变得滋润，她们在某种意义上也改变着历史。

不仅如此，这些少女们的不幸经历反过来也教育了她们的长辈，促使他们思索。事实上他们最终经过一个艰难的认识过程并发现了，嫁出女儿，不见得就是完成了父辈的责任和义务。《金花大姐》里的父亲，他本来就主张让女儿上学，无奈妻子阻拦，害了女儿终身。

他于愤怒中说出的一番话，或可代表了一类省悟过来的父辈的心声：

> 父亲忽然烦躁起来，看着我们母亲说都怪你，妇人家没远见，当年我给娃把书本都买好了，你偏偏说家里不能没个打零杂的，现在好了，把娃娃害了。你我在这穷山沟一辈子过活，可以不到外面的大世界里去，但娃娃和我们不一样啊，我们真是害苦了她啊！

父辈的观念之改变，多属不易。然而一旦开始了认知过程，那种看上去从来如此、难以变化的观念，也会以令人吃惊的速度瓦解掉。

《马兰花开》开始部分写到墙上一座“万年历”挂钟，表盘上是一幅风景画，有山有水。叙述者说，那可能就是山水甲天下的桂林，是婆婆和嫂子们从来不知道的地方。通上电，那画面便闪烁起来，风景转动，感觉水都在哗哗地流淌。到小说结尾时，马兰又抬头看着那座“万年历”，“里面的山水还是那么生动，时间在流逝，可是那一幅景致永远年轻，从来不曾陈旧”。自己心间突然涌起波浪，“觉得一晃时间就过去了大半辈子”。这是一个象征，一代“80后”少女们已身为人母，她们感觉到了时间的流逝，即为成熟的证明。她们散落在穷乡僻壤，默默地支撑着生活，支撑了新的一代人的成长。是同为“80后”的小说家马金莲，把西海固地区这一代少女形象搬入到小说文本中，也写入了历史中。

小说短评十二题

一、解读红柯《吹牛》

初读短篇小说《吹牛》（原载于《时代文学》1999年第1期）时，注意力被吸引在以下细节上：马杰龙和他的朋友在醉眼蒙眬之时出现的幻视，比如醉态中以酒瓶对准太阳，酒瓶肯定上下左右晃动，平视的刹那，在他们眼前便出现了穿红兜兜的“太阳”，也就是马杰龙的女人。还有在酒精作用之下意识的自由流动，体现为接近“呓语”似的对谈，比如从牛跳跃到马杰龙那桩颇为意外的婚姻，等等。没有铺垫，没有渲染，自然地进入一种幻觉状态。叙事视角在现实与幻觉之间自如地切换，这也是红柯小说叙事手法上一个基本特点。

再读这篇就阅读接受方面似乎没有任何阻隔的作品时，觉出有两个难点。

其一是马杰龙和他那位擅长吹牛的朋友的身份。马杰龙虽有一个汉语姓名，依其生活习俗、言语方式等，大约可以确定他并非汉人，而是新疆的少数民族。马杰龙的朋友身份则稍模糊些，可他一定也是一个真正的草原男人，而且比起偏僻牧场中生活的人，见过一些世面，其行踪最远曾到过乌鲁木齐。这种带有考据性的猜测并不是琐屑无谓的，不了解、不确定他们的身份，很可能要忽略掉只有草原人天性中才有的那种的乐观心态。

其二是吹牛。“吹牛”是作品题目，也是作者着重描写的细节——马杰龙和他的朋友都喜欢吹牛，“……海阔天空无边无际。牧场到底偏僻，吹起牛来马杰龙总是甘拜下风。马杰龙喜欢他吹牛，牧场的人都喜欢他吹”，这是草原男人生活中有趣的调剂方式。这次吹牛与以往的吹牛有一些不同，以往的吹牛更多的是取乐成分，此次吹牛有非同平常之处，这便是释愁解闷。所以愁闷者，是马杰龙把二百头牛卖给了奎屯一家食品厂，当他担心牛要饿坏了时，食品厂已将牛全部宰杀了。于是马杰龙愤怒了：“我问他们杀牛干什么，牛跟你们有仇吗？”于是马杰龙愁闷了，他主动请求朋友来吹牛，而他的朋友也果决地从一场正在进行的酒局中撤离，打马前来吹牛。这是一位真正的朋友，他了解他的朋友在此时正需要他。在吹牛过程中，马杰龙流了眼泪，显露了草原男人的内心世界。在这一世界中，装着阔大的草原和牛群，这和他们的生命已经形成了一种难以割舍的关系。也是在吹牛过程中，马杰龙将女人点起牛粪的轰轰声幻听为牛的叫声，果断地“抹一下脸，泪水就不见了”，毕竟他还有自己的牛、自己牛一样饱满的女人，以及这一片长满碧草鲜花的草原。

吹牛的结局是马杰龙和他的朋友各自心照不宣所预想达成的，而且一定要达成：马杰龙说，我的牛回来了；他的朋友说，我的牛也回来了。这一结局由两个男人以像牛一样互撞犄角的游戏完成。

概而言之，这篇作品所描述的本义，即：草原男人天性中有一种乐观倾向，这使得他们能够化解或超越无论何种小烦恼或大苦痛，让生活本身源源不断地滋生出积极的、肯定性的意义。

二、一桩几乎无事的悲剧——读刘庆邦短篇小说《鞋》

关于这个短篇小说的艺术成就，评论界普遍赞誉它在描写农村女性心理方面有一种丰富、细腻的特点。其实，这没有什么新鲜之处。有那么多描写农村女性的小说作品，在心理刻画方面要远比这个短篇出色，《鞋》（原载于《北京文学》1997 年第 1 期）的独特的艺术性并不在此处。

这个短篇表现的仍然是文学上一个比较传统的“弃妇”主题。小说没有从正面去描写，而是另辟蹊径，在这一传统甚至陈旧的主题上创出了新意。不妨稍稍回顾一下自上个世纪 80 年代以来反映农村生活的小说作品，单就“弃妇”主题而言，男性主人公一旦离开农村进入城市，抛弃了结发之妻，另寻新欢，或者抛弃了未婚妻——所谓未婚妻，大多为乡间礼俗仪式所定而不一定是法律上认可，文学中出现了一批女性受害者形象。《鞋》在使这一传统主题再生新意方面，得益于其叙事构架和技巧。

个人阅读的直观印象是，这个短篇的正确阅读方法是从后面读起，即先读“后记”这一段文字。在后记中，男性主人公终于出现了，他直接面对读者，以无奈的口吻简单地交代了他与女子短暂的关系，而在此时，那个女子早已悄然地退场了，带着一颗受伤的心灵将自己隐蔽在不为人知的角落。读到此处，你一定会忍不住要关心女子的命运，回过头来，从作品第一行文字开始，陪着女子再经历一番做鞋的过程，体察她内心的种种激动。从叙事艺术角度上说，后记中这段关于女子结局的交代性文字，似显突兀然而又是此前情节发展的必然结果，使作品在整体上表现出不单是技术上的均衡感，也提升了意蕴和分量。

小说超越了80年代那些凡涉及此类主题的作品必不可免的道德伦理方面的纠葛因素，相当节制地描写了传统农村社会中一桩平淡到几乎无事的婚姻悲剧，可这悲剧事件中的个人尤其女性的命运则是作家和读者所共同关注的。所谓传统农村社会，它有自身的结构特点，就男女之间的交往而言，设置了诸多规限，限制、束缚了他们更多交往的可能性，“父母之命，媒妁之言”仍然是异性之间成就婚姻的主要媒介。小说中的女子也是概莫能外。从这一视角看，与其说她爱上了一个有血有肉、有喜怒哀乐七情六欲的男子，还不如说她根据经验性想象塑造出了“那个人”：勤劳、朴实、憨厚，有一些能力或一点小手艺，懂得疼爱老婆等等，诸如此类的特点几乎无一例外地都是农村女子借以想象未来丈夫的抽象标准。女子面对她自己想象出来的“那个人”，在一种青春期性意识萌动的幻觉中，痴痴迷迷，想入非非，比如，注视飞鸟渐渐没入那人所在的村庄，因而泪眼汪汪；比如，将物质的鞋人格化为那人的一双大脚，紧紧地搂在怀里。这是一个期待着将自己一生完全献出去的干净的梦，然而，这样的梦在多数情况下注定要破灭，她自己又绝难明白破灭的原因。

在自己内心着实热闹了一场的女子是无过失的，只闪了一面的男子也没有真正的责任，他们之间那种根本算不上实质性交往的短暂关系，所产生的结果只是让一个无辜的女子受到莫可名状的伤害。无过失的悲剧产生真正的痛。如果说作品的艺术成就或感人的力量源自何处，大概也就在此处吧。

三、小说中的“鹅笼境地”

读了何立伟中篇《北方落雪南方落雪》（原载于《收获》2001年第6期）和戴来短篇《亮了一下》（原载于《中华文学选刊》2001年第12期）后，便想到了钱锺书先生对男女或夫妻怀有二心、外心的一个表述：鹅笼境地。这个典故出自《续齐谐记》中的《阳羡书生》一文：书生从口中吐出一女子，这个女子实怀外心，女子又吐出一男子，而男子也另吐出一女子。上述两个小说中对婚外恋情的描写，颇类似于鹅笼境地，如《北方落雪南方落雪》中的王东在滞留机场时，一边急切地给新婚妻子猛打手机，一边与同航班的一陌生女子相互勾引以至上床，而他的妻子这时正半推半就地和另一男子亲热。《亮了一下》中的洛杨与情人小美搂在一起折腾，而小美并未停止以手机同远在异地的男友甜蜜通话。当洛杨回到家中时，他的平素再也正经不过的妻子竟在他的眼皮底下与情人商定约会的时间。并非一定是作家有意为之的巧合，这个情人竟是洛杨的同学兼同事。

婚外恋情是小说中的一个传统主题，这个主题在每个时代、社会的某一阶段都有一些特定的新的变化因素在内，较优秀的小说作品能够准确地描写这些新的变化因素。前述两个小说令人起到了以下几点：其一，它们敏锐地感应到了当前社会或确切地说当代都市人情感及精神世界的内面，不做道德伦理上的判断，也不将这种行为归之于精神空虚、寻求刺激或背叛不忠等。尽管《北方落雪南方落雪》中王东的妻子和一男子在性行为之后，很后悔地说出了“背叛”一词，这仅是人物在情绪混乱、暂未稳定时的一种表现。这种情绪不会持续太久，就像《亮了一下》中的洛杨，初次与情人约会后，面对妻子时，内心也是极度愧疚，但有了第二次、第三次，便成为了习惯，感觉相当平常了。既然不做道德上的判断，那么小说究竟要表现什么呢？个人的阅读感受是，小说在细致丰富地描写这些当代都市人的精神世界时，不是将他们处理为有欠缺性的人物，恰恰相反，是欲望过剩，要把持不住地向外流溢，寻找任何一个可以实现这种欲望的对象。记不清是在哪位作家的文章中读到过这样一句话：夜晚中的都市人，眼睛贼亮闪烁，即如蒲松龄小说中的一个句子“个儿郎目光灼灼似贼”，将这一描写形容上述两篇小说的主题，庶几近之。其二，两篇小说所涉及的婚外恋情主题与以往类似小说作品相比，有了一些微妙的变化，这便是游戏因素的增多。以往小说作品，比如，随手举张贤亮长篇小说《男人的风格》为例，市长夫人罗海南与作家石一士的关系，大抵是纯粹的，仅限于情感和精神交流范围，他们的婚外恋情表现出的一个特点便是“用情”。这两篇小说的婚外恋情中则更多了游戏因素，《北方落雪南方落雪》将之表述为猎者与猎物的关系，其最终目的是相互之间的肉体消费。其三，以往婚外恋情小说中“第三者”形象从叙事语境中悄然退场，代之以流行日广的“情人”形象，从社会学视角看，第三者多对家庭构成威胁性、破坏性因素，因而小说在叙事过程中，必然伴之以同情、罪孽、谴责、忏悔等等事关伦理道德方面的主题，而情人的出场以及游戏成分的增多，在某种程度上弱化了那种起码在表面上看来似乎无法担当的沉重感。

关于游戏性因素，极端的例子也不是没有。比如张旻的小说《良家女子》：千禧之夜，两个已婚女子目的性很强地寻求外遇，与两个同样心怀叵测的陌生男子相遇，一夜风流之后，各自若无其事地回家，然后规规矩矩地生活。

其实，何止这两三篇小说，当前一些涉及婚外恋情主题的小说作品，基本上表现出“欲望—游戏”特点。一如鹅笼书生和女子，各自吐出别一个异性，吐出之后，这种看似单纯的游戏遂告结束。当然，这并不是说，在游戏过程中剔除了一切有关情感的因素，情感是有的，但同肉体消费一样，它所呈现出的特点仍然是消费性的。而且，在这种消费过程中，也表现出了一种颓废之美。

四、结构性冲突导致了意图偏离——读刘震云长篇小说《我不是潘金莲》

这部长篇共计二百八十七面，除标题所占页码外，序言二百六十七面，正文仅十七面，如此超长序言的小说，在新文学史上恐怕找不出第二部来。不过，按照文学或文章的一般性规律，不论这序文有多长，序与正文之间的结构性关系，不能因此而被打乱或调换，二者各有其功能，难以相互替代，则为确然无疑。

作为一种文体的序，其性质或功能是对某部著作或某一诗文作说明，或以议论为主，或以叙述为主，或二者兼备，其名称尚有“引”“题辞”等（参见褚斌杰《中国古代文体概论》）。而小说的序言，若不计他人所作序文，自序的功能大概有两种，一是说明写作缘起、作品要旨、人物刻画、作品寓意等等；二是情节本身的组成部分，以引出人物、点出背景等，名目虽异，其实一也，如“引子”“楔子”“序曲”等。在篇幅或字数方面，序一般要小于或少于正文；在功能上，序具有提示、说明等作用。即使出现例外情形，比如序文篇幅大于正文，也不能改变序与正文之间的结构性关系。序是为正文而写，正文才是重点。

据此，这部小说的意图与实际的描写之间，则存在着太过明显的矛盾。从篇幅、字数来看，李雪莲系主要人物，长达二百六十七面的篇幅，叙述了她所经受的冤屈，其他人物包括县长史为民等，均为陪衬，那么，正确的写法或许应该是，序言写县长史为民，正文写李雪莲——假定小说真的想正面描写一个访民形象。但是，从序言与正文现有结构看，史为民才是主要人物，李雪莲不过是陪衬、是引子，正是她的过失——因假离婚而上访，直接导致了史为民被撤职，毁了他的前程。当年李雪莲在车前举牌喊冤时，时值周日，史为民按约定去为一家饭店剪彩，遂命信访局局长处理，这并无过错，两相比较，史县长的冤情更大，他本人满腹怨愤地说：“当年撤我的职，就是世界上最大的冤案；二十多年来，我该年年上访；但为了党和政府，我含冤负屈，在家煮肉。”简言之，这部正文仅有十七面的小说，写一个因受牵连而被撤职的县长，无奈之下开起了饭馆，以一道“连骨熟肉”菜，享誉县城，自称“在家煮肉”，实则借此为抒发愤懑之一途。饭店名曰“又一村”，显系取自陆游名句“柳暗花明又一村”，亦暗含了讽喻、嘲弄之意：县长做不成，回家卖红薯。

小说中着墨最多的人物李雪莲，反而显得偏执无理、面目可憎。李佩甫长篇小说《生命册》中也写了一个访民形象：房屋充公，老婆走了，三十八年间，仆仆于上访途中，无望地索要已经消失的房屋、追讨已为人妇的妻子，此种诉求，尚在情理之中。而李雪莲为自身的一个过失，上访二十年，最后想要争回的仅仅是“一口气”，既不近情理，也淡化甚至颠倒了小说的显在主题：说的是一介民妇在庞大官僚系统面前的无助与渺小，展示出来的却是大大小小的官僚们被一个妇女折腾得草木皆兵、神经紧张。

除了意图偏离，小说还存在着一个致命漏洞：第二章第4节末尾写李雪莲告状告到最后，成了赌气，与其前夫根本无关了：

> 哪怕再告最后一年，也把这口气出来再说。这时的告状，就成赌气了。这时的告状，已经脱离了本来的告状，矛头对准的不是前夫秦玉河，而是法院院长、县长和书记了。

可是到同一章第13节结尾，其前夫死了：

> 李雪莲的脑袋，“轰”的一声炸了。炸了不是心疼秦玉河死了，而是没有秦玉河，李雪莲告状就没了缘由。……往年是告秦玉河，捎带告些官员；今年却主要是告这些官员，告不告秦玉河倒在

其次。但秦玉河一死，告状的链条断了，连同这些官员也无法告了。

一个花二十年时间去告状的人，已经回不到原初起点了，小说不遵此内在情节逻辑，而是弥缝漏洞、自圆其说，甚至出现“因为秦玉河的死，李雪莲的告状成了笑话”这样不应有的失误。那么缘何再度强化一个早被超越的初始理由呢？深层原因可能在于，其一，修复人物形象：前夫死了，“告状的链条断了”，请看，这个偏执而又无理的女性，不也通人情、讲道理吗？其二，再写下去，正文中的主角就无法出场了，所以，只好以秦玉河之死作为理由，匆匆打发李雪莲去上吊，结束两个冗长的序言。

序言的篇幅百倍于正文，其中一定寓含着作家的用意。然而，改变序言与正文的固有形式，这不能算新鲜、新奇，反而是一个错误。现有的文本给人的感觉，犹如一顶大帽子下面，站着一个小小人儿，比例严重失衡，从而导致意图偏离、人物形象主次不分。

五、贾平凹《古炉》之火未臻纯青之境

与贾平凹以往所有长篇小说相比，他的新作《古炉》（2011年）出现了一个特殊叙事视角，亦可称之为“不可靠叙事视角”——狗尿苔，小说主要人物之一，古炉村诸多事件的亲历者和见证者，却是一个长不大的、人人得而戏弄的村民。君特·格拉斯长篇小说《铁皮鼓》的叙述者奥斯卡·马策拉特，也是一个长不大的侏儒，但他智力超常，三倍于凡俗之徒；唱歌时音量之高之强，能击碎玻璃。

马策拉特也参与，也见证，更有甚者，能够洞见世界的荒谬。而狗尿苔的本领，一者突然间嗅闻到怪异气息，此为灾难即将发生的前兆；二者于幻视中看见村中人、物，皆为已死之人转世、托生。玄虚至极，难以凭信，或许作家借此营造某种渐次迫近的危恐氛围，亦未可知。然而，作为小说主要视角之一，狗尿苔的叙事功能全部丧失了。一个拿“引火绳”（相当于火柴）给成年人点烟以讨好他们，随即被推到一边的人，一个谁都可以在其屁股上踹一脚的人，一个几乎没有什么尊严的人，他会提供给我们多少信息？又有多少信息是可靠、可信的？

小说真正的叙述者，为隐身于幕后的作家本人，这是足以让我们信赖的，顺此视角，可见小说两个重大场景：以霸槽再度进村为分野，此前乃凡庸日常生活以及貌似安宁之下的权力之争，此后则着力描写血腥的、惊心动魄的派性武斗。

在小说美学方面，贾平凹曾说他有意识地追求一种“混沌状态”，泥沙俱下，莫知所以（《秦腔》后记）。具体创作中或可见出此种追求，如《高老庄》，如《秦腔》，《古炉》亦属此类。《古炉》让人叹赏不已的，是对异样风习、同此人情的描写，是对村民既狡又愚、患得患失的精神世界的描写。生、老、病、死诸般事类，于叶茂枝繁的工笔细写中，令人品味乡俗之差异多样；又似下笔不能自休，细节繁复而至于繁琐程度，繁琐——这也是贾平凹小说描写上为世诟病的一点。

小说主旨——“文革”，无异于“古炉”中的“火”。贾平凹对“文革”后不久读到的那些关于“文革”的作品颇致不满，以为写得“过于表象”“程式”化了（《古炉》后记），实则是对“新时期文学”中关于“文革”的作品的不满。那么，《古炉》之有意于超越那些程式化作品，当属确切无疑。

可是，拨开繁复的描写、循此丰富情节而去，其下依旧赫赫然呈现着“新时期文学”关于“文革”的书写模式：

一是权力争斗描写模式。支书朱大柜、队长朱满盆为一方，当权派，务实、勤劳，亦沾染权为我用、高位凌下的气势；霸槽为另一方，在野派，此人不安于现状，欲望骚动，必得从商或当官，始获满足。可当权派既不让他负责供销店，又不让他当民兵连长，利益得失由此转化成仇恨，埋藏心中，狺狺然如饿犬寻伺机会。狗尿苔看见霸槽于村巷中双手撑着被单，飞上天空般奔跑，象征其人欲望蠢动不已。

二是老干部复出模式。支书朱大柜被霸槽夺权、打倒在地后，不辩解、不抗争，不乱说、不乱动，极端驯服一如顺奴，让扫牛圈便扫牛圈，让陪斗便去陪斗，在村人眼里，一世威风的支书算是倒地服人了。他们哪里想到，这是老干部的韬晦之计。小说结尾，当两派头领霸槽和天布被枪决、武斗的硝烟散净之后，遍地碎瓦断砖，然而暂时安静下来的村巷里，出现了支书的身影：虽一瘸一拐，可那背影厚实、坚定，必将带来中兴的希望。古炉村，乱之前，不能没有支书；乱之后，更不能没有支书。这不就是新时期小说中常见的、典型的老干部复出模式吗？

《古炉》并未解决一个基本问题：那些朴实到木讷的农民，为何突然于一夜间变得如此疯狂、嗜血，非得把自己的邻人杀死？

一部试图超越程式化模式的作品，终归蹈袭故辙。它没有提供超越性的认识。尽管它也试图给予一种解释，那就是小说中不断出现的善人的说教——要“炼透人心”皆学问，要“悟道”即悟人之为人云云，全部为外附观念，非情节需要以及由情节本身生发出来。

或许，要真正做到超越故常，须本质性地改变有关“文革”的观念。否则，“新时期文学”中描写“文革”的模式，则是一座难以越过的高峰，同时，也是一道难以跨过的障碍。

六、“哑小说”——重读冯骥才《高女人和她的矮丈夫》

中国古典诗歌中有“盲诗”一说，典型诗例即为孟浩然的《春晓》，诗中画面由“听”表现出来。

受这个文学现象启发，我们可以说，在当代文学中，一部小说从开始到结束，主人公不说一句话，亦可称之为“哑小说”，典型例子即为冯骥才的短篇小说《高女人和她的矮丈夫》。

小说发表于 1982 年，应属“反思文学”类，情节亦颇为简单：高女人和她的矮丈夫都是某化学研究所研究人员，平日里两人形影不离。若是雨天，出门时由女人打伞，男人躲在下边，看上去很不相称。这使得“团结大楼”里十几户人家好奇并猜测不已。“文革”期间，夫妻历经磨难；“文革”结束后不久，妻子病故。从此，矮丈夫形单影只，雨天出门，他仍然高举着伞，那伞的下面有一大块空间，看上去没有任何东西能够填补。

这个短篇表层上写了今天已不多见的、坚如磐石的爱情，令人感动不已。它有着“哑小说”的因素，又多了一层内涵。就小说这种文体而言，好的形式有时本身就会产生丰富的意义。

新时期之初，“伤痕”“反思”等类文学作品，一个共同特点，即控诉“文革”灾难时，涕泪横飞，情绪亢奋；言辞激烈，正义在握。可就在这样的文学大潮中，《高女人和她的矮丈夫》似乎有意识地一反潮流，让主人公从始至终不说一句话，可举两个细节为例：一是研究所的造反派们把批斗会安排在“团结大楼”，楼区的小市民们对政治看来并不怎样感兴趣，倒是特别想知道高女人为何非要嫁给矮她十七厘米的矮男人，无论他们如何威逼，高女人一言不发，眼中闪现出的是傲岸、嘲讽、倔强的光。二是“文革”后，高女人患脑血栓，矮丈夫每天早晚搀扶女人出来散步，缓慢而又吃力，他们没有任何言语。这一默然、感人的景象，是通过楼区居民们的眼中表现出来：

> 他太矮了，抬她的手臂时，必须向上耸起自己的双肩。他很吃力，但他却掬出笑容，为了给妻子以鼓励。高女人抬不起左脚，他就用一根麻绳，套在高女人的左脚上，绳子的另一端拿在手里。高女人每要抬起左脚，他就使劲向上一提绳子。这情景奇异，可怜，又颇为壮观，使团结大楼的人们看了，不由得受到感动。

无语的景象，其中大有深意。

那个混乱年月中，今日的害人者，明天成了受害者；今天的受害者,明日又加入了侵犯他人的行列。这是一个奇怪而又普遍的现象。以此作为一个必要的参照标准，即可发现，大量的伤痕、反思文学作品中，缺少了一项基本的因素：自省。当受害者大声控诉的时候，他们能否敢于面对良知，说自己绝对未曾在强力威胁下对他人落井下石过?

那么，《高女人和她的矮丈夫》这部典型的“哑小说”，其实早已透露出了一个耐人寻味的信息：当内省和自肃还不能被接受、因而暂时无法成为普遍的文化心理之时，沉默或许是真正的无辜者最好的选择。

七、阿城的“三王”小说

阿城的“三王”，均为中篇：《棋王》，发表于1984年；《树王》和《孩子王》，发表于1985年。这三部小说给阿城带来了持久的声誉，也为新时期文学打开了一扇窗户。那个时候，除了老作家汪曾祺出手不凡，小说中既有玄异，又不离现实，第二个如此写作的大概就是阿城了。

如今重读这三部小说，发现颇有意思的规律或现象：一部比一部写得好，即，《树王》比《棋王》写得好，《孩子王》比《树王》写得好，而到了《孩子王》，阿城的艺术好像到了顶点，开始下滑，最后写不下去，终止小说创作，去写那些零零碎碎的《闲话闲说》了。

《棋王》有相当造作的成分，有故弄玄虚的因素，比如结尾部分，写“棋王”王一生下棋，数千人观战，这个场面描写，显见得是为了起衬托效果，煽情的痕迹未免太明显了。最后，出现那个老者，说出什么“中华棋道”之类神神道道的话语，云里雾里，反而见出其浅显。如果把《棋王》与茨威格《象棋的故事》简单做一个比较，即可显出优劣来：茨威格笔下那个被囚禁起来的人，把自己的另一半当作敌手，棋下得惊心动魄，最后导致神经错乱，那种艺术效果要比外在的“数千人观战”，更其打动人心。

《树王》相对来说要平实一点，这个所谓平实，是因为外在风景及风物描写，某种程度上掩饰了内在的不足。其实，在内容上《树王》与《棋王》差不多，甚至比前者更玄虚：肖疙瘩保护“树王”，不让别人砍，这很平常。当“树王”被人强行砍伐之后，此人竟因此而致病，最后死掉了。死掉倒也罢了，坟墓上又长出一片草，生白花，据说，这草是药，能医枪伤。这个描写，简直就是从古代传奇小说里挪用过来的。

《孩子王》确为极平实的小说，它的故事简单，描写质朴：一个知青，被临时抽调到村庄小学里教书，不懂教学方法，然而能带动学生兴趣，颇受欢迎。一部字典，那时是很稀罕的工具书，最后给了一个勤奋的学生。没有过火的描写，也没有煽情的细节，农村孩子朴实又聪明的品格，处处显露出来。在看似淡然的文字中，农村艰辛生活的压力下，村民超常的忍耐性格，也渐渐地感动了阅读者的心灵。

从阿城的这三部作品，或许还能总结出一个创作上的特点：空灵或玄虚，有时好写；写实，反而存在难度。这可真是画“鬼”容易画人难。

八、池莉《水与火的缠绵》读后

在当代小说中，那种令人一睹即难忘怀的题目，实在不多见了。小说的题目是构成其整个文本形式的一部分。好的题目多具意味，且或明或暗地指涉着作品的主旨和主要人物的个性、命运等。可我们只要看见那些多丧失了艺术意味的小说题目时，立刻便失去了阅读的信心。这从一个方面也反映出，作家们在艺术求索上的懒惰心理。也有一些艺术上颇为自觉的作家，于作品题目上下功夫，结果则往往让人颇费思量。这是否是作家有意矫正前述那种不良趋向，反而矫枉过正，也未可知。

池莉长篇《水与火的缠绵》（2002 年），题目颇像一句诗，其含义在正文中已有明确的交代，第十五章第二节：

> 芒芒不仅仅是她的丈夫高勇认识的那个女人，她还是另外一个女人，芒芒现在开始认识到这一点了。她是水，也是火，她天生就是，只是从前她看不见自己。芒芒明白了。

这也是对芒芒性格特征的总体表述。在三十五岁之前，芒芒基本上活在自己因性格所致的极为糟糕的命运中。换句话说，以个体应该呈现完整性特点作为一种衡量标准，即可看出，芒芒是分裂的两半，在压抑与对这种压抑的小心翼翼的解蔽中，她内心体验到一种极深的苦恼。一方面，她扮演着革命色彩浓厚的家庭以及社会舆论认可的那个角色，即稳重、朴实、大方、秀丽，很大程度上，这是一种社会角色，而且她也始终以这一角色出现在自己的丈夫面前。

另一方面，却毫无保留地将自己真实的个性及脾气暴露给好朋友常声远。因此，芒芒所做的一切，亦即此前她所有的努力，就是要在三十五岁时，将社会、公众及家庭派定给她的那个社会角色彻底放弃，把被压抑得太久的真实的自我解放出来。在“水与火的缠绵”中，她由无意识到自觉的行为，最终确认并再次重铸了自己的个性角色——她在未婚之前的一句内心独白很可做此注脚：“什么是好女人？去他妈的，她还是做她自己吧！”作品结尾，芒芒那样大胆地预备着跟常声远去长江，即是她实现完整自我后首次实践性行为。角色冲突以及对这种冲突的化解，实际也是芒芒作为个体人性格归于完整的过程。

我们很难想象，一个人始终以社会角色出现在与另一个人组成的夫妻私生活中，他们的关系到底能够维持多久。事实上，芒芒与高勇从相识到结合，在一开始就是明显的错误。最初吸引芒芒的，是高勇身上那种蹩脚的作态——一个自认为是贵族后代的作态，这对一个涉世未深且缺乏经验的女性，颇具爱情魅魇作用。其次，在双方相互走近的过程中，个性和脾气之绝难相通，成为作品描写的重彩部分。尽管这是一个不证自明的道理或常识，作家在此处花费笔墨，似乎是一种浪费。除此而外，他们的结合还有个人无法掌握的外力在起作用，社会、家族及家庭共谋，为一对宜家宜室的年轻人勾画他们未来生活的“蓝图”。此处正可见出作品的叙事背景。

背景描写，这是本部长篇最有价值的地方。有谁还记得自80年代以来与己身相关的社会束缚，他一定会从这部作品中读出一种极为不安的“记忆”来。比如，生活作风问题，恋爱相会时的胆战心惊，婚前的那种绝对侮辱性的检查，以及私人空间的极度缺乏，等等。

九、高晓声和他的《李顺大造屋》

已故著名作家高晓声，是靠《李顺大造屋》确立了他在文坛的地位的。这个短篇发表于1979年，并于同年获得第二届全国优秀短篇小说奖，迄今已有二十年。二十年之后再来看这个小说，依然能让人读下去，且给人一种启发。这就是经典作品的魅力。美国著名文化批评家萨义德说过：经典作品，是读了一遍后还想第二次阅读的作品。

《李顺大造屋》的情节是简单的。李顺大是陈家村的一个穷苦人，身世当然非常凄苦。新中国成立以后，分得了土地，但没有房子，所以，他下定决心，把造三间屋作为奋斗的目标。这样看似简单的目标，要他用近三十年的时间才能完成：1951年土地改革，李顺大二十八岁，立愿以“三年薄粥，买一头黄牛的精神”，造三间屋，终于在1957年底，他买到了能够造三间屋的砖瓦材料，令他万没有想到的是，1958年自已所买的东西全部归公。1962—1965年，李顺大攒够了二百一十七元，是他预算的造屋费用，却被“文革”运动中一个腰插手枪、手举“红宝书”的造反派头头全部抢去。1977年，在新走马上任的老书记的帮助下，李顺大终于圆了造屋梦。

书记出面干预，解决问题，这是高晓声农村小说中一个基本模式，“逢到急难，总有救星”。德国汉学家顾彬在他的著作《20世纪中国文学史》中，非常敏锐地指出，李顺大能买到造房子的材料，是通过送礼品亦即“贿赂”的方式来实现的：给砖瓦厂和水泥制品厂负责人送了最好的香烟。这是小说中一个细微的、不被批评家所注意的细节，顾彬却特意指出，并说，谁知道后来还会有什么“麻烦事”在等着李顺大呢。

这个短篇小说之所以在当时众口相传，确实因为它显示了一个作家的责任感：高晓声熟悉农村，他知道农村当时面临的主要问题，了解农民心中所期盼的事情；他能以高度的艺术概括的方式，将农民的这一愿望率先表达了出来，反映了农民的心声。它虽不过是一个短篇，但具有一种颇为广阔的时代气象。

重读这个短篇，令人想到了今天的作家或文学。三十多年前，农民有高晓声这样的好作家，表达他们的心声；今天城市房价问题，已经成了严重的社会问题，为什么却没有一个作家来表达他们深切的心声呢？

也许，文学的好坏，作家的成色、分量，就在于能否表达出时代或社会的愿望吧。

十、谁也离不了谁——重读两篇煤矿题材小说

我对1977—1986年全国优秀短篇、中篇小说获奖作品做了一个统计，共244篇，按题材划分，最多的为农村题材小说，其次是反映右派冤屈经历的作品，这两类大致占总数的一半。其他各类题材，计有：城市、知青、军事、工厂等等。当然，还有少数民族生活题材，也占了一定比例。根据题材观察作家的创作趋向或文学脉络，不失为一种较有用的方式，因为，在一定时期某一类题材的作品占居多数，则说明时代的总体风向。

上述244篇获奖小说中，描写煤矿行业及工人现状的作品，只有两篇，属凤毛麟角：一篇是孙少山的短篇《八百米深处》，获1982年全国优秀短篇小说奖，另一篇是谢友鄞的短篇《窑谷》，获1985—1986年全国优秀短篇小说奖。

非常有意思的是，《八百米深处》写了国营煤矿，《窑谷》写了私营小煤窑，两篇小说都将"水火瓦斯坍塌冒顶"作为重要情节来描写。

《八百米深处》中，地震造成了塌方，在八百米深处的井下，几个脾气各异的青年工人，在即将退休的一个老矿工带领、感化下，同心协力，终于爬出地面，看到了蓝天白云。小说确实表现了一种打动人心的力量和精神，它是如此描写的——如果说人在大森林或大沙漠中容易迷失方向，那么，到过井下的人则都知道，那里面根本不存在东西南北的感觉。一旦在八百米的深处失事，那是"谁也离不了谁"，帮助另一个人意味着共同"向生走近一步"，在这一过程中，身经其中的人，他们的"身心获得了新生"。这篇小说的意义还在于，它较早地反映了这个行业的腐化现象：80年代的时候，工人批评干部"见钱眼红，往腰包里扒得太多"，干部则抱怨工人们"不知足"。

《窑谷》描写的是私营小煤窑，它已经注意到了频发事故的严重性，而这将在日后成为梦魇：

中午，在我们视野所及的长长的谷底，装满煤炭的马车连成一串，缓缓地朝谷口外驶去。阳光当顶，充满山谷，一车车煤炭闪烁着黑亮亮的光泽。这辽西雄宏壮阔、连绵不断的大山间，这条窑谷，不过是一条小小的褶缝，但就是从这里，默默地、不断捻地输送出了多少光和热，使乡镇，使县城，使远市一天天兴旺发达起来。可是，从窑谷拉出去的，除了那一车车的煤炭外，还有几口新打成的棺材，装在马车上，夹在长长的队伍里。

小说的主人公是一个高考落榜的中学生，他来到表哥的小煤窑干零工，表嫂却鼓励他去省城学习技术，没有技术，小煤窑会事故不断。年轻的中学生怀着一股热情，向山外走去，他自知肩负着责任，他终归要回来，就为着曾在井底与工人们共生死的那份情谊，他会回来帮助他们。

《八百米深处》中走上地面的那群矿工，他们的命运怎样了?《窑谷》中出外学习的中学生，是否回到山谷煤窑了？我们不知道。因为，在我们的文学中，已经很少见到工人的形象了，尤其是那些在800米深处挖煤的农民工，更是不多见了。

十一、“这负重者就是我们的农民”——读朱晓平中篇小说《桑树坪纪事》

新时期涌现出来的一大批好作家，后来多数中止了小说写作，从文学爱好者的视野中消失了。可以举几个例子，如阿城、乌热尔图、何士光、李晓等。

曾被当成知青作家的朱晓平，就是这消失行列中的一员。

朱晓平的小说数量并不是很多，主要写知青插队生活，是可以一读再读的作品。

他的中篇小说《桑树坪纪事》写于1985年，同年获得第四届全国优秀中篇小说奖。后来被拍成电影，并改编为话剧，产生了相当大的影响。

小说写一个知青（主人公）到陕北一个名叫桑树坪的地方去插队所见到的真实的农民形象。在车站饭馆里，生产队长李金斗给知青上了一课：穿着像个叫花子，把知青给他的七角钱偷偷藏起来，像买稻种的梁生宝那样，只要了一份汤，分成两份。这让知青颇为不悦：

> 我印象中的农民形象，是从电影里画报上和小说中得来的，李金斗和这样的农民，其间没有等号，因为一个是艺术中的农民形象，一个是现实中的农民。

所谓电影、画报和小说中的农民形象，其实就是指柳青《创业史》中的梁生宝，赵树理《三里湾》中的王玉生，周立波《山乡巨变》中的邓秀梅，当然更是浩然《艳阳天》里的萧长春。在这些作品中，农民干劲十足，精神饱满，不愁吃，不愁穿，还要去批斗阶级敌人。但是历史已经证明，这些小说在塑造新一代农民形象的同时，有意识地掩盖了农民受苦受难的真相。

所以朱晓平的小说第一个意义即在于，写出了农民的忍辱负重而又毫无怨言的真实形象。如金同和福龙外出换粮种，却丢掉了驴和苞谷种，回到村里，双双跪在村口，高呼请罪；温婉的青女，在疯子丈夫折磨下也变成了疯子；美丽的彩芳因抗婚，奋身跳入了深不见底的井里；饲养员金明，拖着残疾的双腿，到外乡乞讨，这系列农民形象表明了：

> 在那年月，尽管受苦受屈的人太多了，可最值得人去同情的去关心的，是我们的农民。他们不发牢骚，他们能容忍，他们用坚忍不拔的毅力，乐呵呵地吃苦。对艰难困苦，他们已经习以为常，一代接一代就是这么过来的。如果说他们是对苦难麻木不仁，那是对农民不了解。犹如一座高楼，再盖一百层高，也总要有土地和砂石来负重，支撑着这座大厦，这负重者就是我们的农民。

朱晓平小说的第二个意义，是在于为农民“代言”。新时期的文学评论中出现了一种很不负责任的观点，认为此一时期文学的主旨是“文明与愚昧的冲突”，文明是指城市及其居民，愚昧则是农村和农民。朱晓平的小说却让这种理论显示出了其本质上的缺陷以及对农民的歧视：

> 那个动乱的年月，除了极少数的人，怕是人人都在吃苦受屈。学校关门，工厂停产，干部挨斗靠边站……唯独庄稼人不敢放下他们手中的活路。没人去管他们的疾苦艰难，可他们却要用加倍的血汗生产粮食，去维持这乱纷纷的世道。除了农民，似乎人人都关心着国家大事，关心中国的前途和命运，只有庄稼人，

眼巴巴盯着土地，关心着庄稼。

小说最后写道："对桑树坪人，我没有一个恨的。都是好人，都是可怜人。"

"都是好人，都是可怜人"，读到此处，真是令人动情不已。

十二、一篇趣味不高的小说

韩少功短篇《赶马的老三》（原载于《人民文学》2009年第11期），实在说是一篇趣味不高的小说。这一方面是因为作家津津于文字自身，说白了就是玩弄文字游戏，比如"村头"老三在饭馆里把"腐乳"说成"妇女"，在会场上把"应该收钱"故意当成有个名叫"应该"的人，后面用听者"哧哧"笑声来衬托其有趣效果，其实很无聊。再如村中有个二流子看到外乡人压死了一只鸡，二流子讹诈人家的理由是：此为澳大利亚良种，吃得快，下蛋也快，获二百个鸡蛋后又会变出很多鸡，依此类推，即为"脱贫致富奔小康的希望"。可这个蛋生鸡、以鸡致富的细节，不过挪用了明代一个老旧的笑话而已：一愚人捡到一枚鸡蛋，向其老婆描绘小康蓝图——蛋生鸡，卖鸡买牛，数年内即可得金三百，然后买田宅、市僮仆、包二奶（江盈科《雪涛小说》）。感兴趣于文字游戏，可能即是隔膜于生活实感。

另一方面，也是主要原因，即人物缺乏基本的尊严，似乎生存在一个无任何道德约束的"化外之地"。小说中有一细节：村中有个称为莉疯子的女人，成天疯疯癫癫，走到哪家睡哪家，没有哪家的床她没有睡过。两个儿子斥责其父娶了如此一个“老虎凳”，并要外公把“把你的疯子女搞回去”。即使原始社会里，子女至少还知其母，尊重其母，这里连起码的家庭伦理秩序也荡然无存了。何况，除非神经病，哪个农村女人随便去睡人家的床呢？还有一个令人无法容忍的细节：一村民为了逃避超生罚款，觍颜说出老婆怀的是野种之类的话来，而村长竟用种猪配种亦须付费作为理由，令其缴纳超生费。这哪里是人的生活，连动物也不如了。

或许作品要表现“村头”老三的聪明世故，然而这个人物不说话、不做事犹可，一说话，一做事，即显出低级乏味的小聪明。按作品中一句描述，此人自嘲原本是“下一辈子去做猪”的料。

不太清楚，为何有些作家一写到农村、农民，就会放开手脚、肆无忌惮，把农民写成白痴、傻瓜、没脑子的笨蛋。这篇作品可作为此类倾向的一个标本。

说这部作品玩弄文字游戏，还可举两处以为证据。说自己老婆怀野种的那个村民，他家的三头牛被他赶到山上，他撒手不管，几乎成了野牛，“在山上找不到水，渴坏了内脏，死掉一头”，渴坏内脏会死掉，是否还存在另一种死掉的原因，即渴坏皮毛、尾巴或蹄子？还有那个无床不睡的疯妇，能够“捂嘴哈哈大笑起来”。张飞、牛皋式的英雄好汉，亦未必有既捂嘴、又无碍哈哈大笑的本事，而此疯妇平日能一手叉腰，“叉出一个茶壶姿态”，也会手持断砖，将其夫追逐得如狗样逃窜，自然会有“捂嘴哈哈大笑起来”的绝活了！

小说细节

一、从昏迷中苏醒过来，只会说英语

毕飞宇短篇小说《大雨如注》（载于《人民文学》2013 年第 1 期）写某师范大学的一个管道工，在其女儿四岁时即实施培养计划，到了上初中时，已经会舞蹈，会写一手欧体字，会剪纸，会演讲与主持，会弹古筝，“英语特别棒”。为了让女儿的英语口语更地道，管道工花钱请了一个美国留学生来辅导。在一次练习古筝时，女儿突然晕倒，医院检查结果为脑炎。昏迷持续至第八天时，这个女孩子终于开口说话了，不过，她说的不是汉语，而是英语。小说情节发展到这里，已经接近结尾部分，看出来也是作者颇为得意的设计和描写。女孩子总共说了五段话，第一、二段为单句，三、四、五段为整段英语，语句连贯，不打结巴。每段之后附有汉语译文。以下试引用其中一段：

Please tell me,what happened?Why am I not at home?God,why do you guys look so thin?Have you been doing very tough work?Mom,if you don' t mind,please tell me if you guys are sick ?

英文后附有译文：

请告诉我，发生什么了？我为什么没在家里？上帝啊，你们为什么都这么瘦？很辛苦吗？妈妈，请你告诉我——如果你不介意的话——你们生病了吗？

一个昏迷了八天时间的病人，突然说出如此流利的句子，虽然不免令人感到疑惑，还不算太大的毛病。问题在于，这些流畅的英语句子最先是谁听到的，然后传达给读者？根据小说提供的时间、场景等信息，当女孩子在凌晨睁开双眼并且“无力地动一下”嘴唇时，其时病房中只有管道工夫妇二人，未见有其他病人，或者其他人正在睡眠中，也未可知，反正小说没有交代。这就说明了，当女孩子说英语时，只有夫妇二人听到了，现场别无他人。现在的问题是，管道工系农民出身，根本不懂英语，他当然不可能一字不落地记住这些句子，再向读者传递出来。那么，如此整齐、流利的英语句子，只能是隐含的作者代笔，并很用心地翻译成汉语附录在原文后面。

事实上，从昏迷中苏醒过来，突然间说起了英语，这个情节不能算作《大雨如注》作者的独创，汪曾祺散文《观音寺》（1987 年）早就写过了。此文是汪曾祺对 20 世纪 40 年代他在昆明当教师经历的一个回忆。当时西南联大的几个同学办了一所中学，汪曾祺亦是刚刚毕业，暂无工作，给当校长的同学打声招呼，就来上课了。战时的昆明，条件艰苦，但年轻人在一起总会有乐趣，也时时会发生一些趣事。有个同学乘坐空卡车进城，不小心从车上摔下去，醒来后只会说英语，即为其一：

> 生活清贫，大家倒没有什么灾病。王惠得了一次破伤风，——打篮球碰破了皮，感染了。有一个姓董的同学和另一个同学搭一辆空卡车进城。那个同学坐在驾驶舱里，他靠在卡车后面的挡板上，挡板的铁闩松开了，他摔了下去，等找到他的时候，坏了，他不会说中国话了，只会说英语，而且只有两句："I am cold，I am hungry"（我冷，我饿）。翻来覆去，说个不停。这二位都治好了。我们那时都年轻，很皮实，不太容易被疾病打倒。

这位同学是联大毕业生，他苏醒后说来说去不过两句话，非常简单，所说意思也极贴合当时的战争背景；散文于叙述语调上，略显幽默，内中却含有辛酸味道。而《大雨如注》却是兴味盎然，并且一词不落地写下了几大段英文，看似幽默，实则幽默得过了头，反而显出老实笨拙态。值得一提的是，对于当教师这段经历，汪曾祺是不能忘怀的，他在1945年就专门写过一篇小说，名为《老鲁》，多少有些实录的成分在内，其中也有乘车进城这一情节，但不是同学摔昏后说英语，而是叙述者与主人公老鲁到城里为食堂买米，着重写老鲁如何与米店老板砍价，返回途中又遇见两个年轻士兵吹牛，以对比出同样当过兵的老鲁才是真正“见过世面的”。显然，让《大雨如注》的作者大书特书的细节，在汪曾祺眼中，大约没有什么可以拓展的想象空间，否则，他怎么会放弃一个很好的细节呢？须知对一个小说家来说，好的细节有时也是可遇不可求的。

当然，这并不是说《大雨如注》的细节就是偷取、抄袭了《观音寺》中的描写，如果它的作者确实没有读过这篇散文的话。一个人昏迷后苏醒过来，忘了母语，却说起了满口的外语，这种情形在现实中也时或有之，媒体也不乏这方面的报道。比如，一个二十六岁的英国女孩到西班牙旅行时发生车祸，连人带车摔进三十多米的沟壑里，昏迷了整整两个月，醒过来之后大声说起了西班牙语（《车祸醒来后满口外国话》，《扬州晚报》2007 年 5 月 15 日）。还有一个捷克的赛车手到英国参加比赛，与另一辆赛车发生碰撞，头部受伤，当即陷入昏迷状态，醒来后说起了一口纯正的英语（《赛车手遭遇车祸醒后英语随口甩》，《新京报》2007 年 9 月 16 日）。这些新闻报道或许才是《大雨如注》结尾细节的来源吧。

然而，比较起来，这两则新闻报道倒更像小说。

二、说笑话

王安忆《米尼》（1990 年）开篇即写了主要人物米尼的一个本领，那就是会说笑话：

> 说笑话是米尼的本领，第一，肚子里有无穷尽的笑话；第二，她可无穷尽地重复某一个笑话而新意叠出。甚至当她不说笑话

而只是说一些平常的话时候，依然有一种引人发笑的意味。由于插队的日子本没有什么快乐可言，大家也无形中夸大了这种快乐的效果。于是，米尼便给这暗淡的生活带来了乐天的精神。这时候，同学们说着蹩脚的笑话，等待米尼出场。

小说至少还有四五处地方强调了米尼的这种本领，如她“太会讲笑话了”，她讲的笑话虽不脱离具体的时间地点，却“具有一种连贯性和整体性”等等。另外，还有一个“白面孔”的男知青，也很会说笑话，与米尼相互打趣，表面上各不相让，暗中却配合得极好，“他们两人有一个共同的特点，就是上海人所说的那种‘冷面滑稽’。表面不动声色，甚至十分的严肃认真和恳切，骨子里却调侃了一切。这其实包含了对世事冷静的体察，需要相当深刻的世故，仅靠聪明还不够，甚至于需要一点儿智慧”。作家如此强化人物身上的能力，目的显然在于激发起读者的兴趣。站在读者的角度上，不能不相信作家的许诺，一定会等待着，接下来她的人物肯定会说出几个令人捧腹的笑话。

然而，奇怪的是，作家好像忘记了她的慷慨的许诺，没有让人物说出一个笑话来，而且这两个最会说笑话的青年，其实身上没有一点儿幽默的气息。他们的结局与作品所描述的聪明、世故、智慧等等毫无关系：女人做了妓女，男人当了小偷。这个结局才真是“笑话”。

那么，所谓最会讲笑话，不过是作家附加于人物身上的标签，与人物的内在世界无涉。就小说的整体而言，是一种浪费；对人物本身来说，这种外加的优点，反成了一种刺眼的缺陷。

赵树理笔下的李有才，是著名的《李有才板话》（1943年）中主要人物，他也会讲笑话，会编“板话”。小说中是这样描写其人本领的：

> 在老槐树底，李有才是大家欢迎的人物，每天晚上吃饭时候，没有他就不热闹。他会说开心话，虽是几句平常话，从他口里说出来就能引得大家笑个不休。他还有个特别本领是编歌子，不论村里发生件什么事，有个什么特别人，他都能编一大套，念起来特别顺口。这种歌，在阎家山一带叫“圪溜嘴”，官话叫“快板”。

米尼“不说笑话而只是说一些平常的话的时候，依然有一种引人发笑的意味”，作品中却没有一句这种引人发笑的“平常的话”；李有才平时会说“开心话”，亦即会讲笑话，虽然是“平常话”，也会引得大家笑个不休。与《米尼》一样，李有才也没有说出一句这种引人发笑的“平常话”。但是，与《米尼》不一样的是，《李有才板话》重在描写一个“特别的本领”即编快板，主人公会说的“开心话”以及平常话里面的那种幽默意味、讽刺风格，均凝聚在快板这种民间艺术形式中，而快板在作品中就有十三个之多。略去“开心话”“平常话”，重点写快板，这在结构上是无可挑剔的。“村长阎恒元，一手遮住天。/自从有村长，一当几十年……”，“老恒元，真混账，/抱住村长死不放。/说选举，是假样，/侄儿下来干儿上”，等等，还是颇具嘲讽力度的。

沈从文短篇小说《贵生》（1937年），其中有一个细节，杂货铺老板的女儿金凤被当地的土财主五爷买去做妾，出嫁那天，抬轿子、吹唢呐的人坐在一起说笑话：

> 吹唢呐的会说笑话，随即说了一个新娘子三天回门的粗糙笑话，装成女子的声音向母亲诉苦：“娘，娘，我以为嫁过去只服侍公婆，承宗接祖，你哪想到小伙子人小心坏，夜里不许我撒尿！”大家更大笑不止。

小说已经交代吹唢呐的“会说笑话”，下面紧跟着将这个笑话讲出来，也符合人物的身份、职业，最主要的是，笑话还要与时间、场合相一致。此处亦可见出优秀小说家的功夫。

三、解释“相对论”

宗璞《东藏记》（2002年）第八章第一节，明仑大学校庆聚餐后，众人陆续散去，即将毕业的大学生庄无因，仍旧和几个小友在一起：

> 几个年轻人还恋恋不舍不愿走开，他们要无因讲一讲什么是相对论。无因捡了一块黄泥，在石桌上画了个简单的图，他的讲解深入浅出，若是爱因斯坦本人听见，可能也会赞许。讲了一阵，无采说：“好了，好了，真都那么爱听么？”“不爱听就走开。”无因语气很温和，仍拿着黄泥在桌上画，大家仍

围着听，可是他越讲越深，大概要进入另一个世界了。无采要走，嵋拉住她，说：“再等一会儿。”梁先生又走过来，说：“你们还不解散，家长都等着呢。”低头看那黄泥图，说：“从图论的角度看，你这条线不对。”拿起一块泥改了，无因立刻明白，连声称谢。

《东藏记》是“野葫芦引”中的一部，其他两部为《南渡记》和《西征记》。据说，这个系列小说中的人物大多有着原型，如孟樾即是作者父亲冯友兰，秦校长为梅贻琦，钱明经为吴宓，尤甲仁、姚秋尔夫妇乃钱锺书、杨绛夫妇，而庄无因可能就是后来获得诺贝尔物理学奖的杨振宁。

倘若真是如此，作为读者的我们就更充满了期待，因为作者已确凿无疑地告诉我们，好学深思、才华横溢的大学生庄无因给几个小友讲解“相对论”，其讲解“深入浅出”，达到了爱因斯坦本人听见也会点头称赞的程度。这也透露出了一个信息，杨振宁在大学时候即已弄通了“相对论”，庄无因的解释可以看作是杨振宁的解释。爱因斯坦如何点头称许，普通读者是无法想象的，但是那几个小朋友能够听得懂，普通读者想来也能理解接受，因为读者期待并想知道的，就是庄无因将高深理论化解成的那个“浅出”部分。

然而，奇怪的是，作家可能真的太吝啬了，她没有把庄无因的解释公布出来，读者的期待最终还是落空了。

莫言长篇小说《十三步》（1988 年）第四部第七节，物理老师方富贵给学生们讲述了据说是爱因斯坦本人对“相对论”的解释：

据说，有人请教大物理学家爱因斯坦相对论是怎么回事——你对我们说——爱因斯坦解释道：如果您在火车站等火车，两个小时显得很长很长；如果您跟心爱的姑娘在一起，两个小时就显得很短很短。

上个世纪80年代，国内流传着爱因斯坦妙解“相对论”的故事，当时有不少幽默笑话选本，都收录了这个故事，情节上大同小异。比如有一本笑话集中收有一则故事，爱因斯坦用一个比喻回答了他人的提问：“当你和一个美丽的姑娘坐上二小时，你会感到好像坐了一分钟；但要是在炽热的火炉边，哪怕只坐上一分钟，你却感到好像是坐了两小时。这就是相对论。”这些故事或笑话的来源不明，其可信度大可怀疑，但它反映或折射了其时的社会心理，作为一种社会文化现象，则无可否定。

《十三步》用这个故事，来戏谑性地形容那个早晨的“漫长”，这是一个特殊的时刻——方富贵面临着一个重要的选择，他将要在整容师手中变形为另一个人。

虽然引用这个故事只是一种点缀，近乎于闲笔，但作者不仅准确地描述了人物的心理感受，同时也让读者了解了故事的内容，逗人一笑，没有故意遮遮掩掩，藏头露尾，让读者猜谜。

四、前生相识

王蒙短篇小说《妙仙庵剪影》（1983年）中的主人公米如云，

刚刚考上大学，入学前想为家中赚点外快，便带上剪刀、黑纸、镜框等工具、材料，到妙仙庵前摆起了摊子。第三天时突然狂风大作，黑云满天，游人四散，但他的眼前竟然站着一个穿竹布褂的姑娘：

> 这是谁？是哪里的姑娘？从她的竹布褂看来，她绝不是城里来的游客，可附近的山村里，又从没有过这样一个人。她的微微隆起的前额显得聪敏而又有些调皮，她的眼睛似乎避免正视任何人，也不愿意接受任何的人注视，目光的变化传达着一个又一个的纷乱活泼的思绪。她的鼻子和嘴的线条都是那样挺拔而又柔和，微翘的小鼻子晶莹而且纯真，缓缓消失的嘴角的线条显得那样善良无瑕而富于爱心。最奇怪的是这样一个陌生的女孩子，使米如云一看便觉得这样的亲近，好像他们已经认识了好久，好像她是他的姐妹。他愿意完全信赖她，他愿意把自己的事，他这个小有天分却被捧得过了头的山沟秀才的自信和碰壁、惭愧和耻辱告诉她。他想问问她，他们是怎样相识和什么时候相识的，为什么经过了这么长时间让他久等着她却没有来看他。他还想送她一些礼物，比如说他父亲采撷的灵芝和贝母，比如说他最心爱的那只两脚规和画册……

一对青年男女初次相见，一见钟情，感觉前生早就相识了，这是文学中常见的一个原型或母题，如《红楼梦》第三回《托内兄如海荐西宾　接外孙贾母惜孤女》，林黛玉和贾宝玉首次见面的场景，描写上便有刻意强化、着力渲染的色彩：

一语未了，只听外面一阵脚步响，丫鬟进来报道："宝玉来了。"……

黛玉一见便吃一大惊，心中想道："好生奇怪，倒像在那里见过的，何等眼熟！……"

…………

宝玉看罢，笑道："这个妹妹我曾见过的。"贾母笑道："又胡说了！你何曾见过？"宝玉笑道："虽没见过，却看着面善，心里倒像是远别重逢的一般。"

王蒙小说中男主人公对穿布褂的姑娘产生前生就曾见过的感觉，从母题角度来讲，应该说就是从《红楼梦》这个谱系而来，所以，衡之以独创性标准，这个情节毫无新意，甚至可说非常陈旧老套。然而，它真实可信，并能打动读者的心灵，盖因十年"文革"压抑、扭曲人的情感，"阶级情"代替了男女之间正当的相悦吸引；一旦社会恢复常态，被压抑得太久的情感便会有一次宣泄喷发，上世纪80年代初的小说作品中，爱情主题甚为流行，《妙仙庵剪影》即是这类作品中的一部。它描写了一种不带丝毫杂质的情感，还有那种前生相识的幻觉，至为美妙，这正是令人动心之处，而习见的母题也因此获得了新意。

如果现在有一部小说，还在用前生相识的母题，来表现男女主人公非同寻常的爱情，除非这部作品有着高超的技巧和奇特的想象力，一般情况下，可能会成为笑话。试举一例，如徐则臣长篇小说《耶路撒冷》（2014 年），其中就有这样一节文字：

> “你说话时我才注意到，声音低沉，好听的男中音。”后来，舒袖说，“你谈的问题我丝毫兴趣都没有，但我喜欢你说话的样子，打着手势，像在转动一个地球仪。我突然觉得很久以前就认识你了，那声音也熟悉，好像上辈子见过的一个人。你说话的时候，你不看我的时候，我才敢看你。”

这段文字味同嚼蜡，没有感觉，原本意在强化女性人物内心深处刻骨的爱意，间接地表现男性人物的非同流俗；可是，无意中却露出马脚，把一个男性的自大和自怜泄露了出来。

五、吹小糖人，捏泥娃娃，演傀儡戏

刘震云长篇小说《一句顶一万句》（2009 年）上部第三节中，私塾教师老汪的女儿玩耍时，淹死在水缸里。老汪决定离开伤心之地，便带着家小一路向西走：

> 走走停停，到了一个地方，感到伤心，再走。从延津到新乡，从新乡到焦作，从焦作到洛阳，从洛阳到三门峡，还是伤心。三个月后，出了河南界，沿着陇海线到了陕西宝鸡，突然心情开朗，不伤心了，便在宝鸡落下脚。在宝鸡不再教书，也没人让他教书；老汪也没有拾起他爹的手艺给人箍盆箍碗，而在街上给人吹糖人。老汪教书嘴笨，吹糖人嘴不笨，糖人吹得惟妙

惟肖。吹公鸡像公鸡，吹老鼠像老鼠，有时天好，没风没火，还拉开架势，能吹出个花果山。花果山上都是猴子，有张臂上树够果子的，有挥拳打架的，有扳过别人的头捉虱子的，还有伸手向人讨吃的。如果哪天老汪喝醉了，还会吹人。一口气下去，能吹出一个花容月貌的女孩。这女孩十八九岁，瘦身，大胸，但没笑，似低头在哭。

通过捏塑器物寄寓对死去亲人的思念，则相当于一种仪式，这也是文学中的一个常见原型或母题。即如上节所引文字，吹各类小动物仅是铺垫，吹出一个小糖人才是主题，把父亲对女儿的持久思念，淋漓尽致地表现出来，读后令人为之动容。不过，细加推敲，这里面也有一些过度想象：老汪的女儿死时仅六岁，但他吹的小糖人却是一个十八九岁的、已经结婚的小媳妇，人称“开封小媳妇”。在生活中常有这种情况，丧子的父母会设想，自己的孩子倘若不死，此时会是何种情形，但存留于他们心头的形象，像老汪的女儿，永远会定格在她死时的六岁年龄段。把一种设想当成实有来描写，则违背了生活逻辑。

莫言长篇小说《蛙》（2009年）第四部第三节中，秦河对姑姑的痴恋就像“一种病”，对方出嫁后，他没有投河、上吊，“而是将痛苦转化为艺术”，开始捏塑小泥人，成了一个著名的民间艺术家。这个“满头白发，依然中分，脸如马驹，两只大眼，忧郁而深沉”的大师，时常双手托腮，面壁苦思，他不仅能捏塑出形态各异、栩栩如生的小孩子形象，也创作出了众人膜拜的送子娘娘形象：

> 我仰望着娘娘塑像。她面如圆月，发如乌云。细眉入鬓，慈目含情。身着一袭白衣，项佩珠宝璎珞。右手持长柄团扇，扇面斜扣肩头；左手摸着一个骑鱼童子的头顶。在她的身体两侧，拥挤着十二个姿态各异的童子。这些童子面貌生动，童趣盎然，确实可爱极了。我想，高密东北乡能够塑出这样孩子的，大概只有郝大手和秦河了。如果王肝所说属实，那这组塑像，更似出自秦河之手。因为，我罪过地联想到：这白衣娘娘的体态面相，与我姑姑年轻时颇有几分相似啊！

莫言的描写总带着幽默、戏谑的意味：“爱情是一种病”，失恋更是一种痛苦，把痛苦升华了，便会成为某种艺术形式。这其实是一个相当陈旧的主题，如果一本正经地实写出来，是不会有多少新意的。因此，在莫言这里，处理一些习见母题时，往往用幽默、戏谑的方式，即显出洒脱的风格、超然的智慧。以秦河的失恋为例，说明了一个有关艺术创作的“奇迹”，即“失恋是一笔财富，尤其是对从事艺术创作的人来说，没有经过失恋的痛苦淬炼，是不可能进入艺术创作的最高境界的”，则亦庄亦谐，在一个平常的母题上变化出新样来。

吹糖人、捏小泥人，均属民间艺术形式，于创作中寄托人物的哀思，或将痛苦情感化解掉。而傀儡戏作为民间艺术形式之一，也同样可以抚平一种伤痛。沈从文短篇小说《生》（1933 年）就写了这样一个平常而又伤心的故事：北京城什刹海杂戏场南头，煤灰土新铺就的一片场坪上，一个六十多岁的老人扛着一对大傀儡，开始扮演两个人相扑殴打的戏，戏中人物一个名叫王九，另一个名叫赵四，不管观众有多少，他都认真地、极有生气地表演着，连唱带做，戏的结局总是王九打败赵四。演完了，老人坐下休息、数钱，而这个打斗的傀儡戏里面，有一个真实的故事：

> 他于是同傀儡一个样子坐在地下，计数身边得到的铜子。一面向白脸傀儡王九笑着，说着前后相同，既在博取观众大笑又在自寻开心的笑话。他把话说得那么亲昵，那么柔和。他不让人知道他死去的儿子就是王九，儿子的死乃由于同赵四相拼也不说明。他决不提起这些事。他只让人眼见傀儡王九与傀儡赵四相殴相扑时，虽场面上王九常常不大顺手，上风都由赵四占去，但每次最后的胜利，总仍然归那王九。

作品最后也告诉了我们结局，王九死了已有十年，老人表演王九打倒赵四也有十年，而那个打死王九的赵四也于五年前在保定府害黄疸病死掉了。

吹小糖人、捏泥人、演傀儡戏基本属于一个原型或母题系统，母题多不变，变化的是时代的因素、作家的想象力和高超的写作技巧，这后一点正是作品是否优秀或是否充满新意的决定性要素。

六、两个单干户

莫言长篇小说《生死疲劳》（2006年）中有一个叫蓝脸的农民，

"是全中国唯一坚持到底的单干户"，坚决不入农业社，守着自己的一块土地生活，而这块田地已经"被人民公社的土地包围着"。据其子描述：

在后来的漫长岁月里，没有牛拉犁耕田，他就用镢头刨地。一个人无法使用那辆独轮车往地里运粪，他就用扁担箩筐搬运。没有耧播种，他就用小镢刨出沟，用葫芦头做成播种器点播。从 1967 年至 1981 年，我爹那一亩六分地，像一枚眼中钉，如一根肉中刺，插在人民公社广阔的土地中央。我爹的存在，既荒诞，又庄严；既令人可怜，又让人尊重。

评论家李敬泽评论道："那个名叫蓝脸的农民孤独地走进夜晚，在月光下进行了艰苦卓绝的战争：在集体化的时代做唯一的单干户，守护着他的土地，对抗历史和白昼。"①

这个细节有所本，从文学原型流变角度而言，应是对柳青长篇小说《创业史》第二部下卷（1979 年）中一个细节的改写。《创业史》里写道，姚士杰拒绝加入农业社，于是，他的那一块土地就被农业社的稻田包围在中间，显得孤零零的；这个一心想要发家致富的富农，现在体会到了真正的、无穷的苦恼，因为他老子好不容易传下来的家业，转眼间就要完蛋在他的手上了：

---

① 李敬泽《大声：再见长河落日——关于〈生死疲劳〉的阅读笔记》，《光明日报》2006 年 2 月 22 日。

穿着一身汤河流域的富农普遍穿的那号黑市布棉衣，腰里结着很粗的蓝布腰带，脚腕上用扁带扎着裤管，现在姚士杰孤独地站在黄堡街上，感到他心里头好毛躁呀！他该到哪里去？做什么呢？根本用不着仔细思量，事情已经明摆在他面前：农业社成了他的地邻。来年插秧的季节，汤河水枯的时候，他在皂龙渠的那二亩稻地，就甭想轮到他灌自流水了。他要是还想务劳水稻，他就得自己掘井，安装新式水车。专为那二亩水稻，这样做算过账吗？

不同之处在于，柳青用了反面描写，让姚士杰成了一个可笑之人；莫言正面描写，蓝脸身上便有了悲壮之气。同一个类型，放在不同的视野中，置于不同的历史阶段，则会呈现出不同面目。

把一种历史翻过来，你会看到完全不同的景象和形象。

七、牛羊下跪、流泪

牛、羊待宰时，可能会感知到一种临近的危险，也会像人一样下跪、流泪，以求得人的同情而免除一死，这是小说中常见的一个细节。以下试举数例。

汪曾祺短篇小说《故里杂记·榆树》（1981 年）：

有一个乡下人赶了一头水牛进城，牛老了，他要把它卖给屠宰场去。这牛走到越塘边，说什么也不肯走了，跪着，眼睛里叭哒叭哒直往下掉泪。围了好些人看，有人报给甲长丁裁缝。

这是发生在本甲之内的事，丁甲长要是不管，将为人神不喜。他出面求告了几家吃斋念佛的老太太，凑了牛价，把这头牛买了下来，作为老太太们的放生牛。

贾平凹中篇小说《古堡》（1986年）：

回家来，云云就让光大杀一只羊，补挖矿人的身子。光大就在门前树上绑了横杆，握着头角拉过一头，那羊咩咩叫着，后腿跪下直流眼泪。云云扭过头不忍看。光大笑一声，猛地将羊后腿一提，扳倒在地，立即双腿压上去，磕了一下羊的前蹄，羊蹄一收，刀就捅进脖下一个软坑里，血噗噗地往外溅。

铁凝长篇小说《玫瑰门》（1988年）：

二年级时眉眉第一次参加学校组织的劳动，他们到郊区一个叫小庄的村子去拾麦穗，看见一个杀牛的场面：人们用绳子拢住了牛的四条腿，一个拿刀子的人，站在牛的眼前。牛像是知道了将要发生的一切，它扑通一声跪在地上，眼里就滴下过这种混浊的眼泪。同学们都“呀呀”着跑开了，眉眉跑得最快最远。

红柯短篇小说《美丽奴羊》（1997年）：

有那么一只羊，当屠夫把它摁到屠案上时，它竟然跳下来跪在屠夫跟前。大家目瞪口呆。一般屠夫遇到这种场面，便会丢下刀子，扬长而去，另谋职业。但这只绝顶聪明的羊看走了眼，这个屠夫只愣一下，就把神收住了。屠夫绝不走神，他要把活做完，他干脆连案桌都不要，刀子转一圈，羊头落外边，羊身子落里边，他的左腿红一大片。

莫言长篇小说《四十一炮》（2003年）：

那头曾经让我父亲困惑的老奶牛被屠宰时，前腿一屈就跪在了屠户面前，两只蓝汪汪的眼睛里流出了大量的泪水。屠户见状，攥着屠刀的手顿时软了，许多关于牛的故事涌上了他的心头。屠刀从他的手里脱落，当啷一声落在了地上。他的双膝一软，竟然与老牛对面相跪。从此那屠户就放下屠刀，立地变成了一个养狗的专业户。

牛羊一理，但有分别。在古代中国，耕牛尤受到保护，如东汉时无论宰杀自家耕牛还是盗窃他人的，会被处以极刑；而祭祀上，牛则为“太牢”，其重要性非他物所能比。齐宣王祭钟时看见牛发抖的样子，于心不忍，下令以羊易牛，孟子评论道，从“无罪而就死地”一面说，牛羊没有区别，齐宣王不过是没看见羊发抖罢了，但也反映出宣王的“仁术”。孟子即此说过一段很著名的话：“君子之于禽兽也，见其生，不忍见其死；闻其声，不忍食其肉。是以君子远庖厨也。”这些均影响到民族文化心理上，以见出中国人的仁心，作家自然不例外。

不过，对作家来说，仅有仁心还不够，想象力更为重要，否则，一写牛羊就是下跪流泪，易成套路。倒是王蒙于不经意间写出的一篇散文《宰牛》（1991 年），读后让人始则心头一惊，继而又会心一笑：

> 后来队里的一次宰牛，我也看到了，印象要淡得多。那是为了迎接夏收开镰吧，队里组织了农忙地头食堂，宰牛开张。宰牛本身已无所谓，令人难忘的是日落西山放牧的牛群回村里时，经过村口宰过牛的地方，牛群彳亍不前，吼声大作，悲怆鸣叫，牛蹄踏踏不已。老乡们说，牛是闻得出味道来的，一旦“得知”一位同类归西，呼天唤地之状，令人震惊。
>
> 后来一位朋友安慰我，说你怕宰牛也不算不够男子汉，只不过因为你对牛没有什么阶级仇恨罢了。他说得倒也别致，纲上得高，又叫人心宽。怎样说话，看来也值得学一学。[①]

八、动物人化，低头认罪

宗璞短篇小说《鲁鲁》（1980 年）写一条完全人化了的狗，有人给它一块肉骨头，会“作揖”感谢；做了错事，受到主人指责，它会头脚并用，在主人身上连抓带蹭，以示认错。有次玩耍时咬死

① 王蒙《王蒙文存》（第 14 卷），人民文学出版社 2003 年，第 380-381 页。

了一只叫菲菲的猫，闯了大祸：

> 妈妈走出房间看时，见鲁鲁坐在菲菲旁边，唧唧哼哼地叫。他见了妈妈，先是愣了一下，随即趴在地下，腹部着地，一点儿一点儿往妈妈脚边蹭。一面偷着翻眼看妈妈脸色。妈妈好不生气："你这只狗！不知轻重！一窝小猫怎么办！你给养着！"妈妈把猫窝杵在鲁鲁面前。鲁鲁吓得又往后蹭，还是不敢站起来。姐姐和弟弟都为鲁鲁说情，妈妈执意要打。鲁鲁慢慢退进了里屋。大家都以为他躲打，跟进去看，见他蹭到爸爸脚边，用后腿站起来向爸爸作揖，一脸可怜相，原来是求爸爸说情。爸爸摸摸他的头，看看妈妈的脸色，乖觉地说："少打几下，行么？"妈妈倒是破天荒准了情，说决不多打，不过鲁鲁是狗，不打几下，不会记住教训。她只打了鲁鲁三下，每下都很重，鲁鲁哼哼唧唧地小哭，可是服帖地趴着受打。房门、院门都开着，他没有一点逃走的意思。连爸爸也离开书桌看着鲁鲁说："小杖则受，大杖则走。看来你大杖也不会走的。"

把一个动物写到这个份上，实际上已是外形其猫、内心其人了。这就是鲁迅所说的把"人类道德"用于动物界，未免太说了"人话"。东汉的王充绝不会相信的，在《论衡·书虚篇》中，他批评了当时的一个传说：魏公子仁惠下士，兼及鸟兽，有一次与客人饮酒时，一只鹯（一种猛禽，名"晨风"）追击一只鸠：

鸠走，巡于公子案下。鹯追击，杀于公子之前。公子耻之，即使人多设罗，得鹯数十枚，责让以击鸠之罪。击鸠之鹯，低头不敢仰视，公子乃杀之。世称之曰："魏公子为鸠报仇。"

王充认为这个传说是"虚言"，他提出了几个论据：第一，圣人都不能使鸟兽做"义理之行"，魏公子是什么人，竟能令一只猛禽"低头自责"？第二，鹯有无数，杀鸠之鹯可能早已飞走，如何判定就是那一只？第三，能低头认罪的一定是"圣鸟"，既为"圣鸟"，怎么还会在仁义的魏公子面前公然杀鸠犯罪呢？第四，还有一种可能，公子的侍从捉鹯时，用力太猛以致折断其颈，痛而低头"不能仰视"，因公子是仁惠之人，人便传言此鸷鸟俯首认罪了，"盖言论之次，空生虚妄之美"。

魏公子的故事后来小说化了，《太平广记》中有《魏公子》一则：

魏公子无忌，曾在室中读书之际，有一鸠飞入案下，鹞逐而杀之。忌忿其鸷戾，因令国内捕鹞，遂得二百余头，忌按剑至笼曰："昨杀鸠者，当低头伏罪，不是者可奋翼。"有一鹞俯伏不动。

动物作揖求情，低头认罪，还是从人的眼光看去，以人情为衡准；若从"兽本位"出发，事情则大不相同，全然不是这回事了。

九、一只鸡蛋

韩少功中篇小说《赶马的老三》（2009 年）中，有一个农村的二流子，看到外乡人压死了一只鸡，便去讹诈人家，其理由是，此为澳大利亚良种，吃得快，下蛋也快，获二百个鸡蛋后又会变出很多鸡，以此类推，即为“脱贫致富奔小康的希望”。

这个细节不过是挪用了明人江盈科的一则笑话《忘心》：有一人家境至贫，吃了上顿没下顿，偶尔捡得一枚鸡蛋，喜滋滋地告诉其妻，说：“我有家当矣。”妻问家当何在，此人拿出鸡蛋说，这个便是，十年之后会有了：

> 我持此卵，借邻人伏鸡乳之，待彼雏成，就中取一雌者，归而生卵，一月可得十五鸡，两年之内，鸡又生鸡，可得鸡三百，堪易十金。我以十金易五牸（母牛），牸复生牸，三年可得二十五牛，牸所生者，又复生牸，三年可得百五十牛，堪易三百金矣。吾持此金举债，三年间，半千金可得也。就中以三之二市田宅，以三之一市僮仆、买小妻，我乃与尔优游以终余年，不亦快乎？

此人真是想入非非。当其妻听说“买小妻”，一怒之下将鸡蛋砸碎，说：不得留此“祸种”。

十、真理是赤裸裸的

莫言短篇小说《革命浪漫主义》（1986 年）中有一个细节：越

战中被敌方地雷炸掉半个屁股的年轻士兵，到某疗养院休养，结识了另一个同在此地疗养的老军人。有次到浴池泡澡聊天，老兵给小兵讲历史：小兵相信老兵“说的都是真理”，因为“真理都是赤裸裸的”，因为此时的老兵正讲革命历史讲到兴头上，赤裸裸、光溜溜地站在水池边上。

小说中将真理与裸体并举，予以戏谑性的描述，可能始于钱锺书长篇小说《围城》。《围城》初版于 1947 年，第一节方鸿渐回国途中，结识了出生于澳门并已取得“大不列颠子民”护照的鲍小姐。以英国人看惯了白皮肤的眼光，瞧见该小姐暗而不黑的颜色、肥腻辛辣的引力，以为是一个地道的“东方美人”；而她本人也自信能够引诱人，把同船的一些中国学生看得直流口水：

> 她只穿绯霞色抹胸，海蓝色贴肉短裤，漏空白皮鞋里露出涂红的指甲。在热带夏天，也许这是最合理的装束，船上有一两个外国女人就这样打扮。可是苏小姐觉得鲍小姐赤身露体，伤害及中国国体。那些男学生看得心头火起，口角流水，背着鲍小姐说笑个不了。有人叫她“熟肉铺子”，因为只有熟肉店会把那许多颜色暖热的肉公开陈列；又有人叫她真理，因为据说“真理是赤裸裸的”。鲍小姐并未一丝不挂，所以他们修正为“局部的真理”。

十一、“亩产万斤”

浩然长篇小说《艳阳天》（第二卷，1966 年）第五十三章开首，写萧长春打电话：

> 萧长春两只手紧紧地抓住那个老式的电话筒，像是抓住了乡党委书记的手。那话筒又好比一根通气的管子，暖暖的热流，从耳朵一直流到他的胸膛。
>
> “老王，老王嘿嘿嘿，可找到你了！我是长春。对啦，在乡里哪，就我自己，百仲同志领着大伙儿在坑里挖泥哪！种棒子当粪使呀！一亩地一万斤，多给它吃点肉，我们还要追化肥哪！”

王小波杂文《积极的结论》（1994年）开头写道：

> 我小的时候，有一段很特别的时期。有一天，我父亲对我姥姥说，一亩地里能打三十万斤粮食，而我的姥姥，一位农村来的老实老太太，跳着小脚叫了起来：“杀了俺俺也不信！”她还算了一本细账，说一亩地上堆三十万斤粮，大概平地有两尺厚的一层。

亩产万斤，成了历史上最大的一个笑柄。时代的力量有时会极强大、蛮横，将一个作家裹胁进去，令其身不由己，言不由衷，然而作家之为作家的良知不应该沉睡或泯灭。浩然自称是农村基层干部出身，了解、熟悉农村，上世纪90年代，他曾写过一篇文章《我眷恋农村这个天地》，批评了当时一些表现农村题材的作品，说“他们打着表现农民、反映农村生活的旗号，不顾社会效果地胡编乱造。有些所谓‘作家’对农村、农民无知到惊人的程度，他们不是无中生有地凭空瞎想，就是扒坟掘墓地寻找古怪的素材，写成小说，拍成电影”[①]。而自称熟悉农村、反对胡编乱造的浩然，却把“亩产万斤”当作一个“常识”写进自己的小说，没有自省，这个细节实际上导致了整个作品的虚假。

关于细节的真实性，王蒙也说过，一个优秀作家更应该追求严谨，避免出现漏洞。

① 浩然《泥土巢写作散论》，河南大学出版社 1997 年版，第 114 页。

第四辑

理论边缘

近年来长篇小说形式求变上的误区

近年来长篇小说形式上出现了一个特殊现象，迄未引起注意。

小说形式变化，多源自作家自觉的文体意识，故而可视为内在的、审美意义上的实验和实践。然而，检视一些小说文本在形式上发生的变化，则全部表现于外在技巧和技术层面，与内部结构、内在逻辑无关。这种求变现象或许反映了作家对真实性的焦虑，亦即为证明自己的作品更加真实、可信，逗引读者的阅读兴趣，便在外部形式上做醒目、显眼的变动。

将这些变化归纳起来，大略可有四类。

第一类现象，单纯在序言、章节顺序上做文章，其方法之一是故意颠倒为之。比如，改变序言与正文的结构关系，序言所占篇幅、字数远远超过了正文，这方面，可以刘震云长篇小说《我不是潘金莲》（2012 年）为例。再如，将正常章节顺序反转过来，不从第一章第一节为起始讲述故事，而是以倒数序号安排章节，并且一直倒数至零位。这方面，可以马原长篇小说《牛鬼蛇神》（2012 年）为例。

《我不是潘金莲》仅三章，第一章序言，107 页；第二章仍为序言，162 页；第三章正文，17 页。按故事情节以及大小事件，小说只有两章，即，第一章序言，第二章正文。把序言分割为两章，并非必要，属于多事。倘若请几个名家作序，当然得依名气大小排列序一、序二等；作者本人为自己的一本书作两个或两个以上的序，不管是虚构性还是纪实性文本，俱属反常。《我不是潘金莲》却偏就有两个序，且序文篇幅远超正文，畸轻畸重。这在当代文学史上，往前看无先例，将来恐怕亦无人勇于试验。作家解释道，序言和正文的颠倒“符合生活的逻辑”，“生活的逻辑会导致政治的逻辑”，最后出现一个“逻辑反转”。[①] 考其内涵及意图，实为两截：序言部分，女主人公因丈夫假离婚而四处告状，民冤；正文部分，无辜县长受牵连丢了官位，官亦冤。两相比照，民冤，官更冤。所谓“逻辑反转”，便是指官之有冤而无处可诉，这才是真正的冤。如何表达此种冤？用少量篇幅，17 页，足可以少胜多，从而聚合起读者的注意力：县长罢官后开饭馆，烧制一道享誉县城的“连骨熟肉”菜，食客满座，一派市井烟火气中，终难消其凄凉之意。只是那头大身子小的布局，反而失却了小说应有的形体比例——均衡之美。其效果，就像一个有天大枉屈之人，却用了一副细嗓子急切地向人诉说。

刘震云此前发表长篇小说《一句顶一万句》（2009 年），章节安排上就颇引人注目：“目录→第一章 / 前言：出延津记→第二章 / 正文：回延津记”。将前言放在第一章，虽不合现在书写惯例，不算大误，当年《阿 Q 正传》第一章即是序。可把“正文”二字特意标示出来，当属画蛇，就是多事。一部只有序言和正文的小说，

①《刘震云谈新作〈我不是潘金莲〉：“我是中国最绕的作家”》，《海南日报》2012 年 8 月 20 日。

也无须用章来标示。这能反映出作家早就试图变化序言和正文的结构关系。只是此事难可为、不可为，正如《史记》所说："冠虽敝，必加于首；履虽新，必关于足。"帽子再破旧，是往头上戴的；鞋子再时新，还得穿在脚上。改变序言与正文关系，犹如鞋帽倒用。《一句顶一万句》出单行本时，最终改为"上部""下部"，这就等于自承初刊章节安排是无谓的、没意义的。

马原的小说走得更远，将章节顺序全打乱了。为直观起见，抄录其中两卷题目如下：

卷0　第三章　大串联　第二章　革命　第一章　革命之外　第0章　金钱或离情别绪

卷1　第三章　吊罗山鬼魅　第二章　再见李德胜　第一章　天堂岛罡风　第0章　生命的徘徊特质

章节题目上的倒写，至少须指示着一个浅层次意图，即正文内容也相对呼应并且顺应；时序、叙述方面，则要表现为倒叙形态。奇怪的是，正文叙事竟然规规矩矩地顺着往下说，以卷0为例，并没有像倒置章节序号所提示的那样，让读者相信将由当前时进入过去时代，溯洄从之，而是相当老实地从60年代"大串联"开始写起，一路顺延下来，写到眼前即21世纪时作者对"人的问题"的思考，人从哪里来、到哪里去云云。还有一个明显的矛盾：小说章节序号倒置，而卷数却又按正常顺序逐次排列，从卷0到卷三，中规中矩。这种设置法在当代文学史上也是绝无先例的，一顺（卷数）一倒（章数），交错在一起，表面上煞是好看。作家这样设计卷数、章节，究竟要传达出一种什么样深层的意味呢？殊不可解。还有"卷0""第

0 章”这种表示法，再四思之，不知何所据，又当何所指。按照常识，“卷 0”“第 0 章”便意味着此卷、此章是不存在的。

以阿拉伯数字“0”标示章节，不独马原为然。绿妖《北京小兽》（2012 年）共三部，第一部由“0”为起始，第三部以“0”收尾。吴亮《朝霞》（2016 年）也是以“0”开始讲述，共 99 节。若问《朝霞》共有多少节，是 99 节，还是 100 节呢？实际上 100 节；可问题是，0 加 99 好像不等于 100 节。

这种标示法包蕴着怎样的思虑，是否正确，大概要请教数学家了。

再看顺置章节，其方法以大、小写区分。金宇澄长篇小说《繁花》（2012 年）即是一例。《繁花》31 章，奇数章用了中文大写：壹章、叁章、伍章……各章内序号均同；偶数章则用了中文小写：二章、四章、六章……各章内序号亦相同。第二十九章到最后一章，则全用小写。根据小说情节，奇数章的时代、场景等均为 20 世纪 60—70 年代，手法上倒叙，属回忆性质；偶数章为 80 年代及以后，系现在时态。小说文本里，数码除了具有指示功能外，本身是没有意义的。奇数指过去，偶数表当下，仅此而已。这就要求指示章节的数码书写，须统一起来，形式上一致。奇数章大写，偶数章小写，最后几章又一律采用小写，显然有欠规范。结构现实主义大师巴尔加斯·略萨长篇小说《天堂在另外那个街角》（赵德明译）凡二十二章，奇数章写祖母，偶数章写高更，历史和现实交错，时间与空间勾连，规整之中有错叠。在略萨这里，章数不单具有指示作用，实际上已经与内涵结合，凝成一体。但略萨并未在章节数码上做文章，一会儿阿拉伯数字，一会儿大写，一会儿又小写。拿略萨小说比照《繁花》，后者于章节形式上乱七八糟，为求新异，样子反倒难看得很。有些评论文章将《繁花》章节中的“壹、参、伍……”视为繁体，把“二、四、六……”当成简体，这是常识性错误；另有从奇、偶数里寻求某种“微言大义”的，就像鲁迅文章里引用过的明代那两位看匾的近视眼老兄，浑然不知前方既无匾又无字。

章节序号的设计和设置，在小说文体中，有时候既是技巧，有时又不仅仅局限于技巧，它反映着作家的文心、深思，像上引略萨便是。外国作家里拿章节大做文章的，当首推英国的斯特恩。斯特恩那本被誉为奇书的长篇小说《项狄传》（蒲隆译），凡七卷，每卷章数不等，其中第四卷有意缺第二十四章，但在印刷时保留10页空白纸面。第九卷第十七章终了，直接进入了第二十章。读者一定心生诧异，莫非第十八章、第十九章又丢掉了？一直到第二十五章开篇，作者斯特恩才要求道，我们必须回想前面空白的两章，不管你们读者诸君怎么骂作者是傻瓜、笨蛋、二百五，怎么高兴怎么骂，作者只希望给世人一个教训——“让人们用自己的方式讲他们的故事吧”。然后，顺着往下看，赫然标示第十八章、第十九章，原来作者把这两章内容整体挪移到第二十五章了。这个中断了的故事情节是：下士抬手准备敲门，布丽奇特小姐在里面正把手放在门闩上。直到第二十五章开篇，下士一抬手，还没敲门，布小姐就从里面打开了门。这一敲一开的动作，原本只需几秒钟就完成了，斯特恩却让二人把手悬在半空，一直悬了整整两章的时间和距离，才让其完成。

为《项狄传》作序的詹姆斯·A. 沃克写道，《项狄传》的写作看似随意散漫，包括章节上的丢失或挪移，那却是作者精心设计的朝向四面八方的“漫游”，“观念组合原则”才是小说重要的结构手法。斯特恩不会一味讨好读者。他一面给读者快乐，一面却“极力地戏谑读者”；读他的小说，要与欢笑结合起来，读者因此而变得聪明，成为天底下幸福的人。[①] 俄国著名文论家维·什克洛夫斯基说，斯特恩移动章节、颠倒位置，就是为了让读者惊异，要的就是这种效果。这反映了人们至今还未全然认识清楚的斯特恩的真谛:“斯特恩的确是个形式复杂化的作家。首先他放弃了陈旧的结构法，其次，他更接近地认识人的本质。”[②]

一个作家，要是读了斯特恩的小说，倘无某种深思熟虑的观念和意图表达，那么，他在章节安排上大概会老老实实地“仍旧贯”，少玩或不玩花样。

第二类现象，小说形式运用了正文加注释的写法。采用了这种形式的作家，明确表示小说正文为主要内容，是必读部分；注释部分，可读，也可不读。这方面的例子，有乔叶的长篇小说《认罪书》（2013年）和宁肯的长篇小说《三个三重奏》（2014年）。

《认罪书》于文体形式上，假托一个身患绝症的“80后”女性，将生前所写一包关于自己当二奶，且与官员兄弟俩乱伦经历的文字材料，交付作者，任其处理。小说基本结构，由人物自述、自注与作者所加的“编者注”两部分组成。主人公所做自注，“和标准意义上的注释有很大差异”，只是为了表示对逝者的尊重，原样保留。作者所加注释，则是针对其中“专业词汇和地方方言”，以方便读

① 劳伦斯·斯特恩《项狄传》，蒲隆译，译林出版社2006年版，第35-36、55页。
② 维·什克洛夫斯基《散文理论》，刘宗次译，百花洲文艺出版社1997年版，第237页。

者理解。作者自我赞许道，这些文字既是小说，又是真实的自传，“如果这是个自传的话，那就是个很特别的自传；如果这是个小说的话，那就是部很特别的小说”。作者自甘居于加工者、修饰者地位，充当“编者”角色。

《认罪书》的疏漏处至为明显。采用注释形式，至少须依循注释规则：熟悉对象，才好作注。可收到材料的作者并不了解材料的主人，仅凭想象就可作注吗？其为疏漏者一。材料的主人，一个没有写作经验的普通职员，只管写下心中的忏悔就可以了，哪有写一节文字便作几个注释之理？其为疏漏者二。一部由材料与注释构成基本框架的小说，注释的真实性已经令人生疑了，其整体结构则有欠牢固。

《认罪书》注释仅占一小部分，而《三个三重奏》的注释占到了约三分之一篇幅。这部描写一个死刑犯非同寻常经历的长篇，其注释文字，颇可见出作者用心。作者先是自谦地说，注释文字可略过不看；紧接着又极自信地写道，正文加注释的写作形式“某种程度改变了阅读方式”。什么样的注释，竟能改变传统的阅读方式呢？试举文本中一个注释：第三节“或许真是个学者”一句，后附大段解释文字，用倒叙方法描述了主人公此前独自研习《周易》以及获取各种学术头衔的经历，以印证其“学者”身份。本来这是不可缺少的情节，作者却用了一条注释，将原本整体的情节分割开来。整部小说中，所有注释的功能，就是将整体硬生生切开，分成两个部分，造成情节上零碎的缺陷。和乔叶一样，作者亦颇为自信，说他的小说是一个“复合型建筑”，所附注释相当于此建筑的外围部分如回廊、花园、草坪等，读者阅读小说正文，相当于置身建筑物内部欣赏；阅读注释文字，相当于走出来，站在外部打量建筑主体，“作者就在户外，在任何一处，有问必答，不问也答”。

一般意义上，注释对象针对难懂的内容，形式上应居于正文页下或章后。学术著作中，除了黑格尔《小逻辑》敢大模大样地把注释（贺麟译为“附释”）与正文并置，很少有例外。乔叶和宁肯明白这个规则，所以预先声明注释文字可读、可不读。但是把注释引进来，与正文并置，很可能会引发形式上的变革，所以宁肯说“某种程度改变了阅读方式”。实际情形是，作家写下的注释文字，依然属于情节的一部分。既为情节不可缺的部分，为何不精心酌取、裁剪，经之营之，非得把一个整体打成两截?

原本要以注释形式引起格外注意，可注释次要的从属地位，无形中会让读者产生轻忽之意。这恐怕是两位作家万万没有想到的。

第三类现象，小说形式中引进与文学距离很远的其他学科形制。比如，用“志书”形式创作，这方面，阎连科长篇小说《炸裂志》（2013年）是一个典型例子；再如，以“卷宗”形式写作，范稳《吾血吾土》（2014年）开了一个先例。

志书，其本身无文学性可言，与文学也向未发生过多少关系。现在阎连科把志书形式直接套用在小说文体上，并在“主笔导言”中借叙述者之口，表达“最大的梦想”：“写出一种新的史志来，使那种典史志书不是死在书架上和书库里，而是活在读者的手里边。你们要忘记你们是在读志书，而是在读世上最好读的一部人物、都市之传记。……也希望你们如我希望的那样读下去——没有志典，只有阅读。”宣称写出了一部“新的史志”，同时却又要求读者不要以读史志的眼光去阅读，这种引诱读者的手段，与前述宁肯用心写了注释文字，又提醒读者可忽略不读的手法，如出一辙。假定读者真的相信作家创造了一种文学史上从未有过的新文体，即所谓的志书小说，那么，读者定会从虚构世界中欣赏到真实的山川风物、地理沿革、民情风俗、政治事件、仁人志士、烈女孝子——这些可是志书的专利，迥异于此前他的任何一部作品，一新读者耳目。然而，小说并没有提供此种内容，仅是借志书形制，写了一个依靠非正当手段致富的村落如何渐次发达并扩张为新兴城市的过程。若将志书形式取消，还是一部小说。

小说是一种具有相当包容性的文体。米兰·昆德拉说过，“小说的形式几乎是无限制的自由”，能够容纳、消化一切东西。在评述布洛赫关于小说“合并能力”的观点时，昆德拉写道，“小说具有非凡的合并能力……小说的特点正是包容其他形式”。当这些“其他形式”进入小说文体后，经过一个充分的文学化过程，小说内部也因此而发生一些程度不同的变化，“导致对小说的形式进行深刻的改造”。[①] 据此可推导，那些不能被小说“化”掉的形式，会被小说排斥掉，志书即是。志书的作用表现在三个方面，即资治、教化、存史[②]。小说的虚构功能和批判精神，与志书的实用功能显然处于对立状态，二者间基本上没有同质因素。

---

① 米兰·昆德拉《小说的艺术》，孟湄译，生活·读书·新知三联书店 1992 年版，第 62、81 页。

② 来新夏《邃谷文录》上册，南开大学出版社 2002 年版，第 635 页。

还可以举出一个类似例子，那就是曾经产生了较大影响的长篇小说《马桥词典》（1996年）。今天看来，这部作品无非词典其名、小说其实，并无新颖之处，不过是在词典名义下，排列进去虚构的情节和人物而已。假设做一个小小的试验，将那些词条全部换成小说常规章节、序号，它和当时同时出现的小说，没有什么本质上的区别。小说与词典的结合，并没有生产出异于二者的第三种形式，为小说艺术贡献出新经验、新形式、新种类。用词典形式来创作小说，走了一条取巧的捷径。志书与词典，都是小说难以下咽、消化的形式。

《马桥词典》借鉴了《哈扎尔辞典》，引发了一场争论，是文坛上一桩产生较大影响的公案。《哈扎尔辞典》的作者在卷首导语中写道，第二版的出版人深知该辞典在17世纪时的资料“并不确凿”，所以“大部分内容更像一部传奇”，也是“一部散文集”。既然是传奇或散文集，它就是文学作品，而非辞典，习惯于按顺序阅读的读者，本书也就没什么为难之处了。[①] 帕维奇的小说是梦书，这恐怕是借鉴它的写法的作者们未曾注意到的。

卷宗形式与文学的关系更远了。范稳《吾血吾土》以五个卷宗结构小说，连缀了20世纪50—80年代不同时段有关主人公的材料，包括个人交代材料、家书、布告等等。作者借重卷宗形式，内容却全是虚构和想象，忘了卷宗的性质——这些文件的历史真实程度，决定着情节的深广度。乔叶开篇就让她的叙述者交代，这些材料怎样得来、与材料主人的关系等等，以证明材料及叙述的可信；在情

① 米洛拉德·帕维奇《哈扎尔辞典》，南山等译，上海译文出版社2013年版，第10–11页。

节发展进程中，又不时提醒读者，对这一大包得来不易的文字慎重处理，并无随意增删，甘居于“编者”角色。比较之下，《吾血吾土》中如此珍贵的材料，依据其性质，有一部分甚至可说绝无解密可能，究竟从何种途径获得，作者只字未提。对一部意在以材料取胜的小说而言，材料的独一性已占得先机了。拿卷宗套在小说身上，是为了增加小说的真实、可信。卷宗，说到底就是一包需要艺术加工的文字材料。既要艺术加工，又要保持材料的原始意味，对作者来说，进退失据，难乎其难。

周大新《曲终人在》（2015 年）倒是颇老实地在开篇即声明，小说材料系一对母女委托，分四个部分，即传主讣告、采访录音整理稿、传主私人物品、传主丧仪的新闻报道。作者说，这是一堆还未加工处理的“素材”，将预计花费两个月时间写成一部传记。倘有哪家出版社感兴趣，可前来联系，它“有卖钱的可能”。把素材原样搬入小说形式中，当作一部艺术作品，《曲终人在》在当代文学中恐怕属独一无二。米兰·昆德拉比较了作曲家与作家对待作品的态度，发现作曲家很少有人把草稿或未完成的作品公之于众，德彪西去世前，“毁掉了所有的草稿，所有他未完成的作品”。昆德拉奉劝作家，要为自己的作品尽起码义务，先把作品周围清理干净，然后再发表、出版。[①]倘以此为准则，周大新拿出的只是一堆材料，连草稿也算不上。

以志书、词典、卷宗、材料等作为小说形式，其实都是某种写

① 米兰·昆德拉《小说的艺术》，孟湄译，生活·读书·新知三联书店 1992 年版，第 193 页。

作策略和手段。有些被借用的形式如志书、词典等，本身有其悠久、深厚的传统和内在生命。当被强行挪移时，它们会“反抗”，有“排异”现象。反过来设想一下，一部志书，假如借用了小说形制，那会是怎样的形态？

第四类现象，拿古典文学的某些手法、形式，运用于小说的章节、结构中。比如，唐朝晖《折扇》（2016年）用了杂剧手法“折”；周大新《预警》（2009年）则用了“阕”，这是词学上的一个概念。

《折扇》描写了南方一种特别的“女书”文化，形式上为“第一折、第二折……”，共五折十三章，每折所含章数不等。初看见“第一折”这种表示法，读者首先便会想到，作者定是借用了杂剧结构法。元代杂剧剧本的结构形式，一般为一个楔子加四折，也有少数剧本为五折或六折。折，即是一个段落，“一折相当于现代话剧中的一幕，但不限于一时一地。每折戏有相对的独立性，其曲牌必须属于同一宫调，联成一套，并需一韵到底，可以单独演出，称为‘折子戏’”[①]。折是情节单位，亦是音乐单位。作者借用这种手法，也会令人产生联想，小说所写内容大概也与音乐、戏曲有关。可是，故事情节显示，所谓第一折等等，关联着小说中的物形象“折扇”，如第二折第五章结尾，“老人拿出一把折扇，上书有信”云云。原来此折非彼折。

小说标题“折扇”，与正文结构杂剧手法“第一折……第五折”，虽同为一个“折”字，意义却是大相背离，并置一处，谬以千里。

阕，这是词的结构形式。词一般分成两段，“称上下片或上下阕”[②]。有时也称一首歌曲或一首词为一阕。作为一种文体结构，阕

① 廖仲安、刘国盈《中国古典文学辞典》，北京出版社1989年版，第1030页。

② 曾枣庄《中国古代文体学》下卷，上海人民出版社2012年版，第457页。

的特点是形制短小，容涵有限。长篇小说《预警》，三十多万字的容量，却分置于上阕和下阕之中。这让人禁不住想起《庄子》中的一句话："褚小者不可以怀大，绠短者不可以汲深。"鲁迅说，长篇小说是一个时代的"纪念碑"，"是时代精神所居的大宫阙"[①]。"阕"犹如一个小布袋。一个小小布袋子，怎能装下一个时代的纪念碑呢？

形式上的求变，更深层还与作家内在生命诉求相关。陈平原研究了五四时期的小说，发现当时日记体小说、书信体小说等颇为流行，原因即在于此种文体适合表现作家们普遍痛苦、灼热的内在情感。[②]这也说明了，小说新形式的出现，确乎有激于作家内在的、不能已于言的热情与痛苦，而惯常的形式已不太适宜于充分、尽情表现。新酒必须装入新皮袋；旧皮袋易破，结果新酒也会流失掉。什克洛夫斯基说："文学手法也会像衣服那样被穿旧磨损。"[③]故而文学上的逐新求变为必然趋势。倘若缺少内在生命之感，看似用功、实际并不费力气地仅在小说题目、序言、章节、序号等技术层面下功夫，便以为完成了一部特别的小说，则陷入了一种误区，不足为训。

---

①《鲁迅全集》第四卷，人民文学出版社 2005 年版，第 134 页。

② 陈平原《中国小说叙事模式的转变》，上海人民出版社 1988 年版，第 95 页。

③ 什克洛夫斯基《动物园　第三工厂》，赵晓彬、郑艳红译，四川人民出版社 2016 年版，第 37 页。

小说叙事的第二人称

汪曾祺反感小说以第二人称叙事，他说，这是在为难读者：

> 我认为小说是第三人称的艺术。我认为小说如果出现“你”，只能是接受对象，不能作为人物。“我”作为读者，和作品总是有个距离的。不管怎么投入，总不能变成小说中本来应该用“他”来称呼的人物，感觉到他的感觉。这样的做法不但使读者眼花缭乱，而且阻碍读者进入作品。至少是我，对这样的写法是反感的。有这个必要么？小说是写给读者看的，不能故意跟读者为难，使读者读起来过于费劲。修辞立其诚，对读者要诚恳一些，尽可能地写得老实一些。[①]

法国“新小说”派著名作家米歇尔·布托尔的长篇小说《变》，从始至终用第二人称“你”叙事。小说的内容、情节及线索相当明晰：德尔蒙，意大利某打字机公司巴黎分公司经理，厌倦了家庭生

①《汪曾祺散文全编》第四卷，人民文学出版社 2019 年版，第 1391 页。

活，因妻子不愿离婚，他悄然离家出走，前往罗马去找情人塞西尔。从巴黎到罗马，一路二十多个小时，主人公的意识活动中，不断穿插进个人生活片段。情节看似跳跃断续，小说大体并不纷乱。第二人称“你”，便是主人公德尔蒙。第二章叙述了离家原因，德尔蒙觉得与之生活多年的妻子如一具“尸体”，所以决心要“离开这个像宗教裁判官似的尸体”：

> 你要离开这个昂里埃特，和她离婚是不可能的，因为她永远下不了这个决心，因为处在你这种社会地位，你也要避免任何有损体面的事，斯卡贝利公司是意大利人办的，他们是教权派，是伪君子，对这件事他们会不以为然的。你要离开这个将你束缚住的工作，它会使你沉入使人精神上受压抑的大海底里去，那里只有烦闷，只有自暴自弃，只有劳心费神而又使人阴郁不快的陈规陋习，只有麻木不仁。幸亏你有了这个救星，塞西尔，你吸到一口空气，增添一分力量，这只援助的手伸向你，她是幸福明亮地区的使者。你离开这一使你无穷烦恼的沉重阴影，事实上你终于能够摆脱了它，你奔向那个女魔术师，她只要看你一眼，就使你从可怕的丑化的生活中得到解脱，使你又成为自己的主宰，如释重负地忘掉那些家具，那些饭菜，那个早早憔悴的肉体和那个使人感到疲惫不堪的家庭。

主人公在二十多个小时的旅途中，意识随着时、地的变化而变化，其中也含有自我梳理、反省、认知的因素。当车抵罗马时，他终于认识到了，即使塞西尔是天仙，是明灯，是雨露，是清新的空气，生活得长久了，她最终也会变得和妻子昂里埃特一样，家庭会再次出现“同样类型的纠葛”，而且情况可能会更其严重。德尔蒙脚步迈出车门的那一刻，意识一变化，主意随之改变，不去约会情妇，而是要找一个地方，隐居起来写作，以“书本的形式”把自己过往的生活、把这一段“艳史”再现出来。全书结尾，主人公看来对自己的写作也颇具信心，他看到那本书的外形已经被自己“握在手中”。一个打字机公司的经理，文学信心如此之高，好生了得。

多年前我读到《变》，那种形式的新颖给我留下了深刻印象，这次再读，依然感到一种吸引人的魅力。我想，译笔之流丽、丰富，也是重要原因。婚姻生活，这是文学中一个永远也写不完的主题，记得张爱玲说过，婚姻是写不完的，当一个作家说婚姻再也没什么写头的时候，那恰恰是他把自己写完了。《变》的主题也是写婚姻，以新颖的形式写了一个传统主题，以“你”的方式把一个男性隐秘的想法，公之于众了。译者桂裕芳在后记中说，当年小说发表后，一个“你”字就曾引发了连篇累牍的争论。桂裕芳自己的评论，亦为中肯之论，她说：“……这个‘你’好比是一种邀请，使读者置身于小说之中，与主人公同呼吸，共命运，这个‘你’也好比是种命令或指责，要主人公去回想不愿重提的往事，从而有所觉醒。”①

我重读这本小说，觉得“你”字用得一点也无别扭，这种叙事方式更像是一种倾诉。俗话说，男儿有泪不轻弹，男人有压抑的话

① 米·布托尔《变》，桂裕芳译，漓江出版社 1985 年版，第 241 页。

恐不方便说，亦不可随便说。小说中，主人公德尔蒙对自己身处两个女人之间，极为焦虑，“在这两种责备，两种怨恨，两种对你的懦弱的谴责中左右为难”。他要做出选择，而在完成选择行为之前，他唯一的方式就是倾诉，以此来缓解压力、消除焦虑。我感兴趣的是，他在向谁倾诉？第一个对象是明确的，即读者，这没有问题。读者形形色色，有一般修养的读者，也有涵养很高、品味精细的读者；面对不同的读者，一个同样有着一定社会地位的主人公，他在说妻子坏话时，应该有所顾忌，不至于当众骂妻子是“尸体”。还有第四章中写道，德尔蒙妻子脸上大概有一块瘢疥，在他意识中不断放大，竟成了“一大块隐伏的溃疡”，使得她的脸看上去像戴着一个可憎的面具。德尔蒙就想把这块“溃疡”切掉，像做外科手术那样。何其怨毒也！我的直觉是，主人公根本上不是面对众多读者，他有一定的身份，要顾及个人体面；那么，他所面对着的，则是一个更为隐秘的读者，那个读者，就是主人公的另一个“我”。“你”向另一个“我”做隐秘的倾诉，无所保留；一个怨恨妻子的男人，在什么情况下会对妻子破口大骂？答案是：他一人独处的时候。

《变》虽带有先锋性质，思想其实还囿于传统范围。德尔蒙骂妻子为“尸体”、为“溃疡”，觉得那个包括女儿在内的家阴郁无比，他自己因而也疲惫不堪。这不是男性中心主义吗？倘若女性读者阅读《变》，作家一定会招骂的。

我国当代作家中，亦有人用第二人称来结构全篇，这就是张贤亮先生。长篇小说《习惯死亡》用“你”叙事且多变，一会儿是主人公本身，一会儿又指与主人公相对的另一人。如主人公自己：

夕照在郊外的杂草地上闪耀，繁密肥大的蒲苇在湖塘里低吟着夏日的诗章。在你们手挽手蹚过一片幽静的墓地时她低声说出她的希望：要你以后“永远不要欺负”她。你一时还没有明白这是她要将终生托付给你的许诺。你以为她是警告你除了可以握她的手之外，便不能碰她身上任何别的地方。

《习惯死亡》在人称切换上似更纯熟自如。张贤亮曾说过，他在写作这部长篇时，有意识地借鉴了现代派文学手法，如意识流等。或许，张贤亮也读过《变》，亦未可知。

汪曾祺先生主张不与读者为难，可谓用意良善、美好。但文体、方法，只要运用得当，表现得好，似乎不可有一定之规。金代大文学家王若虚说过一句很好的话：“定体则无，大体须有。”[1]而汪曾祺批评的总不能因人称变化而“感觉到他的感觉”，这也正是小说家的特权。

① 王若虚《文辨》，见《中国历代文论选》第二册，上海古籍出版社 1979 年版，第 448 页。

从“作家梦”到“黄金时代”

——读马原等著《重返黄金时代——八十年代大家访谈录》

马原等著《重返黄金时代——八十年代大家访谈录》其实是2007年版《中国作家梦——马原与110位作家的对话》的再版本。初读这本书是我在南京学习期间，当时边读边摘，记了很多内容，应该是受到了触动。不过，现在翻开那时的笔记本，很是诧异自己当时何以会摘录这些话语，老实说很多观点我现在不能同意。比如，王安忆谈性和性爱时说，这种东西“比较难处理，它好像总是这个样子，要么就是九流作家写的，或者就是一流作家写的，我觉得二三流作家应该抱着不写的态度”[①]，就大有问题，经不住推敲。一流作家、大作家不轻易写性，远的不说，以鲁迅为例，作品中几乎没有性描写。唯一一篇准备写性的小说《不周山》(后改为《补天》)，意在于“描写性的发动和创造，以至于衰亡的”，中途读报时，看见一个卫道的批评家攻击情诗的文章，心里颇不以为然，便在小说里加进去一细节：让一个小人物跑到女娲两腿中间，流利地背诵着

① 马原等《重返黄金时代——八十年代大家访谈录》，吉林出版集团股份有限公司2016年版，第49页。

裸体不雅、有伤风化的话。鲁迅本人对这个细节不太满意，以为破坏了结构的宏大，失之于油滑。还有王蒙，也不写性。王蒙多次讲过，他从小受的教育比较保守，六十多岁以后才读《金瓶梅》，还是看不下去；有一本《上海宝贝》才看了几页便赶紧藏了起来，担心已有阅读能力的小孙子发现了，留下不好的印象，会认为爷爷看的都是些什么东西。大作家似乎对性描写不感兴趣。反倒是二三流的作家专一写性。著名学者刘世德很坚定地认为《金瓶梅》不能算“伟大的作品”，因为伟大的作品须有个性、有创造性。刘世德对《金瓶梅》的评价不是很高，那它可算作二流作品吧。正是这个二流作品，以大量笔墨写性，被视为淫书。美国批评大师乔治·斯坦纳早就说过，即便一些高雅色情文学，其文学价值亦极为有限，它们太过于程式化，想象的套路鲜有变化。乔治·斯坦纳关于性的一段议论令人难以忘怀：“性关系是（或应是）我们隐私的一个堡垒，是我们必须得到允许的夜间栖息地，在那里，我们收拾遭受侵扰的意识碎片，恢复某种不可侵犯的秩序和安宁。只有在性体验中，一个人，或者两个努力达到完全交流的人，才能够发现自我独特的爱好。”真正有能力拓展“人类情感潜力”的性描写少之又少。[1]可见，性描写并不在于是出自于一流作家之手，还是出自于九流作家之手，更何况不让二三流作家插手，只要借此写出人的深沉的情感，便是一流文字。

再如马原与李晓对“新时期文学”的评价。李晓说，新时期文学不仅是新中国成立以来而且应该是五四新文学运动以来“最好的

---

① 乔治·斯坦纳《语言与沉默》，李小均译，上海人民出版社 2013 年版，第 90 页。

一个时期”，马原紧接着以历史创造者的身份证明，正是他和他的同行们“创造了上世纪 80 年代世界上最有生机的文学现象”。马原的依据和资料是 80 年代“世界上”特别繁荣的国家如美国、法国等，这些国家的文学都比较寂寞、冷淡，小说创作也不是特别好。“新时期文学”是新中国成立以来最好的一个时期，勉强说得过去；是五四新文学运动以来最好的一个时期，则实在属大言炎炎。我们现在知道的一些文学大家，比如鲁郭茅巴老曹，比如上世纪 90 年代重新发掘出来的沈从文、钱锺书、张爱玲等，都是五四以及三四十年代涌现出来的。现在得到普遍认可的文学经典、仍然在被阅读的经典，也都产生于这几个时期。新时期出现的作家别说和五四一辈大家比了，和新中国成立以来始崭露头角的作家如王蒙、张贤亮等人比，和他们的作品比，能比得过、有可比性吗？马原用“资料”说话，显得有凭有据，实则这些“资料”出处极为可疑，或许根本上是子虚乌有的，属想当然耳。马原的这本书原名《中国作家梦》，而就在马原们还在做梦的 80 年代，被他判定为文学成绩“寂寞、冷淡”的英法美等国作家，每年都有人在摘取诺贝尔文学奖：1981 年，英国艾利亚斯·卡内蒂得奖；1983 年，英国威廉·戈尔丁得奖；1985 年，法国克劳德·西蒙得奖；1987 年，美国约瑟夫·布罗茨基得奖。

再如德国汉学家阿克曼，彻底否定了 1949 年至“文革”后期的中国当代文学，“几乎是不存在”，没有一个一流的作家，没有一部一流的作品。[①] 人们现在只知道另一个德国汉学家顾彬，激烈地批

① 马原等《重返黄金时代——八十年代大家访谈录》，吉林出版集团股份有限公司 2016 年版，第 342 页。

评、否定我国当代文学，因此而于一时之间，声名鹊起，却不知这个阿克曼早就这样干了。这些汉学家们否定起中国当代文学来，一个比一个起劲，似乎不这么激烈一下子便不足以显示其高明。

对袁可嘉的访谈，则委实令人眼前一亮。袁可嘉是“九叶诗派”著名诗人、理论家和翻译家，他与另两位翻译家董衡巽、郑克鲁共同选编的《外国现代派作品选》在当时影响很大。袁可嘉本人对“朦胧诗派”的几位诗人也产生过影响，他讲课时，北岛、顾城、舒婷、杨炼、江河都来听课。袁可嘉说这些人“受了现代派的影响”，也有一些消极的东西，没有把现代派手法消化好，有些诗他也看不懂，只好敬而远之。[①]

再读《重返黄金时代》，倘依价值大小分层排列，则对中国当代作家的访谈应排在第二位，翻译家的访谈居第一位。没有西方文学的催生，就没有五四新文学的发生；没有西方现代派文学的引进，也不会有新时期文学的繁荣——“九叶诗派”诗人穆旦在 1976 年、1977 年致另一位“九叶”诗人杜运燮信中说过，中国的新诗如不接触外国的影响是弄不出有意思的结果来；要讲“文艺复兴”的话，也须从翻译外国文学入手。[②] 翻译家的看法和观点，相比重要得多。

比如王道乾先生，他有几个观点，一是大作家不会过时，二是合格的翻译家还必须是学者和作家。一个翻译家同时是一个作家，有些像手工艺匠人，下笔时要“精雕细琢”。这是一个极高要求，

---

① 马原等《重返黄金时代——八十年代大家访谈录》，吉林出版集团股份有限公司 2016 年版，第 374 页。

②《穆旦诗文集》第二卷，人民文学出版社 2014 年版，第 172 页。

精雕细琢者不乏其人，但以翻译家和作家两种身份集于一身而显名于世者，中国新文学史上似乎找不出一人。要么是作家，要么是翻译家，二者只能勾选其一。五四及其后那一二代作家，都会翻译，奇怪的是，他们的翻译作品似乎很难流传下来，鲁迅译《死魂灵》，今天除了研究者翻看，一般读者是不要看的；郭沫若译《浮士德》，今人宁愿读杨武能、钱春绮、樊秀章诸人《浮士德》译本；还有郭沫若译奥玛·海亚姆诗，人们宁愿读今人鹤西、张晖、张鸿年译文。鲁迅说过，郭沫若太聪明，他的翻译让人不放心，会加进自己的东西，再创作。反过来看，翻译家而兼作家写出的作品，好像也数不出来几本，叶君健译安徒生童话多么有名，他自己创作的小说寂寂无名，无人问津。

本书收录的翻译家共有十五六人，其中吴劳的访谈，令人耳目一新。吴劳关于文学创作与翻译文学之间关系的看法，有深度，亦有责任感：

> 我们作为一个翻译工作者有喜有惧。喜在什么地方？现在我们的翻译，像普希金多少年了，现在搞创作的人已经承认了，他们也仿效我们的文字了。惧在什么地方呢？我们的这个翻译用中文还有更好的表达。可是作家一看，现在有名的翻译家都这样写了，我们也这样写吧，那么这样就可能引导到一条错误的道路上去。最近看王蒙，我就感到比较安心了，王蒙的英文水平还是不错的，他现在专门研究美国的短篇小说，因为当代全世界的短篇小说以美国的短篇小说最为发达，它的品种、流

派最多。全世界的作家都从中吸取营养的。翻译到现在，直译和意译来表达，谈不到音译的问题。翻译必须要紧跟原文，为什么？因为特别是你们年轻一代作家要从中看到外国人的技巧的时候，我必须原文每一句、字译出来，他文的地方你也文，他俗的地方你也俗，不能用你的想法。比如你一定要用文来翻译，不可能。我们的翻译局限是很大的，你像英文和法文，英文是三个字，法文也是三个字，它们是能够完全对应起来的，我们就不行，碰到简短的句子我们就麻烦了。因为中文的意思不可能那么包罗万象。我们翻译的时候强调要保持原作的句型，它要是被动式，你也要尽可能地用被动式，不要把它倒过来。现在我觉得看了中国的翻译，反而比原文好看，我和许多人都有这个感觉。[①]

吴劳的谈话把当代文学内在一面说破了，第一，作家尤其年轻作家们会仿效翻译家的文字，尽管很少有人公开承认；第二，中文还应该有更好的表达方式，别以为自己的是最好的。

另一翻译家郑克鲁谈到“重译”——译本要过一段时间重译一遍，“语言在变化，语言在发展，人的理解力也在发展”。要用“今天的语言”来翻译，精益求精。这是只有身为译家的人才能说出的经验之谈，是可以例证的。比如福楼拜《包法利夫人》，国内有三四种译本，李健吾译本、周克希译本、张道真译本等。同为翻译家的

① 马原等《重返黄金时代——八十年代大家访谈录》，吉林出版集团股份有限公司 2016 年版，第 81 页。

施康强在为周克希译本所作序言中，比较了李、周之不同。有人曾评价李健吾本为“定本”。李健吾是法国文学专家、翻译家、作家，写过《福楼拜评传》。施康强说，李健吾以“作家的才情”译书，译笔行文潇洒，确实漂亮，李本的特点是喜用四字成语和四字结构，句读多。举例来说，第三部第五章中，爱玛坐马车从永镇到鲁昂，城市在她的眼下出现，“城像圆剧场，一步比一步低，雾气笼罩，直到过了桥，才纷乱展开……”，这一段描写，李本用了三十五个标点符号，包括逗号、分号和句号。福楼拜非常重视文句的节奏，法文原文只有二十二个标点符号，周克希译本用了二十五个，基本符合原文。施康强说，李本是否为定本，尚无定论；比较而言，周本显然“是一个不同的、有自觉的美学追求，因而有其价值的译本”，则为平心之论[①]。

翻译家的意义确乎重要。翻译与创作之间的关系，也是一个值得探究的题目。从访谈看，多数作家在谈到阅读外国文学情况时，往往忽略了翻译者这一重要的媒介。已故作家王小波却是个例外。

王小波极为推崇王道乾和查良铮（穆旦），他说，王译杜拉斯《情人》，查译普希金《青铜骑士》，两人的译笔让他在文学上终身受益，他们给予他的帮助比近代以来一切著作家帮助的总和还要大。假如没有王、查这样的诗人，“最好的中国文学语言就无处学”。王小波公开了他的“文学师承”——这是一条鲜为人知的线索，就是从两位翻译家那里而来；同时把它当成一种宝贵经验，甚至是一种秘

① 福楼拜《包法利夫人·译本序》，周克希译，上海译文出版社 2011 年版，第 7 页。

传，教给年轻作家判别好文学与坏文学的标准：

> 假如中国现代文学尚有可取之处，它的根源就在那些已故的翻译家身上。我们年轻时都知道，想要读好文字就要去读译著，因为最好的作者在搞翻译。这是我们的不传之秘。随着道乾先生逝世，我已不知哪位在世的作者能写如此好的文字，但是他们的书还在，可以成为学习文学的范本。我最终写出了这些，不是因为我的书已经写得好了，而是因为，不把这个秘密说出来，对现在的年轻人是不公道的。没有人告诉他们这些，只按名声来理解文学，就会不知道什么是坏，什么是好。

单独看王小波的这些观点，不好理解，倘若把它们和吴劳的话结合起来，还真是文学的“不传之秘”。

王小波没有过多具体阐释，仅指出了一点：像傅雷、汝龙等人的散文译笔也是好的，然而最好的当属同为诗人的王道乾、查良铮，诗人的译笔发现了现代汉语的“韵律”，“没有这种韵律，就不会有文学。最重要的是，在中国，已经有了一种纯正完美的现代文学语言，剩下的事只是学习，这已经是很容易的事了”。[①]

不过，最好的作者搞了翻译，尚需斟酌。王道乾、查良铮后来从事了翻译工作，实有不得已而为之的因素在，更多为外力所左右。正常情况下，对具有创造力的作家而言，在他们的评价系统中，创

---

①《王小波全集》第三卷，云南人民出版社 2007 年版，序言第 3 页。

作与翻译，二者间有着一种等级关系：创作为上，翻译为次。五四时期，郭沫若就说过创作是处子、翻译是媒婆的话，引起过争论。30年代还有一个公案，鲁迅曾劝英语极好的林语堂多译些外国名著，林语堂则说此事等老了再说，鲁迅怀疑其讽刺自己老了，心中不快。后来也有人对此评价道，幸亏林语堂没有听从鲁迅的劝说，去搞翻译，否则中国文学史上就不会有《京华烟云》这样的杰作了。

王小波的意见似乎没有得到多少赞同，未能引起共鸣。他的小说作品同样在当代作家中少有人提及。斯人已逝，身后寂寞。

再读《重返黄金时代》，感觉上还是很过瘾，归结到一点，马原做了难得和值得的工作。一个瑕疵是再版时改了书名，却不做任何说明，有误导嫌疑。冯骥才自传体新作《激流中》赞扬马原这本书，说书名起得好，以为“黄金时代”一词“真是对那个时代再准确不过的一种感觉”“再好不过的时代称谓”，慨叹“这个黄金时代有点短命”。[①]

① 冯骥才《激流中》，人民文学出版社 2017 年版，第 134 页。

对刘心武、路遥的一点补充

——读程光炜著《文学史二十讲》

很早以前读过程光炜《文化的转轨——“鲁郭茅巴老曹”在中国（1949—1981）》，留下较深印象。2015 年修订本出，又订购一册。故见到《文学史二十讲》出版信息，况且字面意思显示此书为授课记录，毫不犹豫购买了一册。这十几年来有不少学者的讲课记录很是风行，有些读起来真的过瘾，比如洪子诚先生《问题与方法》便是（亦出修订本），理性、宽容的讲述中，不时夹杂几句温和而机智的调侃和嘲讽，既照顾到了课堂要求，又表现出了学术识见，更有一种难掩的锋芒。

《文学史二十讲》似乎有一点不同，虽是讲课稿，却并无多少课堂即兴、轻松的气息，读起来反倒感觉像是一篇篇严谨的论文。文无定法，讲课也不一定非得有现场氛围。第三讲中，程光炜自己就解释道，他的讲课有点“绕”，在各种概念之间“绕来绕去”。这是一种必要的“绕”。程光炜把当代文学当成一门学问来做，要把当代文学理论化，“绕”便是题中应有之义。事实上，程光炜已经贡献出来了一些可贵的理论，比如，关于当代文学学科的“历史化”问题，尤其面对文学经典时，程光炜说，此中便存在着一个难度——如何既能进入历史之中，又不被它完全控制；怎样吸收已有成果、受到启示，又能于一定距离外认识和反思这种启示。包括研究者自我的“历史化”，往往带有强烈的“个人化”特点，“存在着不可能被真正普遍推广的学术性的限度”，因而，一种有距离的也即有“分寸感”的学术意识，就是十分必要的。[①] 与文学研究的“历史化”相关的，还有“陌生化”“当代性”诸多理论视点，都是程光炜建构当代文学学科的几个重要概念。

一门学科的建立、兴盛，有赖于研究者自身的学养。程光炜受启发于巴尔扎克语“小说家同时也应该是历史学家”，对当代文学研究者提出了一项极高的要求：

> 我觉得文学批评家和文学史家也理当是训练有素的历史学家。即使他们不去做繁琐的考证、辨伪，不去在浩如烟海的史料中长期艰苦地寻找和爬梳，那他们也得具有历史学家客观的眼光，沉静的心境，宽阔的视野，以及把当代意识植根在复杂、缠绕、矛盾的大量问题之上的习惯。更具建设性的文学批评家和文学史家，不是告诉我们它是什么，与此同时也应该告诉我们它为什么是这样。他们应该在为什么是这样的思维层面上寻找当今问题的答案，而不是总是停留在它是什么的思维层次上。[②]

①② 程光炜《文学史二十讲》，东方出版中心 2016 年版，第 12、40 页。

文学史家应是一个训练有素的历史学家，这在理论上说是没什么问题的；一流的文学史家同时还得具备一种敏锐的艺术感知力，发现作品的优劣，看穿一些伪经典文本。可惜这样的文学史家还是太少。值得一说的倒是文学批评家。在第一讲中，程光炜说，“在当代文学学科中，批评家的地位一般要高于文学史家，很多国家级的文学奖最后获奖者往往是前者，就是一个可以随时列举的例证”[①]。地位高不见得学养就高。那些曾经活跃过、现在正在活跃着的当代批评家们，所缺乏的大约正是一种历史意识，有的甚至欠缺必要的文学史常识。赵毅衡多年前论述“未来小说”的一篇文章中，点名指出有批评家称赞《末日之门》乃中国小说史上第一部未来小说一语，带点挖苦意味地说，这显示了“当代文化人”读书不够。[②]中国第一部未来小说系梁启超《新中国未来记》，这是一个基本常识；王小波发表于1997年的中篇《白银时代》开宗明义地写道“现在是2020年”，也是一部典型的未来小说。收入《王小波全集》第七卷里的其他三部中篇《未来世界》《2015》《2010》，均可视为未来小说。无怪乎赵毅衡要无所避讳、语含讽刺了。缺乏历史意识，一些批评家们会轻率地用极致的语言夸赞一部刚刚发表的作品，这在当前的文学界已成了一个普遍现象。

程光炜对于当代文学的理论建设，本身就具有一种导向性作用，予人启发多多。读他的文字，如入宝山，相信不会空手而返。

---

① 程光炜《文学史二十讲》，东方出版中心2016年版，第7页。

② 赵毅衡《意不尽言——文学的形式—文化论》，南京大学出版社2009年版，第107页。

白璧微瑕。第八讲和第十五讲中关于刘心武和路遥的议论，尚有需要补充、纠正之处。

一

在评价《刘心武研究资料》一书时，程光炜引用了刘心武本人回忆《班主任》写作背景的文字，刘心武说这篇小说“成功的秘诀”在于他在中学十多年的生活积累，因而是“真情实感的产物”。程光炜接着评论道，读了刘心武的这些讲述，让人们更加理解了作家及其作品，“产生强烈的认同感”，能让人们“重温并回到了那个朴素的年代”。同时，程光炜着重强调了，在当下“娱乐消费意识成为社会生活中心”的时代，《班主任》则更显示了它的“意义”，“大家才又怀念起《班主任》的年代，进而希望重新发掘它的那些没有被意识形态化的价值”。[①]

已有的文学史实证明，事情不尽如刘心武所说的那样。

据涂光群《五十年文坛亲历记》记载，1977 年 7 月，邓小平复出抓科学、教育工作，提出了教育战线要“拨乱反正”、正确对待知识分子（包括教师）等思想观点。作为处在时代“潮头”的刊物《人民文学》，在当时可谓“闻风而动”，编辑们策划要以小说、报告文学等形式“反映科学、教育战线的拨乱反正”，第一要物色合适的作者，第二要物色合适的采写对象。最后想到了曾数次被退稿的、其时还在北京市一所中学教书的刘心武，编辑将他们的意图同刘心武说了。不

① 程光炜《文学史二十讲》，东方出版中心 2016 年版，第 146-147 页。

久，刘便拿来一篇名为《班主任》的作品，“立即在编辑部范围内引起了震动”[①]。可见，这篇小说并不像作者本人所说是“真实情感”的流露、十年中学教学生活的结晶，而是典型的命题作文，是主题先行的小说——用极其笨拙的、仍未脱离“文革”文学的模式，图解了教育界“拨乱反正”的主题。小说之所以获得巨大成功，引起四面八方的反响、赞誉，真正的“秘诀”在于，它被当作工具碰触了被压抑太久的时代愿望——把搞乱了的教师与学生的关系重新摆正，把颠倒了的历史再度颠倒过来。它的成功，就在于政治正确性；它的价值，亦在于高度的“意识形态化”。1977—1978年全国优秀短篇小说评奖评委会上，孙犁先生直率地说，“《班主任》政治上很好，但艺术上不成熟，写得枝枝蔓蔓”[②]。孙犁先生作为一个历史的亲历者，作为当时时代见证者，作为文学界前辈，他对这篇小说的看法，为不刊之论。

《班主任》本身不值得议论。它未脱“文革”时期文学模式，与具有崭新精神面貌的新时期文学根本不同调。它有一个至今还未被认识到的巨大漏洞——把一个中学生写得面目可憎、顽钝不化，无非套用了现成模式，即过去是“臭老九”坏透了，现在则轮到学生该受教育了，与正在发生着的现实无关。实际情况是，在改革开放之初，在新时期伊始，那些左得荒谬、坏到无药可医的，正是成年人；那些构成改革开放阻力、还想停留在阶级斗争年月的，正是成年人。在每一次转型时期，远远地走在成年人前面的，多是年轻

① 涂光群《五十年文坛亲历记（1949—1999）（上）》，辽宁教育出版社2005年版，第241页。

② 刘锡诚《在文坛边缘上》，河南大学出版社2004年版，第215页。

人。至于程光炜所说，在“娱乐消费意识成为社会生活中心”的时代，阅读《班主任》让人怀念一个“朴素的年代”，并会发现《班主任》的意义和价值，则让人殊难理解。有那么多好作品可供选择，为何要读无艺术性可言的《班主任》？药方可能开对了，药却抓错了。比起作品中那种还残留着阶级斗争余绪、动辄剑拔弩张的年月，娱乐消费的社会才真正提供了一个精神丰富、价值多元的空间。

《班主任》在当代文学中占据了一个不应属于它的位置。现在仍然有为数不少的文学史教材，一提起新时期文学，似乎不谈《班主任》便无从说起。“鱼目”能够混珠，这在文学、人文领域，反而多见。但是，当代文学毕竟还是有一些批评家，就像程光炜所说同时也是“训练有素的历史学家”，已经发现了把《班主任》作为新时期文学“肇端”的标志性文本，是大成问题的。这个人，就是批评家李敬泽先生。2009 年，在为《中国新文学大系（1976—2000）·短篇小说卷》所作导言中，李敬泽说，在通行的文学史叙事中，把《班主任》《伤痕》当成开端性作品，已经“形成了关于 20 世纪 80 年代文学的一般知识”；这两部作品在当时之所以产生广泛影响，是由于其“新闻与事件”性质，而非文学经验：

> 但新闻与事件不等于生活，文学的新闻和事件同样不等于真实生成的文学经验。现在是 2009 年，三十一年后重读“伤痕文学”的两篇代表性作品，以“同情的理解”，我能够领会它们在那个时代的勇气和诚挚，也能够理解作者如何受制于那个时代的精神视野；但《班主任》和《伤痕》作为政治文本的意

义远超过它们作为文学文本的价值，在文学上，它们并未开辟未来，而仍然停留在过去。“文革”式的文学逻辑支配着伤痕累累的写作者们，政治指向已经调转，戏剧中的角色已经更换，但小说家所操持的语言、他与语言的关系、他与世界的关系，仍然处于“作者已死”的状态——法国的后现代“革命”理想在中国的前现代“革命”中得到了完美和绝对的实现。

新时期文学发端性作品，或小说解冻的标志性作品，李敬泽令人信服地指出，是张承志的《骑手为什么歌唱母亲》，它的主题是“我”与“我的人民”，但“人民”在这里已不再是一个先验范畴，而是作家个人情感及经验“体认和选择的结果”：

> 由此，张承志确证“我”在——我思故我在，一种笛卡儿式的命题成为文学的解冻剂，“我”的声音从宏大历史和人群中区别出来，它不仅是一个人称、一只书写的手，它成为主体，文学由此与生命、与世界和语言重新建立直接的关系。如果上帝在的话，那么他也有待于个人的独自寻求，这在1978年无疑是一次革命，尽管当时的人们并未领会此事的革命性。[①]

2009年距今又是将近十年时间了，李敬泽的看法和观点似乎并未引起足够的注意，亦未影响到当代文学史的叙述。但是，当代文

① 李敬泽《致理想读者》，中国人民大学出版社2014年版，第3-4页。

学学科的发展，最终将会走到这个人所指向的那个开端。

二

再看路遥。第十五讲评介《路遥创作年表》时，程光炜说，他发现路遥童年时期的不幸经历养成自卑而又自负的性格，控制亦决定着其创作走向，反映在小说人物高加林、孙少平等身上，则是集自私、执着、进取、功利等等于一身的性格因素，“在一个重大转型的中国，任何这种非常自私、功利和顽强的精神气质都是受到鼓励的，是被允许的，有时候甚至是可以逾越各种道德和法律栅栏的，因为这种历史语境需要千百万像他们这样的人去支撑、去响应、去拥戴，33 年来中国社会的巨大活力也来自于此。这是我们内心都深深知道的一个道理”。所以，研究路遥作品时，需要反省其中人物的“看似超时代、病态的和不可理喻的性格特征”，也“应该把路遥小说放在文学史的环境之外”。[①]

程光炜以一个文学史家宽阔的视野发现了，研究路遥小说只局限于文学史范围可能会忽视一些重要问题；文学史之外的路径，或许也是一种可行性选择。但是，把注意力过多地放在人物性格尤其那种病态性格上，则有值得商榷之处。

路遥早年的不幸经历，一句话，就是穷怕了，体现在小说人物身上，高加林只要能离开穷得没有指望的农村，使出什么手段都可以。农村青年高加林们的悲剧，直接源于户籍管理制度，这在今天已经

① 程光炜《文学史二十讲》，东方出版中心 2016 年版，第 292-293 页。

是一个广为人知的话题了。日本学者安本实较早地发现了户籍制度导致高加林人个奋斗归于失败的原因[①]。需要补充的是，1958年正式以立法形式发布《中华人民共和国户口登记条例》的前后，此制度经过了一个持久的、未曾间断的完善过程：1956—1958年，为阻止灾区和非灾区农民“盲目外流”、进入城市，政府共发布过三个文件，即《国务院关于防止农村人口盲目外流的指示》《国务院关于防止农村人口盲目外流的补充指示》《国务院关于制止农村人口盲目外流的指示的补充通知》。1962年公安部发布《关于加强户口管理工作的意见》，“对农村迁往城市的，必须严格控制”；1975年修正后的《宪法》取消了关于公民迁移自由的条文；1977年国务院批转《公安部关于处理户口迁移的规定》，其中规定要“严格控制”“由农业人口转为非农业人口”。至此，“城镇户口与农村户口、‘非农业户口’与‘农业户口’的二元户籍管理结构完全形成”。[②]路遥的研究者们没有注意到的是，在高加林们与户籍制度之间暗含着一种张力关系：此种制度的管控力越强大，高加林们的逃离欲望越强烈。悲剧在于，他们只知道自己要什么，却不知道阻力来自何处。这恰好说明了，正是户籍制度造就了一意逃离乡村的高加林们，而在同期城市题材的小说作品中，就没有类似的人物。路遥在一次访谈中说道，高加林这种人物形象不仅仅农村中才有，各行各业都有，有城里的高加林，有工厂里的，也有大学里的。[③]这根本不对。

① 安本实《路遥文学中的关键词：交叉地带》，刘静译，《小说评论》1999年第1期。
② 殷志静、郁奇虹《中国户籍制度改革》，中国政法大学出版社1996年版，第7页。
③《路遥文集》第二卷，陕西人民出版社1993年版，第415页。

路遥这一代作家不可能质疑户籍制度本身是否存在问题，这对他们来说是一个盲区。路遥最大的局限，也恰好就在这里。在随笔《早晨从中午开始》中，路遥很老实地写道，“高加林当时的生活出路，不仅我无法回答，恐怕政治家也未见得有高明的回答”。因而路遥把人物的悲剧归结为其自身性格因素，比如，高加林的失败，大半源于其性格中的“庸俗性的因素”[①]。当年的文学批评以及后来文学史研究基本上顺着路遥的说法往下说，变成一种道德批评和道德谴责，指责高加林抛弃心爱的农村姑娘，到城里去出人头地，道德败坏。这是一种倒果为因的释读法。其实，高加林与刘巧珍的爱情，是无可怀疑的。他们二人相爱，无人可以替代。许多文章探讨高、刘的爱情悲剧，本身就是伪问题。这两个年轻人对未来都有过设想和谋划，小说第十一章有一节文字：高加林突然产生了一个念头，想到外面当一个工人或干部，“最好把巧珍也能带出去”，转眼间又否定了这一想法，认为是瞎盘算。他当然不知道，他手里缺一个城市户口本。比较而言，女主人公的设想要现实得多：“……只要有门道，我支持你出去工作！……将来你要是出去了，我就在家里给咱种自留地、抚养娃娃；你有空了就回来看我；我农闲了，就和娃娃一搭里来和你住在一起……”路遥可能压根儿没有想到，他让女主人公说出的这几句话，无意中透露了当时社会上的一个极为普遍的现象或模式：丈夫在城市工作或打工、妻子在农村种地带孩子的家庭模式，社会学上有一个术语，叫作十二分之一型家庭，即夫妻分居，一年

---

①《路遥文集》第二卷，陕西人民出版社 1993 年版，第 64、563 页。

十二个月中仅有一两个月的时间在一起生活。① 可是，那个只要有机会就连联合国都想去的男主人公实在等不及了，毅然抛弃痴心姑娘，一力冲进城市。他使的力未免太大了，而且用了不正当手段。程光炜视此种被无形的墙反弹回来的盲目力量为一种令社会前进的“活力”，则值得讨论。

当时的户籍管理制度还滋生出了一种所谓“子随母”原则。1958 年《户口登记条例》规定婴儿在父母“常住地”申报出生登记，在实际办理过程中却形成了“随母原则”。由此带来的问题便是，农村妇女与城镇职工（由被城市工厂招工的农民身份转变）所生子女，有些地方不仅不予登记，甚至将户口也注销了，据 1982 年的一项调查统计，被注销人数有一百多万，占无户人口的百分之四十三。直至 1998 年颁布《国务院批转公安部关于解决当前户口管理工作中几个突出问题的意见的通知》，子女落户“随母原则”始放宽为“随父随母自愿”②。有这么多限制，一对年轻人感情再亲密无间，现实制度不会成人之美——如此高度发达、成熟的户籍制度，已经施行了三十多年，犹如铜墙铁壁一般，高家沟年轻带课教师的离乡要求，在它面前，显得何其渺茫、可怜。这才是造成高、刘二人爱情悲剧的全部原因或根源。质言之，他们的悲剧，与道德无关，与性格无涉，与所谓病态性格更是毫不搭界。

与贫穷相关联的，还有路遥早年身受的屈辱。1968 年底，已经身

① 郭书田、刘纯彬等《失衡的中国——城市化的过去、现在与未来》（第一部），河北人民出版社 1990 年版，第 74 页。

② 王新华《中国户籍法律制度研究》，中国人民公安大学出版社 2001 年版，第 18 页。

为革委会副主任的路遥，再度被迫返回农村。1971年，在一场“昏天黑地”的恋爱中，将自己的招工指标让与初恋情人，不久便被对方抛弃。政治上被踢出局，恋爱上被女友甩掉，路遥过早地尝到了、也尝够了被抛弃的滋味。对一个生命力旺盛且颇不安分的人来说，这是一种深深的屈辱，已经积淀成为其内心深处的一道创伤。据厚夫《路遥传》所述，路遥曾一度想自杀；有人亲眼看见，路遥大冬天身着白衣，自称“为自己戴孝”[①]。据路遥的一个朋友回忆，1987年，已经成名的路遥准备出访德国，到北京后，在王府井一带寻找一家门市部，情绪激动，在大街上快步如飞，见人撞人，见物撞物，原来他在寻找那个给自己“雪上加霜”“反手一刀”的情人，此刻是一家市场内的售货员，要亲眼看看她的现状。[②]其内心的怨毒之情，甚至都不稍加掩饰。作为参照，再来观察《人生》中女主人公刘巧珍，就会发现这个具有金子般美丽心灵的农村女子，其实是一个理想人物，她的身上曲曲折折地寄托着路遥的心思和创伤；刘巧珍的被抛弃，正反映了路遥被抛弃的深深的屈辱。即此而言，《人生》的写作实际上就是路遥对他本人的一次文学治疗。

路遥原本是想通过这个文本来抒发他的不平之气，他有痛感，并把这种痛感真切和深切地表达出来，无意间，也恰好契合了当时不少身受压抑的农村青年的心灵，恰于一个合适的时机里传达出了他们的心声，渐次汇聚成一种洪亮的声音，也成就了一个名篇。

好的文学治疗作家自己的心灵伤痛，只有坏的文学才想着去治疗别人、改变别人。也许，这是路遥至今还在吸引读者的一个主要原因。

---

① 厚夫《路遥传》，人民文学出版社2015年版，第64页。

② 海波《我所认识的路遥》，《十月》（长篇小说）2012年第4期。